# बलवन्त सिंह

**जन्म :** 1925, गुजराँवाला, पश्चिमी पंजाब (अब पाकिस्तान)।

**शिक्षा :** इलाहाबाद विश्वविद्यालय से स्नातक।

हिन्दी कथा-साहित्य में अकेले ऐसे कृतिकार जिन्होंने पंजाब के ऐतिहासिक काल से लेकर आधुनिक मनोभूमि के विराट् चित्र अपनी कृतियों में प्रस्तुत किये हैं। इनकी कितनी ही औपन्यासिक कृतियों को महाकाव्य कहा जा सकता है। जनजीवन के सामाजिक यथार्थ की ऐसी विश्वसनीयता हिन्दी साहित्य में प्रायः विरल है। परिवेश ऐतिहासिक हो या समसामयिक—उनकी रचनाओं में संवेदना का तरल प्रवाह विद्यमान है। 12-13 वर्ष की आयु में पहली गद्य रचना। 1964 तक व्यवसाय।

**प्रमुख प्रकाशित पुस्तकें :** रात चोर और चाँद, काले कोस, रावी पार, सूना आसमान, साहिबे-आलम, राका की मंज़िल, चकपीराँ का जस्सा, दो अकालगढ़, एक मामूली लड़की, औरत और आबशार, आग की कलियाँ, बासी फूल (**उपन्यास**); पहला पत्थर, चिलमन, मैं जरूर रोऊँगी, पंजाब की कहानियाँ, बनवास, देवता का जन्म, ऐली-ऐली, आनन्दकारज, (**कहानियाँ**); अमृता प्रीतम (**आलोचना**)।

**निधन :** 27 मई, 1986

# होनी-अनहोनी

बलवन्त सिंह

लोकभारती पेपरबैक्स

**प्रथम पेपरबैक संस्करण** : 2016
**द्वितीय पेपरबैक संस्करण** : 2025


**लोकभारती पेपरबैक्स** : उत्कृष्ट साहित्य के लोकप्रिय संस्करण

**लोकभारती प्रकाशन**
पहली मंजिल, दरबारी बिल्डिंग, महात्मा गाँधी मार्ग
प्रयागराज-211 001

वेबसाइट : www.lokbhartiprakashan.com
ईमेल : info@lokbhartiprakashan.com

**शाखाएँ** : 1-बी, नेताजी सुभाष मार्ग, दरियागंज नई दिल्ली-110 002
अशोक राजपथ, साइंस कॉलेज के सामने पटना-800 006 (बिहार)
1, अनमोल सोराबजी संतुक लेन, मरीन लाइंस, मुम्बई-400002

**सुपर माधव ग्राफिक**
प्रयागराज द्वारा मुद्रित

**मूल्य** : ₹ 250

HONI-ANHONI
by Balwant Singh

ISBN : 978-93-5221-071-8

## प्रकाशकीय

श्री बलवन्त सिंह की गणना आज हिन्दी के मूर्द्धन्य उपन्यासकारों में होती है। पंजाबी जन-जीवन पर लिखी उनकी कहानियाँ और उपन्यास बेजोड़ ही नहीं बल्कि 'क्लासिक' माने गये हैं।

प्रस्तुत उपन्यास–होनी-अनहोनी–में श्री बलवन्त सिंह ने नये रंग में मानवीय मनोविज्ञान से युक्त एक लम्बी प्रेमकथा को इतनी सहजता से प्रस्तुत किया है कि युवा-हृदयों में निश्चय ही यह कृति हलचल पैदा करने में सक्षम होगी।

श्री बलवन्त सिंह की इस नयी कृति का हिन्दी संसार में उत्साहपूर्वक स्वागत होगा, इसी आशा से हम इसे प्रकाशित कर रहे हैं।

# होनी-अनहोनी

(उपन्यास)

शिमले की सन्ध्या अपनी सुन्दरता के लिए बहुत मशहूर है। अमित लगभग आधे घण्टे से रिज के किनारे बेंच पर बैठा ऐसी ही एक सन्ध्या की सुन्दरता का आनन्द ले रहा था। उसके सामने रिज के मैदान में काफ़ी लोग इधर-उधर टहल रहे थे। बच्चों ने अलग हुड़दंग मचा रखी थी, क्योंकि रिज ही एक ऐसी जगह थी जहाँ की समतल धरती के छोटे-से मैदान में उन्हें भागने और लपटने-झपटने का मौक़ा मिल जाता था।

वास्तव में-अमित लक्कड़ बाज़ार की ओरवाले सिनेमा हॉल में साढ़े छह बजे का शो देखने जा रहा था। साढ़े पाँच बजे से छह बजे तक, लगभग आधा घण्टा वह बेंच पर बैठा रहा ताकि टिकट बिकने का समय आये तो वह वहाँ से उठकर सिनेमा हॉल की ओर चल दे। इसीलिए वह हर पाँच-दस मिनट के बाद अपनी कलाई से बँधी घड़ी पर नज़र डाल लेता था।

छह बज गये तो वह उठ खड़ा हुआ। क़दम उठाने को ही था कि सामने की गहमागहमी में लगभग पच्चीस-तीस क़दम के फ़ासले पर एक लड़की जाती हुई दिखायी दी। आमतौर पर हर भला आदमी यही करता है कि अगर कोई ख़ूबसूरत लड़की सामने आ जाये तो सभ्यता के नाते उस पर एक नज़र डालकर वह दूसरी ओर देखने लगता है। यूँ तो अमित भी पढ़ा-लिखा, सच्चा तथा बड़ा सज्जन युवक था, लेकिन वह उस हसीन चेहरे पर से नज़र नहीं हटा सका। कारण यह था कि उसे लगा कि उस लड़की को उसने पहले भी कहीं देखा था। मगर कहाँ?....यह सब याद नहीं आ रहा था।

एक बार तो उसके मन में आया कि वह आगे बढ़कर लड़की से ही पूछ ले। मगर सोचा कि वह लड़की तो मन में यही समझेगी कि आजकल का एक आवारा युवक

इसी बहाने से उससे परिचित होना चाहता है। दिल में एक बात को सोचना और फिर उसे कह डालना, यह दोनों अलग-अलग चीज़ें थीं। अमित में इतना भी साहस नहीं था कि वह किसी भी अपरिचित लड़की से ख़ामुख़ाह बातचीत शुरू कर सके। ख़ूबसूरत लड़की हर व्यक्ति को अच्छी लगती है। उसे भी वह अच्छी लगी, मगर वह वास्तव में दिलफेंक व्यक्ति नहीं था।

यह सब क्षण-भर में हो गया। आख़िर उसने सिनेमा हॉल की ओर जाने के लिए क़दम उठाया। इतने में ही उसने देखा कि उस लड़की की भी नज़र उस पर पड़ गयी...और साथ ही वह भी ठिठककर रुक गयी।

अमित को आश्चर्य हुआ। उसने दायें-बायें नज़र दौड़ायी। वहाँ उसके सिवा आसपास कोई नहीं था।

यही नहीं, लड़की हँस पड़ी और उसने दोनों हाथ जोड़कर नमस्ते भी किया।

कहाँ तो अमित स्वयं उस लड़की से बात करने के लिए व्याकुल हो रहा था, और कहाँ अब हड़बड़ाकर रह गया। कोई और उपाय न देख उसने भी दोनों हाथ जोड़ दिये।

लड़की लपककर आगे बढ़ी तो वह भी उसकी ओर बढ़ा। ऐसा करते समय वह मन-ही-मन सोच रहा था कि कहीं यह सैण्डिलबाजी की भूमिका तो नहीं है। मगर अब तो फ़रार होने का भी कोई रास्ता दिखायी नहीं देता था।

पास आकर लड़की रुकी, सुरीली आवाज़ में बोल उठी, "आप यहाँ?"

इस बात का मतलब! अमित ने मन-ही-मन सोचा कि अगर मैं यहाँ हूँ तो इसमें लड़की को हैरानी क्यों हो रही है। धीरे से बोला, "जी हाँ!...आप भी तो यहाँ हैं।"

लड़की फिर हँस दी, "आपने ठीक ही कहा। मैं अपने माता-पिता के पास आयी हुई हूँ। पिछले पन्द्रह-सोलह दिन से यहीं पर हूँ।"

इतने में उसके माता-पिता ने मुड़कर देखा। वे समझे थे कि उनकी बेटी पीछे-पीछे आ रही है, लेकिन उसे निकट न पाकर उन्होंने दूर तक नज़र दौड़ायी तो बेटी दिखायी दी। लड़की ने हाथ उठाकर संकेत किया कि उन्हें घबराने की कोई ज़रूरत नहीं है।

अमित ने पूछा, "तो आपके माता-पिता शिमले में ही रहते हैं?"

"नहीं, वे सोलन में रहते हैं। वहाँ पिता जी मोहन मीकिन में नौकरी करते हैं।"

"आपका मतलब है जहाँ ह्विस्की, बीयर आदि तैयार होती है।"

"जी हाँ।"

बातें भी चल रही थीं और अमित का दिमाग़ भी तेज़ी से चल रहा था, क्योंकि उसे अभी तक याद नहीं आया था कि उन दोनों की पहली मुलाक़ात कहाँ हुई थी।

लड़की ने पूछा, "आप कितने दिनों से हैं यहाँ पर?"

"दस दिन हो गये।"

"ओह!"

लड़की के चेहरे पर निराशा के चिह्न उभर आये, मानो वह यह कहना चाहती थी कि अगर कहीं उनकी मुलाक़ात पहले ही हो गयी होती तो कितना मज़ा आता।

अब अमित को ऐसा विश्वास होने लगा कि उन दोनों की पहले कभी मुलाक़ात हुई ही नहीं। वे दोनों ही धोखे में थे। बातों का स्टॉक भी ख़त्म होता जा रहा था। जब वे एक-दूसरे को जानते ही नहीं थे तो बात किस विषय पर करते।

लड़की अमित के मन की इस बात को भाँप गयी। वह निस्संकोच बोल उठी, ''लगता है कि आप मुझे ठीक से पहचान नहीं पाये!''

अमित बग़लें झाँकने लगा। वह इन्कार भी तो नहीं कर सकता था।

लड़की खिलखिलाकर हँस पड़ी, ''मैं आपको दोष नहीं दूँगी। आख़िर एक सरसरी-सी मुलाक़ात ही तो थी। मुलाक़ात भी ऐसी कि कोई बात तक नहीं हो सकी थी।''

अमित परेशान था। एक बार तो उसके मन में यह सन्देह भी उठा कि कहीं यह अपरिचित लड़की उसे उल्लू तो नहीं बना रही है। मगर उल्लू बनाने से फ़ायदा?

लड़की के इस रहस्य पर से पर्दा उठा दिया। तब अमित को याद आया कि वह अपने ही नगर में एक मित्र से मिलने गया था तो उसके मित्र ने बताया था कि उसके किसी दोस्त के यहाँ लड़का हुआ है और वह बधाई देने के लिए वहाँ जा रहा है। अमित को भी यह अपने साथ लेता गया था।

उस घर में काफ़ी गहमागहमी थी। ऐसे मौक़ों पर बच्चों और स्त्रियों की विशेषकर रेल-पेल होती है। उसी समय मेज़बान ने थोड़े फ़ासले पर खड़ी कुछ महिलाओं की ओर इशारा करते हुए बताया, ''वह मेरी पत्नी है, वह मेरी छोटी बहन है, वह मेरी मौसी हैं, वह मेरी माता जी—''

अमित ने सबके सामने हाथ जोड़ दिये। अब उसे याद आ गया कि उसके साथ बात करनेवाली यह महिला वास्तव में उसके मित्र के दोस्त डॉ. कपूर की पत्नी थी।

उस शाम नाश्ता-पानी भी हुआ, चाय भी पीने को मिली।

यही थी उनकी पहली मुलाक़ात।

अब अमित के मन को इतमीनान-सा हुआ। चेहरे पर से खिंचाव के चिह्न दूर हो गये। लड़की ने फिर हँसते हुए कहा, ''जब आपकी यह हालत है तो फिर भला आपको मेरा नाम भी कहाँ याद होगा?''

अमित को तो यह भी नहीं याद आ रहा था कि उसे नाम बताया भी गया था या नहीं। उस सन्ध्या की पार्टी से लौटते समय उसे याद था कि उसने अपने मित्र से कहा था, ''यार, बच्चा तो महीने भर से ऊपर का हो चुका और तुम आज बधाई देने के लिए गये?''

''अजीब घनचक्कर हो! अच्छी तरह जानते हो कि मैं दौरे पर गया हुआ था। आरम्भ की बधाई तो मेरी पत्नी ही दे आयी थी। मैं कल ही लौटा तो पता चला कि आज हमारे मित्र इस ख़ुशी में छोटी-मोटी पार्टी दे रहे हैं। मैंने सोचा कि चलो बधाई का काम भी हो जायेगा और नाश्ता-पानी भी—''

वह वहीं तक सोच पाया था कि लड़की फिर बोली, ''छोड़िये! आप किन विचारों में खो गये—मेरा नाम शशि है।''

वह हँसकर बोला, ''मेरा नाम अमित है।''

''अरे हाँ! ख़ुद मुझे भी तो आपका नाम याद नहीं था।''

इस समय अमित के मन में न जाने कितने विचार आँधी की तरह उमड़ आये थे। सबसे बड़ा प्रश्न यह था कि शशि को उसकी सूरत याद कैसे रह गयी। यूँ तो एक तरह से यह उसके लिए बड़े गौरव की बात थी कि ऐसी हसीन महिला को उसकी याद बनी रही। दूसरा प्रश्न यह भी था कि एक विवाहिता स्त्री भला किसी भी युवक से इतनी बेतकल्लुफ़ कैसे हो सकती थी, जबकि पहले कभी उनकी बातचीत तक नहीं हुई थी।

इसी तरह के कई छोटे-मोटे विचार उसके मन में आये, लेकिन उसने उन सबको दबा दिया क्योंकि यह मौक़ा ऐसी बातें सोचने का नहीं था। हाँ, यह ज़रूर सोचने की बात थी कि शशि की इस मुलाक़ात के पीछे रहस्य क्या था! रोमांस! पति से बोरियत! ऐसे व्यक्ति से शादी जो आरम्भ से ही उसे पसन्द नहीं था! आदि।

फ़िलहाल अमित ने इन सब प्रश्नों को भुला देना ही उचित समझा। इस वक़्त तो उसका मन आनन्द के सागर में डुबकियाँ ले रहा था।

शशि का क़द थोड़ा छोटा था। मगर उसका जिस्म ऐसे साँचे में ढला हुआ था कि वह नाटी नहीं लगती थी। ऊँची एड़ी के सैण्डिल पहनकर तो वह कुछ लम्बी-सी ही लग रही थी। रंग गोरा-चिट्टा न होने पर भी गेहुँआ नहीं लगता था। रंग कुछ ऐसा था जैसे सफ़ेद मक्खन में बेसन घुला हुआ हो। चेहरे की टिकिया छोटी थी और आकार गोल था। अलबत्ता आँखें बहुत बड़ी थीं। पतली, लम्बी और आड़ी भँवें कटार की तरह लचकती थीं। बातचीत में पहल करने के बावजूद उसके चेहरे से अजीब प्रकार का भोलापन, बल्कि अल्हड़पन ही टपकता था।

इस स्थिति के कई पहलू थे, मगर अमित का सारा ध्यान शशि के चेहरे की ओर था। उसने यह नहीं सोचा कि एक झलक की मुलाक़ात से ही शशि उसके इतना निकट क्यों आ गयी? विवाहिता होते हुए भी वह उसकी ओर आकर्षित क्यों हुई? इतना समय गुज़र जाने पर भी शशि ने उसे क्यों याद रखा, जबकि वह उसे बिलकुल भूल चुका था। भूलने की बात तो रही एक तरफ़, उसने कभी उसके विषय में सोचा भी नहीं था। इसी प्रकार के कई और प्रश्न भी उठाये जा सकते थे, मगर इस समय शशि के हुस्न ने उसे मोहित कर रखा था। ऐसी प्यारी महिला का उसकी ओर आकर्षित होना एक ऐसी बात थी जिसने उसके मन में तहलका-सा मचा दिया था। उसे और कुछ सूझ नहीं रहा था, सिवाय इसके कि काश कुछ दिन पहले शशि से मुलाक़ात हो गयी होती तो कितना अच्छा होता!

इस बात की तमन्ना यदि उसके मन में थी तो यही तमन्ना उसे शशि की आँखों में भी दिखायी दी। सम्भवतः दोनों ही के मन में हलचल मची हुई थी, मगर दोनों ही चुप थे।

अमित ने देखा कि शशि के माता-पिता रिज के दूसरी ओर रखी एक बेंच पर उनकी तरफ़ पीठ किये बैठे थे। सम्भवतः वे डूबते हुए सूर्य के सुन्दर दृश्य का आनन्द ले रहे थे।

एक बार तो अमित का जी चाहा कि शशि के सामने घुटने टेक दे और उसे अपने बाजुओं में लेकर उससे विनती करे—रुक जाओ शशि! अभी कुछ दिन यहीं रहो।

शायद अकेले में वह ऐसा ही करता, मगर वहाँ उसके दिल की बात दिल में ही रह गयी। फिर भी उसने हिम्मत करके धीरे से कहा, "शशि जी! क्या आपका जाना बहुत ज़रूरी है? आप रुक नहीं सकतीं?"

शशि के चेहरे से यूँ लगा जैसे अमित ने उसके मन की बात कह दी है। वह एक क़दम आगे बढ़ आयी और लजाते हुए होंठों से बोली, "क्यों नहीं अमित! तुम चाहो तो..."

अमित ने फ़ौरन ही उत्सुकता से कहा, "जी हाँ, मैं दिल से चाहता हूँ कि आप रुक जायें। शशि जी! मैं...मैं..."

उसका गला भर आया। शशि बोली, "मुझे शशि जी मत कहो। मुझे "आप" कहकर भी मत बुलाओ। जाना बहुत आवश्यक था, लेकिन मैं तुम्हारी ख़ातिर रुक जाऊँगी। अभी यह नहीं कह सकती कि कितने दिनों के लिए रुक सकूँगी, मगर कल ज़रूर मिलेंगे।"

"कहाँ?"

"बस के अड्डे पर।"

"कितने बजे?"

"अब मैं बस से माता-पिता के साथ वापस लौट रही हूँ—कल बस से ही दस बजे तक यहाँ पहुँच जाऊँगी।"

इतना कहकर शशि उलटे क़दमों से पीछे हट गयी। दोनों ने हाथ हिलाये।

शशि तेज़-तेज़ क़दमों से अपने माता-पिता की ओर चली गयी। लेकिन वहाँ पहुँचने से पहले उसने कई बार उसकी ओर मुड़कर देखा और हाथ भी हिलाया।

वह सिनेमा हॉल की ओर चल दिया। मुश्किल से चौदह-पन्द्रह क़दम बढ़ा होगा कि उससे मिलने एक युवक आकर खड़ा हो गया और बिना किसी भूमिका के उसने पूछा, "आप इस लड़की को कब से जानते हैं?"

अमित चकित रह गया। वह ऐसे प्रश्न के लिए बिलकुल तैयार नहीं था। उसे कोई जवाब भी नहीं सूझा। वह बग़ैर कुछ कहे तेज़ी से आगे बढ़ गया।

●

उस रात अमित को ठीक से नींद नहीं आयी। बार-बार शशि का चेहरा उसकी आँखों के सामने तैरने लगता। थोड़ी देर को नींद आ जाती तो सपने में शशि दिखायी देती। नींद टूट जाती तो उसके रोयें-रोयें से "शशि। शशि!" की आवाज़ें निकलने लगतीं। न जाने कितनी बार उसने टार्च जलाकर घड़ी देखी। कहाँ तो पहले बिस्तर पर लेटते ही वह गहरी नींद में डूब जाता था, और सुबह हो जाने पर बड़ी मुश्किल से नींद टूटती थी। कहाँ अब यह हालत थी कि नींद उससे कोसों दूर चली गयी थी। उत्सुकता और हर्ष के कारण वह जागते रहने पर मजबूर था। उसका जी चाहता था कि पल-भर में दिन के दस बज जायें और शशि उसके पास पहुँच जाये।

ख़ैर! समय तो अपनी गति से ही चलता रहा। सुबह हुई तो उसने जल्दी-जल्दी अपने छोटे-मोटे काम पूरे किये। शेव, स्नान और फिर हलका नाश्ता। इसके बाद जल्दी-जल्दी कपड़ा पहनकर वह बस-स्टैण्ड की ओर चल दिया। वहाँ वह नौ ही बजे पहुँच गया। समझ में नहीं आ रहा था कि समय कैसे गुज़ारे। कभी टहलता, कभी सिगरेट फूँकता, कभी टी-स्टॉल से गर्म-गर्म चाय का प्याला उठाकर चुस्कियाँ लेने लगता। यहाँ तक कि दस बज गये। शशि नहीं आयी।

अमित व्याकुल हो उठा। क्या उसके भाग्य में सिर्फ़ कलवाली छोटी-सी मुलाक़ात ही थी। क्या उसे सारा जीवन उस मुलाक़ात की याद में ही गुज़ारना पड़ेगा। क्या शशि ने केवल उसका दिल रखने के लिए कह दिया था कि वह ज़रूर मिलेगी?—मगर नहीं, वह ऐसी नहीं दिखायी देती थी। अगर उसके मन में खोंट होता तो वह पहले ही उसे क्यों पहचान लेती। पहचान भी लिया था तो नमस्ते करने की क्या ज़रूरत थी? नमस्ते भी कर ली तो बाक़ी इतना नाटक रचाने की क्या आवश्यकता थी?

नहीं-नहीं! शशि ऐसी नहीं हो सकती। शायद उसके माता-पिता ने उसे रुकने की इजाज़त न दी हो। या आज सुबह शिमला आने से रोक दिया हो। या बेचारी बीमार न पड़ गयी हो...

यह सब सोच-सोचकर वह बड़ी उत्सुकता से इधर-उधर टहलने लगा। उसने निश्चय कर लिया कि अगर एक-डेढ़ घण्टे तक शशि न आयी तो वह ख़ुद सोलन पहुँच जायेगा वहाँ शशि को ढूँढ़ना असम्भव नहीं होगा...

साढ़े दस बजे, पौने ग्यारह बज गये, लेकिन शशि का कोई पता नहीं था।

तब वह उस खिड़की की ओर बढ़ा जहाँ टिकट बिकता था। वह जानना चाहता था कि अब सोलन को जानेवाली बस वहाँ से कितने बजे चलेगी।

अभी वह खिड़की पर पूछताछ कर ही रहा था कि एक नयी बस के वहाँ पहुँचने का शोर सुनायी दिया। उसने मुड़कर देखा तो दूर बस-स्टैण्ड के एक सिरे पर मुसाफ़िर एक बस से आ रहे थे। वह टकटकी बाँधकर उधर देखने लगा। सब मुसाफ़िर उतर गये तो वह निराश हो गया—लेकिन इतने में ही शशि बस के दरवाज़े में खड़ी दिखायी दी। उसके चेहरे पर उत्सुकता और चिन्ता के चिह्न बिखरे हुए थे।

बस फिर क्या था! अमित बस की ओर तेज़ी से लपका। इतने में शशि की भी उस पर नज़र पड़ गयी। उसने हिरनी की तरह नीचे छलाँग लगा दी और उसकी ओर दौड़ पड़ी। उसके कन्धे से लटका हुआ खद्दर का थैला इधर-उधर हिचकोले ले रहा था। वह इतनी तेज़ी से भाग रही थी जैसे आते ही उसके गले से लिपट जायेगी।

मगर एक-दूसरे के निकट पहुँचकर वे रुक गये। दोनों के दिल ज़ोर-ज़ोर से धड़क रहे थे। दोनों के चेहरे तमतमा रहे थे। सम्भवतः दोनों ही एक-दूसरे से लिपट जाना चाहते थे, मगर सबके सामने यह सम्भव नहीं था।

फूली हुई साँस के साथ अमित बोला, "शशि। तुम कहाँ रह गयी थीं? जानती हो कि कल शाम से अब तक मेरा एक-एक पल कैसे गुज़रा है?"

शशि उस पर प्यारभरी नज़र डालते हुए बोली, "हाँ, जानती हूँ।"

"झूठ!"

"मैं जानती हूँ अमित, क्योंकि मेरा भी वही हाल रहा जो तुम्हारा था।"

अब उन दोनों के मुँह से एक भी शब्द नहीं निकल पाया। वे चुपचाप एक-दूसरे को टकटकी बाँधकर देखने लगे। आख़िर अमित ने उसके बाज़ू को छूकर कहा, "आओ। पहले एक-एक प्याला चाय पियें।"

"अवश्य!"

टी-स्टॉल के सामने पेटी के तख़्तों की बनी हुई कुछ भद्दी मेजें इधर-उधर बिख़री हुई थीं और उनके आसपास जंक खायी लोहे कि कुर्सियाँ पड़ी थीं। वे उन कुर्सियों पर जा बैठे। शशि बोली, "तुम्हें मेरे कारण कितनी परेशानी उठानी पड़ी!"

"मैं नौ बजे ही अड्डे पर पहुँच गया था।"

"ओह!" शशि की प्यार भरी आँखें अमित के चेहरे पर रुक गयीं।

"जानती हो, अगर तुम साढ़े ग्यारह तक न आतीं तो मैं ख़ुद बस पर सवार होकर सोलन पहुँच जाता।"

शशि की आँखें चमक उठीं, बोली, "तो क्या हुआ! वहाँ भी हम ख़ूब घुमायी करते।"

"मेरे मन में न जाने कैसे-कैसे विचार आ रहे थे। कभी कुछ सोचता और कभी कुछ..."

"मैं जानती हूँ। मगर इसमें मेरा दोष नहीं। रास्ते में ही कोई झंझट हो गयी।"

"कैसी झंझट?"

"दुर्घटना!"

"क्या मामला गम्भीर था?"

"गम्भीर तो नहीं था, लेकिन उसे गम्भीर बना दिया गया था।"

"वह कैसे?"

"एक साइकिल सवार लड़का बस के नीचे आते-आते बचा। ख़ुद उसे तो कोई ख़ास चोट नहीं आयी, मगर साइकिल के पहिये टेढ़े हो गये। लोगों ने बस को घेर लिया। वे ड्राइवर पर दोष धरते थे, लेकिन ग़लती लड़के की ही थी...."

अमित बोला, "चलो रहने दो। उसी वजह से देर हो गयी तुमको। हम अपनी बातें करें।"

"तुमने ठीक कहा।"

एकाएक अमित को कुछ ख़्याल आया तो बेइख़्तियार उसके मुँह से निकला, "चाय।"

उसने मुड़कर टी-स्टॉल की ओर देखा। वहाँ काफ़ी भीड़-भाड़ थी। वह समझ गया कि उन्हें वहाँ पूछनेवाला कोई नहीं था। चुनाँचे वह ख़ुद ही उठा और टी-स्टॉल पर पहुँच गया। थोड़ी ही देर में वह एक ट्रे पर गर्मा-गर्म चाय के दो प्याले, कुछ समोसे और कुछ बिस्कुट रख कर ले आया।

शशि ने ये सब चीज़ें उठा कर मेज़ पर टिका दीं और हँस कर बोली, "ठीक किया। यहाँ तो इसी तरह काम चलेगा। यह कौन फाइव-स्टार होटल है जो बावर्ची बैरे के आने का इन्तज़ार किया जाये।"

इस पर दोनों ही हँसने लगे।

चाय का दौर शुरू हो गया। शशि ने पूछा, "यहाँ तुम किस होटल में ठहरे हो?"

"होटल में नहीं, मैं अपनी बहन के घर में रुका हुआ हूँ।"

"तो तुम्हारे जीजा जी यहाँ कोई नौकरी करते हैं या कारोबार करते हैं?"

"दरअसल वह घड़ियों का काम करते हैं। अपनी दुकान नहीं है। घड़ियों की एजेंसी उनके पास है। एजेंसी का दफ़्तर घर के ही एक कमरे में खोल रखा है। बीच-बीच में वह दौर पर भी चले जाते हैं। महीने में लगभग तीन हफ़्ते घर से बाहर ही रहते हैं। पूरे हिमाचल प्रदेश के लिए उन्हीं के पास एजेंसी है।"

हाथ उठा कर बोली "बस बस! मैं बहुत अधिक नहीं जानना चाहती। मैंने यह बात यूँ ही पूछ ली थी। बाई द वे।"

"ठीक है! यह तो बताओ कि हमारा आज का प्रोग्राम क्या रहेगा।"

"घुमायी।"

"गुड!"

"मुझे पहाड़ों पर घूमने में बहुत मज़ा आता है।"

"मुझे भी!...और फिर कोई साथी हो तो क्या कहने।"

"साथी...से मतलब, जीवन साथी", शशि ने आँखें नचा कर पूछा, और फिर ज़ोर से हँसने लगी।

अमित ज़रा-सा झेंप गया, जैसे कि ऐसे मौक़ों पर कुँआरे लड़के झेंप जाते हैं। अमित बोला, "घुमायी कहाँ-कहाँ की होनी चाहिए और कैसी होनी चाहिए?"

"यह सब तुम जानो। अपन कुछ नहीं जानते।"

"मगर तुम्हारी भी तो कुछ राय होगी?"

"मेरी राय केवल इतनी है कि मेरी डोरी तेरे हाथ।"

इतना कहकर शशि बड़े ज़ोर से हँस पड़ी। जब वह इतने ज़ोर से हँसती थी तो उसका सारा ज़िस्म बड़ी नज़ाकत से बलखाने लगता।

अमित ने पल-दो-पल उँगलियों से अपने माथे को बजाने के बाद कहा, "मेरे विचार में अभी हम शिमले के बाहर का चक्कर लगायें। बाज़ारों में घूमेंगे, या किसी भीड़-भाड़ वाले रेस्टोरेण्ट में बैठेंगे नहीं तो कोई-न-कोई जान-पहचान वाला निकल आयेगा।"

"जान-पहचान वाला? मेरा तो यहाँ जान-पहचान वाला कोई नहीं है। हाँ! तुम अपनी सोच लो।"

"देवी जी! यह कहना ज़्यादा सही होगा कि मेरी जान-पहचान का यहाँ कोई नहीं है, आप ही के जान-पहचान वाले ज़्यादा हैं।"

"फिर "आप"?"

"सॉरी! तुम।"

"इस बात का मतलब?"

"जानती हो कल क्या हुआ?"

"कल?"

"मेरा मतलब है कि तुम्हारे विदा हो जाने के बाद।"

"कोई ख़ास बात?"

"यह तो तुम जानो।"

"कुछ पता चले तो समझने की कोशिश भी करूँ।"

"वास्तव में तुमसे मुलाक़ात होने से पहले ही मैं रिज पर बैठा इस बात की प्रतीक्षा कर रहा था कि छह बजे तो मैं उठकर सिनेमा हाउस की ओर चल दूँ। तुम्हारे विदा हो जाने के बाद जब मैं सिनेमा हाउस की ओर चला तो कुछ ही क़दमों के फ़ासले पर मेरे कानों में आवाज़ आयी "आप इस लड़की को कब से जानते हैं?–मैं चकित रह गया..."

शशि ने बात काटते हुए पूछा, "क्या उसका इशारा मेरी ओर था?"

"बिलकुल!"

"तो तुमने क्या जवाब दिया?"

"जवाब क्या देता! मुझे कोई उत्तर सूझा ही नहीं। वह अचानक ही मेरे सामने आकर खड़ा हो गया। उसने प्रश्न किया और मैं बग़लें झाँकने लगा। फिर मैं बिना कुछ कहे आगे बढ़ गया। मन में यह डर लगा हुआ था कि कहीं वह मेरा पीछा न करे। मगर ऐसा नहीं हुआ।"

"आश्चर्य।"

"जभी तो मैं कहता हूँ कि तुमको जाननेवाले यहाँ कुछ-न-कुछ लोग ज़रूर हैं, वरना वह मुझसे ऐसा प्रश्न क्यों करता?"

"उसका हुलिया कैसा था?"

"क़द में मुझसे लम्बा था। बदन ढीला-ढाला। कपड़े भी ढीले-ढाले। रंग गहरा गेहुँआ। आँखें धुँधली-धुँधली। मोटे शीशों का चश्मा आँखों पर चढ़ा हुआ था। बाल बिलकुल सीधे, लेकिन बिखरे हुए। झाड़ू के तिनकों की तरह कुछ बाल उसके माथे पर बिखरे हुए थे...और हाँ उसका ऊपरवाला होंठ निचले होंठ से कुछ ज़्यादा मोटा था और आगे को भी बढ़ा हुआ था..."

यह कहते-कहते अमित ने महसूस किया कि शशि पत्थर की मूर्ति की तरह स्थिर-सी हो गयी थी। बोलते-बोलते उसकी ज़बान भी रुक गयी।

शशि की यह दशा देखकर अमित ने महसूस किया कि उसे यह बात नहीं कहनी चाहिए थी। हँसता-बोलता चेहरा मुरझा गया था। वास्तव में वह किसी प्रकार की कुरेद नहीं करना चाहता था। उसने अपना हाथ बढ़ा कर मेज़ पर रखे शशि की हाथ की उँगलियों को धीरे से छूते हुए पूछा, ''बुरा मान गयी?''

शशि ने केवल इन्कार में सिर हिला दिया।

''ओ हो शशि! मेरा यह मतलब नहीं था। विश्वास करो, मेरे मन में ऐसी कोई बात जानने की जिज्ञासा तक नहीं है।''

शशि ने धीरे से बोलना शुरू किया, ''वह...''

अमित ने फ़ौरन ही बात काट कर कहा, ''उसको भाड़ में डालो जी! मुझे उससे कुछ मतलब नहीं है। न मैं यह जानना चाहता हूँ कि वह कौन है। बस तुम यही समझ लो कि वह मुझे मिला ही नहीं। मिला भी तो क्या। वह एक ही वाक्य, जिसका मैंने उत्तर तक नहीं दिया। बस कहानी ख़त्म।''

अब शशि के चेहरे पर धीरे-धीरे वही रंग उठने लगा जो पहले था। अमित चहककर बोल उठा, ''गुड गर्ल! फाइन गर्ल! अरे, मैं कहता हूँ कि ऐसी किसी उलझन में पड़ने की ज़रूरत ही क्या है? सुहाना मौसम है। चारों ओर पहाड़-ही-पहाड़ हैं, रंग-बिरंगी चिड़ियाँ, ख़ुशबू फैलाते हुए फूल। जिनमें सबसे ज़्यादा ख़ूबसूरत, नाज़ुक तथा सुगन्धित फूल तुम हो।''

शशि मुस्करा दी।

अमित उसका हाथ दबा कर बोला, ''यह हुई न बात! मैं कहता हूँ, जमानेवाले जायें भाड़ में। हमें दुनिया और दुनियावालों से क्या लेना-देना। तुम हो, मैं हूँ, पहाड़ों की

भीगी-भीगी सुनसान सड़कें हैं। कहीं गर्म चाय मिलती है, कहीं भाप उड़ाती हुई कॉफी दिखायी देती है। चुगने के लिए दुनिया भर की चीज़ें हैं। तुम्हीं बताओ...हम दोनों को और क्या चाहिए।''

शशि सिर झुकाये मुस्कराती रही।

अमित ने फिर पूछा, ''तुमने मेरे प्रश्न का उत्तर नहीं दिया।''

शशि ने नज़र ऊपर उठायी और आँखें झपकाते हुए बोली, ''कौन-सा प्रश्न?''

''मैं पूछ रहा था कि हमें और क्या चाहिए।''

''सब-कुछ तो है, कम-से-कम मुझे तो और कुछ नहीं चाहिए।''

''मुझे भी और कुछ नहीं चाहिए।''

इस पर वे दोनों ही खिलखिला कर हँस दिये।

चाय ख़त्म होने को थी। अमित ने पूछा, ''बोलो, अब क्या प्रोग्राम होना चाहिए?''

''फिर वही बात! मैं कह चुकी हूँ कि मेरी डोरी तेरे हाथ।''

''अरे हाँ। भूल हो गयी। गोया मैं रेल का इंजन हूँ, तुम मेरे पीछे-पीछे चलनेवाली गाड़ी हो।''

शशि ने शरारत से मुस्कराकर कहा, ''ऐसी उच्चकोटि की बात तो कोई महान् कवि ही कह सकता है। इंजन से अपनी तुलना करना और गाड़ी से मेरी तुलना! वाह-वाह ...तुम्हारा जवाब नहीं।''

अमित अपनी दोनों रानों पर हाथ मार कर ज़ोर से हँसा।

इतने में टी-स्टॉल का नौकर बर्तन उठाने आ गया। अमित ने उससे कहा, ''हम यहाँ आकर इतनी देर बैठे रहे, लेकिन आर्डर लेने के लिए कोई नहीं आया, अब बर्तन लेने आ गये?''

''बाबू जी, बर्तन कम पड़ जाता है।''

''कोई बात नहीं, भगवान् तुम्हारे मालिक को और बर्तन देगा। मगर मैं सब चीज़ों के दाम दे चुका हूँ।''

''जी हाँ, मालिक ने बता दिया था।''

अमित ने पचास पैसेवाला सिक्का उसकी ओर बढ़ाते हुए कहा, ''यह रही तुम्हारी बख़्शीश।''

नौकर सलाम करके चला गया। अमित शशि की ओर मुँह करके बोला, ''जैसा कि मैंने पहले कहा था, हम बाहर-बाहर का चक्कर लगायेंगे। मतलब यह कि हमें किसी जान-पहचान वाले का डर नहीं। अलबत्ता बाज़ार में घूमने का मज़ा ही क्या है। ऐसे बाज़ार तो हर शहर में होते हैं। लेकिन ऐसे दृश्य देखने को कहाँ मिलेंगे। बोलो, क्या विचार हैं?''

शशि ने अपनी पतली-सी नाज़ुक उँगली उठाकर कहा, ''सुनो मिस्टर! इंजन को बार-बार गाड़ी से सलाह-मशविरा नहीं करना चाहिए। इंजन को तो बस चल देना चाहिए।''

यह सुनते ही अमित उठ खड़ा हुआ और बोला, ''लो फिर, इंजन चल दिया।''

हाथ-में-हाथ दिये वे हँसते, चहकते वहाँ से निकल पड़े। अमित ने कहा, ''मेरा प्रोग्राम यह है कि हम कोर्ट रोड पर चलते हुए छोटे शिमले पहुँचे, वहाँ से बाहरवाली सड़क पर चलते हुए संजौली जायें। संजौली से चलकर लक्कड़ बाज़ार से होते हुए रिज पर पहुँचे। इस तरह हर माल रोड के किसी अच्छे-से-अच्छे रेस्टोरेण्ट में बैठकर भोजन कर सकेंगे। बोलो, क्या ख़्याल है?—अरे हाँ! कुछ मत कहो! इंजन तो मैं हूँ, तुम केवल गाड़ी हो।''

यह सुना तो शशि ने सिर पीछे को फेंक कर ज़ोर से क़हक़हा लगाया। उसके क़हक़हे का संगीत सारे वातावरण में गूँज उठा।

वे बढ़े जा रहे थे। शशि चहक-चहक कर अपने छुटपन की कुछ बातें बता रही थी। अमित का ध्यान उसकी बातों की ओर नहीं था। वह कुछ नहीं सुन रहा था, वह केवल उसके चेहरे की ओर देखे जा रहा था कि हर बात पर कैसे उसकी आँखें झपकती हैं, कैसे उसके होंठ नृत्य करते हैं, कैसे उसके दाँत बिजली की तरह कौंध जाते हैं, कैसे उसकी कमर हवा के झोंकों के साथ बल खाती है। अपने विचारों में खोये-खोये अमित का ध्यान उस युवक की ओर चला गया जिसके विषय में उसने प्रश्न कर डाला था। वह कितनी बड़ी भूल थी उसकी! अब वह उससे कुछ नहीं पूछेगा। उसके पति के बारे में, बच्चों के बारे में, उस अवसर के विषय में जब उनकी पहली मुलाक़ात हुई थी। आख़िर सब-कुछ स्पष्ट ही तो था। इसमें पूछने की बात ही क्या थी? इस समय शशि न किसी की पत्नी थी, न किसी की माँ... वह तो केवल एक हसीन तितली थी, एक ख़ूबसूरत माशूक़ा थी। जहाँ तक उसका अपना सम्बन्ध था, वह तो कुंवारा था ही। न किसी का पति, और न बच्चों का बाप।

चलते-चलते शशि ने उसके हाथ को हलका-सा झटका देते हुए शिकायत की, ''तुम्हारा ध्यान मेरी बातों की ओर नहीं है।''

वह हड़बड़ा कर बोला, ''अरे मैं...मैं...''

''मैं-मैं क्या करते हो? तुम तो बिलकुल खोये हुए से लगते हो।''

''ठीक कहती हो। मैं सचमुच खो गया था।''

शशि ने मुँह फुलाकर पूछा, ''कहाँ खो गये थे?''

''मैं खो गया था किसी हसीना की आँखों में! मैं खो गया था किसी महबूबा के स्वर के सुरीले संगीत में। मैं खो गया था लहराती, बलखाती, काली ज़ुल्फ़ों के अँधेरे में...''

इस पर शशि ने बहुत ख़ुश होकर उसे दोनों हाथों से परे धकेल दिया, और ख़ुद तेज़-तेज़ क़दमों से आगे बढ़ गयी। पल-दो-पल अमित जहाँ-का-तहाँ खड़ा शशि के मटकते कूल्हों को देखता रहा।

एकाएक शशि ने पलटकर उसकी ओर देखा और पूछा, ''तुम वहाँ खड़े क्या देख रहे हो?''

"मैं देख रहा हूँ कि गाड़ी इंजन बनती जा रही है।"

शशि हँस दी, और बोली, "इस पर तो इंजन को शर्म आनी चाहिए।"

"शर्म, अरे! इंजन को तो पसीने छूट रहे हैं। ज़रा नज़दीक आकर तो देखो।"

"इंजन के तेवर ख़तरनाक लगते हैं। गाड़ी इंजन के इतना नज़दीक आने से कतराती है।"

"तो फिर मैं आता हूँ।"

यह कहकर अमित दौड़ पड़ा। शशि आगे-आगे भागी। कुछ देर के बाद हाँफते हुए शशि रुक गयी, अपना हाथ पीछे बढ़ाकर अमित के हाथ-में-हाथ दे दिया। कुछ दूर तक वे दोनों आड़े-तिरछे क़दमों से दौड़ते चले गये, और फिर सामान्य गति पर आ गये।

अमित को ख़्याल आया कि पिछले दिन उसी समय यह बात उसकी कल्पना में भी नहीं आ सकती थी कि चौबीस घण्टों के बाद वह एक बहुत ही ख़ूबसूरत लड़की के साथ फिल्म के किसी नायक की तरह पहाड़ी में अठखेलियाँ करता फिरेगा।

चलते-चलते अमित ने हाथ के इशारे से कहा, "वह रहा सिक्खों का गुरुद्वारा। उससे ऊपर कारोनेशन होटल। उससे ऊपर लोअर बाज़ार। उससे भी ऊपर माल रोड। सबसे ऊपर वह स्वर्ग है जहाँ कल शाम को मेरी मुलाक़ात एक परी से हुई थी..."

"और अब तुमने उस परी के पर काट दिये हैं। वह उड़ने क़ाबिल नहीं रही—लेकिन सुनो! मुझे यह सब चीज़ें क्या दिखा रहे हो? मैं शिमले के चप्पे-चप्पे से वाक़िफ़ हूँ। आसपास के पहाड़ों, गाँवों और पगडण्डियों की ख़ूब सैर कर चुकी हूँ।"

"सॉरी! तब तो मुझे तुमसे माफ़ी माँगनी चाहिए, क्योंकि वह तो उलटे बाँस बरेली को भेजनेवाली बात हो गयी।"

"जाओ, तुम्हें माफ़ किया।"

वे बढ़ते चले गये। बलखाती हुई सड़क पर कहीं-कहीं रुक कर वे आसपास के दृश्यों का आनन्द लेने लगते। रास्ते में एक जगह रुक कर शशि नीचे की ओर देखने लगी। अमित को कोई ख़ास चीज़ दिखायी नहीं दी। कुछ दूरी पर थोड़े से क्वार्टर बने हुए थे। क्वार्टरों के नीचे पहाड़ की ढलान पर छोटे-छोटे खेत थे। उनके भी नीचे चीड़ के पेड़ों के झुण्ड थे।

कुछ देर तक तो अमित भी चुप रहा, फिर उसने शशि की ओर देख कर पूछा, "कोई ख़ास बात है क्या?"

शशि ने एक नज़र उस पर डाली और कहने लगी, "कुछ बीती बातें याद आ गयीं।"

अमित समझ नहीं पाया कि वहाँ ऐसी कौन-सी रोमाण्टिक चीज़ थी जिसके कारण शशि को बीती बातें याद आने लगीं।

शशि फिर बोली, "कभी मैं इन क्वार्टरों में रहा करती थी। मुझे एक बात ख़ास तौर पर याद है। कभी-कभी जब मैं बालों की घटायें उड़ाती हुई क्वार्टर से निकल कर नीचे

की ओर भागती थी तो खेतों में एक लड़का छिपा रहता था। वह अचानक ही मुझे दबोच लेता और चटाक-पटाक मेरे न जाने कितने चुम्बन ले लेता...''

इतना कह कर शशि ने अपनी ज़बान चटखायी, जैसे किसी चटपटी चीज़ की याद आ गयी हो।

अमित को कुछ मज़ा नहीं आ रहा था। उसकी शकल यूँ लग रही थी मानो मुँह का ज़ायका ख़राब हो गया हो। काफ़ी देर के बाद शशि ने पलट कर उसकी ओर देखा तो अनायास ही बोल उठी, ''अरे।''

''क्या हुआ?''

''तुम्हारा मुँह लटक गया?''

अमित ने अपनी नाक ऊपर को उठा कर कहा, ''मेरा चेहरा क्यों उतरने लगा?''

''कारण जो कुछ भी हो, लेकिन इतना बता दूँ कि उस समय मेरी उम्र सात साल की थी, और उस लड़के की उम्र साढ़े सात साल।''

इतना कह कर शशि को बड़े ज़ोर की हँसी छूटी। वह हँसते-हँसते पीछे को हटती गयी। यहाँ तक कि उसकी पीठ पहाड़ की चट्टान से जा लगी।

कैसा मज़ा था इस अल्हड़पन में। वे दोनों यूँ महसूस कर रहे थे जैसे एक बार फिर उनके बचपन का ज़माना लौट आया है। वे दोनों हाथ-में-हाथ देकर छोटे शिमले की ओर बढ़ने लगे।

छोटे शिमले में कोई ख़ास बात थी नहीं। वहाँ पहुँच कर अमित ने कहा, ''एक-एक प्याला चाय हो जाये?''

''हो जाये।''

वे एक छोटे से टी-स्टॉल में घुस गये। पहाड़ी मालिक पट्टू लपेटे, चौकड़ी भरे एक चौकी पर बैठा था। एक पहाड़ी लड़का जो शायद उसका बेटा था, भट्ठी के पास खड़ा था। भट्ठी की दो दहकती हुई अँगीठियों के ऊपर बड़ी-बड़ी केतलियों में पानी उबल रहा था, और भाप उनकी टोटियों में से बल खा-खाकर निकल रही थी।

वे दोनों एक ऐसी बेंच पर बैठ गये जिसकी चारों टाँगें बराबर नहीं थीं। चाय का आर्डर दिया। नौकर दो मगों में चाय भर लाया। उसकी कलाइयों पर जमी मैल साफ़ दिखायी दे रही थी। उसने अपनी नाक सुड़ककर पूछा, ''बाबू जी, बिस्कुट भी लाऊँ?''

''लाओ।''

बिस्कुट खाकर चाय पी और पैसे देकर वे दोनों संजौली को जानेवाली सड़क पर हो लिये। अठखेलियाँ करते वे बढ़ते चले गये। बातें ऐसी कि ख़त्म होने को न आती थीं। हँसी के फव्वारे छूट रहे थे।

एकाएक आसमान पर बादल छा गये। अँधेरा-सा फैल गया। अमित ने आकाश के एक क्षितिज से दूसरे क्षितिज तक नज़र दौड़ाते हुए कहा, ''लगता है बारिश होकर रहेगी।''

शशि ने पहाड़ की ढलान पर नज़र दौड़ाते हुए कहा, "बचाव के लिए कोई जगह ढूँढ़ लेनी चाहिए। एकदम बारिश होने लगी तो कहीं भाग भी नहीं पायेंगे।"

यह सुनकर अमित तेज़ी से आगे बढ़ते हुए कोई उचित जगह देखने लगा। एक स्थान पर जाकर रुक गया। वहाँ घने पेड़ के नीचे किसी ने सम्भवतः फावड़े से ज़मीन खोद रखी थी। उस छोटी-सी गुफा को देख कर अमित इस बात का अनुमान लगाने लगा कि इसमें वे दोनों एक-साथ घुस भी पायेंगे या नहीं। लेकिन अधिक सोचने का मौक़ा ही नहीं मिला। इतने में पटा-पट पानी की बूँदें पड़ने लगीं।

शशि कुछ क़दम पीछे रह गयी थी। बूँदें पड़ते देख कर बोली, "मैंने कहा था न कि बचाव की कोई जगह ढूँढ़ लेनी चाहिए।"

अमित ने उसकी ओर हाथ बढ़ाते हुए कहा, "चली आओ।"

शशि आगे को लपकी और अमित उसका हाथ थाम कर तेज़ी से गुफा की ओर बढ़ा। वे दोनों घुसपैठी करके गुफा में समा तो गये। मगर एक-दूसरे से बिलकुल ही सटे हुए थे। मजबूरन अमित ने एक बाज़ू उठाकर उसके घेरे में शशि के कन्धों को ले लिया। इस तरह बैठने में उन्हें कुछ सुविधा-सी महसूस हुई।

ऊपर घना पेड़ था। कुछ देर तक तो पानी पेड़ के पत्तों में ही रुकता रहा। मगर जब धीरे-धीरे बारिश तेज़ होने लगी तो पानी भी पत्तों से टपक-टपक कर नीचे गिरने लगा। उन दोनों के जिस्म तो किसी हद तक बचे रहे, लेकिन घुटनों से नीचे पाँव तक बचाव नहीं हो रहा था।

जूतों को भीगने से बचाने के लिए अमित ने अपने बूट और शशि ने अपने सैण्डिल उतार कर गोद में रख लिये। फिर अमित ने पतलून के पायँचे ऊपर को खींचे और शशि ने साड़ी के बार्डर को। कनखियों से अमित ने देखा कि उसके टखने और पिण्डलियाँ कितनी भरपूर सुडौल और चिकनी थीं। बारिश की बूँदें पिण्डलियों पर रुक नहीं पा रही थीं।

पहाड़ों की बारिश की असलियत जानते हुए भी शशि कनपटियों से ज़ुल्फ़ों को पीछे की ओर हटाते हुए बोली, "न जाने यह बारिश कब तक चलेगी!"

अमित ने उसे तसल्ली देते हुए कहा, "पहाड़ की बारिश से क्या घबराना! यह कोई दो-चार दिन या पाँच-छह घण्टे की झड़ी थोड़े ही है। बस बादल इधर आया, उधर गया।"

सामने बारिश की चादर में से उस पार के पहाड़ बिलकुल धुँधला गये थे। किसी हसीन नवयुवती के निकट इस क़दर सटकर बैठने का अमित का पहला मौक़ा था। पल-पर-पल शशि की जवानी की गर्मी से अमित का जिस्म भी दहकने लगा। इतने निकट से शशि के चेहरे का अंग-अंग कितना प्यारा लग रहा था। पानी की बूँदों के कारण यूँ लगता था जैसे अँगारों पर ओस की बूँदें लुढ़क रही हों। अमित के मन की क़ैफ़ियत कुछ ऐसी होती जा रही थी कि जब एकाएक ही बारिश बन्द हो गयी तो उसने मन-ही-मन भगवान् को धन्यवाद दिया जैसे वह बहुत बड़ी परीक्षा से बच निकला हो।

बारिश रुक जाने पर पहले अमित गुफा में से बाहर निकला। फिर शशि उसके हाथ के सहारे से बाहर आयी। अब जबकि बिना किसी विशेष घटना के वे सही-सलामत बच निकले थे, भगवान् का करना ऐसा हुआ कि शशि का पाँव बुरी तरह फिसल गया। अमित ने इसे बड़ी सफ़ाई से सँभाल लिया। मगर दबोचते समय हालत यह हुई कि वह बिलकुल उसके सीने के साथ लग गयी और दोनों के चेहरे इस क़दर नज़दीक आ गये कि अमित अपने होठों को उसके होठों पर चिपकने से रोक नहीं सका। हालाँकि वह मन-ही-मन सटपटाया भी, लेकिन मर्द की सहन-शक्ति की भी कोई सीमा होती है! इससे यह हरकत इस तरह बेइख़्तियार हो गयी, जैसे उसे जादू के ज़ोर से विवश कर दिया गया हो।

●

बड़ी मुश्किल से वे सँभल पाये और फिर एक-दूसरे से अलग होकर सड़क पर पहुँच गये।

शशि ज़रा और आगे बढ़ गयी और उसने अपने दोनों हाथ खड्ड की ओर बने हुए जंगले पर टेक दिये। अमित की तरफ़ उसकी पीठ थी, और वह यह भी नहीं देख सका कि शशि के चेहरे पर उस समय कैसी क़ैफ़ियत छायी हुई थी।

एक तरह से यह अच्छा ही हुआ। कुछ देर तक उन दोनों की आँखों का न मिलना ही बेहतर था। दोनों अपने-अपने विचारों में खोये हुए थे। अमित को ख़ास तौर पर परेशानी हो रही थी, क्योंकि उससे एक ऐसी हरकत हो गयी थी जो वह करना नहीं चाहता था। मगर इसमें क्या सारा दोष उसी का था? क्या शशि की कोई भूल नहीं थी? सबसे बढ़कर यह कि क्या सचमुच उन्होंने कोई बुरी हरकत की थी? अगर की थी तो क्या जान-बूझकर की थी?

ये सारे प्रश्न अमित के मन में तो उठे, मगर उनके उत्तर नहीं मिले। उसकी समझ में यह भी नहीं आ रहा था कि अब उसे क्या करना चाहिए। कुछ नहीं सूझा तो थोड़ी ही देर बाद वह भी जंगले के पास जा खड़ा हुआ। उसने हाथ आगे को बढ़ाकर कहा, ''बारिश तो बिलकुल बन्द हो गयी है।''

शशि ने नज़र उठाकर आकाश की ओर देखते हुए कहा, ''बादल भी फट गये हैं।''

उसका सामान्य स्वर सुनकर अमित के व्याकुल मन को शान्ति मिली, ज़रा हँसकर बोला, ''मैंने कहा था न कि पहाड़ की बारिश बस यूँ ही होती है।''

क्षण-भर शशि चुप रही फिर धीरे से बोली, ''अब चलें।''

''चलो।''

वे दोनों पहलू-ब-पहलू चल दिये। अमित ने छिपी नज़रों से शशि को देखा, लेकिन वह आँखें झुकाये चुपचाप क़दम उठाती रही।

यूँ लग रहा था कि उन्हें बोलने के लिए कोई विषय नहीं सूझ रहा था। कुछ ही देर पहले जो कुछ हो चुका था, उस विषय पर अमित ने कुछ कहना उचित नहीं समझा। वह यही सोचता रहा कि अब बातों का सिलसिला कैसे शुरू किया जाये। आख़िर वह बोल उठा, ''मुझे तो फिर चाय की तलब होने लगी है।''

''चाय तो अब संजौली पहुँचकर ही मिलेगी।''

''संजौली में तो अच्छा-खासा बाज़ार है। किसी बढ़िया रेस्टोरेण्ट में बैठकर चाय पी जा सकती है।''

''तुमने संजौली देख लिया?''

''क्यों नहीं! इतने दिनों से यहाँ हूँ। रिज के निकट लक्कड़ बाज़ार से साइकिल किराये पर मिल जाती है। संजौली में उसकी शाखा है। वहाँ पहुँचकर मैं साइकिल दाख़िल दफ़्तर करता था। घूमने-फिरने के बाद फिर साइकिल लेकर वापस चल पड़ता।''

''मगर छोटे शिमले से संजौली तक का रास्ता तो नहीं देखा होगा।''

''नहीं। बल्कि मैं कोर्ट रोड से छोटे शिमले भी कभी नहीं गया था। हाँ, कभी-कभी सन्ध्या को दीदी और उनके बच्चों के साथ कोर्ट रोड पर सैर करने के लिए निकल जाया करता था।''

चलते-चलते शशि ने सिर को झटका देकर अपने बाल पीछे की ओर फेंके, और फिर उन पर पड़ी बारिश की बूँदों को रूमाल से पोंछने लगी।

अब अमित को इतमीनान हो गया कि शशि ख़फ़ा नहीं थी। वह नाराज़ न भी हुई हो, लेकिन अब वह ऐसी हरकत कभी नहीं करेगा।

एक बार फिर बातों का सिलसिला शुरू हो गया, मगर अबके वह चुहलबाजी नहीं हो रही थी।

संजौली के बाज़ार में उन्हें अच्छा-सा रेस्टोरेण्ट दिखायी दिया। वहाँ चाय भी बढ़िया मिली। कुछ खाने की बात हुई तो शशि बोली, ''अब तो माल रोड पहुँचकर ही खाना खायेंगे।''

चाय से फ़ुर्सत पाकर जब वे चले तो अमित ने सुझाव दिया, ''क्यों न हम यहाँ से साइकिल ले लें।''

शशि कुछ हिचकिचाते हुए बोली, ''मुझे साइकिल चलानी नहीं आती।''

''तो क्या हुआ।'' अमित ने मन-ही-मन ख़ुश होकर उत्तर दिया।

साइकिलवाला अमित को पहचानने लगा था, इसलिए साइकिल भी बढ़िया-सी मिल गयी।

कुछ दूर तक वे पैदल चले। तब अमित ने हैण्डिल के इधर फ्रेम के ऊपर अपना कोट तह करके रख दिया। शशि दोनों टाँगें एक ओर को लटका कर बैठ गयी। सीट पर बैठकर वह साइकिल चलाने लगा तो शशि की ज़ुल्फ़ें उड़-उड़ कर उसके चेहरे से टकराने लगीं। उसकी नाक ज़ुल्फ़ों में बसी सुगन्ध से महक उठी। उसने शशि का मन बहलाने के लिए कुछ चुटकुले सुनाने शुरू कर दिये। शशि पहले तो मुस्करायी, और फिर खुलकर हँसने लगी।

लक्कड़ बाज़ार तक पहुँचते-पहुँचते शशि बिलकुल नार्मल दिखायी देने लगी।

थोड़ी ही देर बाद वे रिज के किनारे आकर एक बेंच पर बैठ गये। अमित अपनी टाँगों को सहलाते हुए बोला, "आज तो ख़ूब सैर हो गयी।"

शशि ने भी अपनी टाँगें दबाते हुए कहा, "मुझे तो थकान-सी महसूस हो रही है। आज रात गहरी नींद आयेगी।"

कुछ देर तक इधर-उधर की बातों के बाद अमित ने सुझाव दिया, "मेरे ख़्याल में भोजन कर लिया जाये। इस तरह हमारी थकान दूर हो जायेगी और हम फिर ताजादम हो जायेंगे।"

शशि ने मुँह से कुछ नहीं कहा लेकिन वह फ़ौरन ही उठ खड़ी हुई। वे दोनों धीर-धीरे चलते हुए लाला लाजपत राय की मूर्ति के निकट से बायें को मुड़ कर माल रोड पर पहुँच गये। वे एक रेस्टोरेण्ट के पिछवाड़ेवाले भाग में जाकर बैठ गये। वहाँ की खुली खिड़कियों में से पहाड़ों के सुन्दर दृश्य दिखायी दे रहे थे।

भोजन का आर्डर देने के बाद अमित ने घड़ी पर नज़र डाली और कहा, "अगर हम चाहें तो साढ़े तीन बजे का शो देख सकते हैं। समय तो है।"

"नहीं अमित, मुझे चार बजे की बस से सोलन लौट जाना होगा।"

"क्यों? एक रात हमारे घर में तो काट सकती हो? वहाँ मेरी दीदी, जीजा जी और बच्चे आदि सभी तो हैं।"

"सो तो कोई बात नहीं, लेकिन पापा मेरा इन्तज़ार करेंगे। मेरे वापस न पहुँचने पर मम्मी परेशान हो उठेंगी।"

अमित उदास हो गया।

उसे इस हालत में देख कर शशि ने उसके हाथ को अपनी उँगलियों से छूते हुए कहा, "परेशान होने की क्या ज़रूरत है, अब तो हम मिलते ही रहेंगे।"

शशि के इन शब्दों और उसकी उँगलियों के स्पर्श से अमित के मन की कली खिल उठी। उसके दिल का बोझ उतर गया। उसे इतमीनान हो गया कि शशि ने वास्तव में उस हरकत का बुरा नहीं माना था। उसे बुरा मानना भी नहीं चाहिए था। वह काफ़ी समझदार थी। कम-से-कम उसने इस बात का अनुमान तो लगा ही लिया होगा कि आपस की बेतकल्लुफ़ी, चुहलबाजी और छेड़-छाड़ का यह नतीजा भी निकल सकता है...

इतने में बैरा खाने की ट्रे लेकर आ गया।

वे दोनों बहुत धीरे-धीरे हँसते-बोलते हुए भोजन करते रहे। उसके बाद कॉफी का दौर चला। वे ख़ुद ही चाहते थे कि रेस्टोरेण्ट में जितना भी अधिक-से-अधिक समय बीत जाये उतना ही अच्छा है। यहाँ तक कि शशि ने अपनी कलाईवाली घड़ी पर नज़र डाल कर कहा, ''अब हमें बस-अड्डे की ओर चल देना चाहिए।''

अमित ने चुपचाप बिल का भुगतान किया। रेस्टोरेण्ट से निकल कर दोनों ने पान खाया और फिर वे टहलते हुए बस-अड्डे को चल दिये। वहाँ पहुँच कर उन्हें पता चला कि बस रवाना होने में अभी बीस-पच्चीस मिनट बाक़ी थे। तब वे दोनों पहाड़ की ढलान के ऊपर जानेवाली पगडण्डी पर चल दिये। यहाँ तक कि बस के अड्डे से काफ़ी दूर निकल आये।

शशि ने एक जगह रुक कर कहा, ''अब तो चला नहीं जाता।''

अमित बोला, ''आगे जाकर करेंगे भी क्या? वापस भी तो लौटना है।''

अमित यूँ ही टहलता हुआ पगडण्डी से चौदह-पन्द्रह कदम परे चला गया और एक ऊँचे पेड़ के तने से पीठ लगाकर खड़ा हो गया।

कुछ देर तक शशि जहाँ की तहाँ खड़ी रही, और फिर वह भी धीरे-धीरे चलती हुई उसके पास पहुँच गयी।

सम्भवतः जुदाई के ख़्याल से दोनों ही उदास थे। कोई विशेष बातचीत नहीं हो रही थी। दोनों को कुछ नहीं सूझ रहा था। आख़िर अमित ने धीरे से कहा, ''शशि''।

शशि दो क़दम आगे बढ़कर बिलकुल उसके निकट जा खड़ी हुई। उसके होंठ बन्द थे और आँखें झुकी हुई थीं।

अमित ने कुछ काँपती हुई आवाज़ में पूछा, ''शशि, तुमने बुरा तो नहीं माना?''

शशि कुछ नहीं बोली। अमित के मन में उलझन-सी होने लगी। एकाएक ही शशि ने एड़ियाँ उठा कर दोनों बाँहें उसके गले में डाल दीं। इस पर अमित ने फ़ौरन उसकी कमर को अपने बाज़ुओं में जकड़ लिया।

एक बार फिर शशि का चाँद-सा मुखड़ा उसके बहुत ही निकट आ चुका था, और वह अपने-अपने होंठों पर एक-दूसरे की साँस के स्पर्श को महसूस कर रहे थे। मगर इस बार अमित ने अपने होश कायम रखे। वह पागल हो उठा था, लेकिन उसने अपने होंठों को और आगे नहीं बढ़ने दिया। उन दोनों की साँस बड़े ज़ोर-ज़ोर से चल रही थी। तब शशि ने धीरे-धीरे पलकें ऊपर उठायीं तो उसकी आँखों में नमी-सी दिखायी दी। अमित ने कुछ कहना चाहा, मगर उसका गला भर आया।

कुछ देर तक यही क़ैफ़ियत रही। फिर जब दूर से उन्होंने किसी को पगडण्डी पर आते देखा तो फ़ौरन एक-दूसरे से अलग हो गये।

शशि ने एक बार फिर अपनी घड़ी पर नज़र डाली। अमित उसका मतलब समझ गया। फिर वे दोनों एक-दूसरे के हाथ-में-हाथ दिये बस अड्डे की ओर चल दिये।

जब बिलकुल निकट पहुँच गये तो वे अलग हो गये।

अड्डे पर पहुँच कर अमित ने बस कण्डक्टर से पूछा, "कितनी देर है अभी चलने में?"

"अब ज़्यादा देर नहीं है।"

"तो क्या एक प्याला चाय पीने का समय है?"

"बिलकुल है। जब तक आप चाय नहीं पी लेंगे हम बस चलने नहीं देंगे" बस कण्डक्टर ने ख़ुशमिज़ाजी से हँसकर जवाब दिया।

अमित ने पलट कर शशि की ओर देखते हुए पूछा, "आख़िरी कप चाय हो जाय तो क्या हर्ज़ है?"

शशि चुपचाप लोहे की कुर्सी पर बैठ गयी और उसने अपना एक हाथ मेज़ पर रख दिया।

उस समय टी-स्टॉल पर ज़्यादा भीड़ भी नहीं थी। जिस नौकर ने आठ आने बख़्शीश पायी थी, वह फ़ौरन चाय के दो प्याले लेकर उनके पास आ गया।

अमित शशि से बहुत कुछ पूछना चाहता था। वह कम-से-कम इतना तो जानना चाहता था कि आज के बाद उसकी मुलाक़ात कहाँ और कैसे होगी। मगर वह कुछ भी पूछने का साहस नहीं कर पा रहा था। यहाँ तक कि चाय ख़त्म हो गयी।

इतने में कण्डक्टर ने सीटी बजा दी।

बस के जीने पर क़दम रखते हुए शशि बोली, "अपना पता लिख कर दे दो मैं ख़ुद ही तुम्हें लिखूँगी।"

यह कह कर शशि भीतर चली गयी और खिड़की के निकट सट कर सीट पर बैठ गयी।

अमित ने जेब से काग़ज़ और पेन निकाला, जल्दी से अपना पता घसीटा और काग़ज़ तह करके शशि की ओर बढ़ा दिया।

अब भारी-भरकम सिक्ख ड्राइवर अपनी सीट पर बैठ कर स्टीयरिंग सँभाल चुका था। शायद वह अभी-अभी पेट भर भोजन करके आया था, उसने दो गहरे डकार लिये, और फिर इंजन स्टार्ट कर दिया।

बस चल दी। अमित ने महसूस किया कि उसका दिल पसलियों के पिंजर में से निकल कर बस के साथ-ही-साथ चला जा रहा था। सुबह के समय शशि की आँखों में जितनी शोखी और चमक थी, अब उतनी ही उदासी और गम्भीरता भरी हुई थी।

आख़िर बस पेड़ों की ओट में ओझल हो गयी। अमित को लगा जैसे अब वह अपनी टाँगों पर खड़ा नहीं रह पायेगा।

●

बस के अड्डे पर अब भी चहल-पहल थी, लेकिन अमित को वहाँ सन्नाटा-ही-सन्नाटा लग रहा था। वह धीरे-धीरे उसी पगडण्डी पर चल पड़ा जिस पर कुछ देर पहले शशि के साथ गया था। वह उसी पेड़ के पास जा पहुँचा जहाँ कुछ ही देर पहले वे दोनों एक-दूसरे के गले से लिपट गये थे। फिर उसका जी चाहा कि उसी पेड़ से लिपटकर फूट-फूट कर रोने लगे।

कितनी ही देर तक वह खड़ा रहा। उसे वहाँ से चलना ही पड़ा। मगर वह कहाँ जायेगा।

उसे यूँ लग रहा था जैसे वह संसार में बिलकुल बेसहारा रह गया है। उसका कोई ठिकाना नहीं रहा।

क़दम घसीटता हुआ वह लौट पड़ा। घर जाने को जी नहीं चाहा। चलते-चलते वह रिज पर जा पहुँचा। उसने पल-भर रुक कर रिज के मैदान पर नज़र डाली। फिर वह उसी बेंच पर जाकर बैठ गया जहाँ पिछली शाम बैठा था।

वह सोचने लगा कि पिछले चौबीस घण्टों के भीतर-भीतर उसके जीवन में कितना बड़ा इन्क़लाब आ चुका था। पिछली सुबह को उसकी कल्पना में भी यह बात नहीं आ सकती थी कि आज शाम उसके मन की क्या क़ैफ़ियत हो जायेगी।

हक़ीक़त यह थी कि इस समय वह कुछ भी सोच नहीं पा रहा था। उसे केवल इस बात का एहसास था कि इस भरी-पूरी दुनिया में आज वह बिलकुल अकेला रह गया था। ऐसी हसीन महिला ने फूलों की ख़ुशबू की तरह उसके जीवन में प्रवेश किया। कुछ समय के लिए स्वप्न की भाँति उसके साथ रही, और फिर हवा के हलके-फुलके झोंके की तरह उसके जीवन से निकल भी गयी। इस काण्ड के कई उलझे हुए पहलुओं

का एहसास होते हुए भी वह उनके विषय में सोच नहीं पा रहा था। वह केवल एक कटी हुई पतंग की तरह हवा में मानो हिचकोले खा रहा था...

न जाने कब तक हिचकोले लेता रहा, आख़िर बेचैन होकर वह उठ खड़ा हुआ। बिना यह सोचे कि उसका कहाँ जाने का इरादा था। अभी से घर लौटना बेकार था। मगर जाये भी तो कहाँ....वही हालत थी :

बैठता हूँ तो दर्द उठता है।

दर्द उठता है तो बैठ जाता हूँ।

गोया न अब बैठ पा रहा था, न कहीं जाने को जी चाहता था।

मानो बेहोश-सा वह क़दम उठाते हुए बढ़ता चला गया। यहाँ तक कि वह उसी रेस्टोरेण्ट के सामने पहुँच गया जहाँ कुछ देर पहले उसने शशि के साथ खाना खाया था—पल-भर रुक कर वह भीतर चला गया।

इस समय वहाँ काफ़ी भीड़-भाड़ थी। वह पिछवाड़े की ओर पहुँचा तो वहाँ सब मेज़ें घिरी हुई थीं। उसने निराशा से चारों ओर नज़र घुमायी और फिर बाहर निकलने के लिए लौट पड़ा।

"सुनिये!"

पीछे से उसके कानों में आवाज़ आयी। वह यही समझा कि उसे बुलानेवाला भला वहाँ कौन था। मगर एक ही क़दम और बढ़ा होगा कि फिर वही आवाज़ सुनायी दी, "ज़रा सुनिये!"

उसने पलट कर देखा तो एक स्त्री को अपनी ओर देखते पाया। आँखें चार होते ही वह औरत मुस्कराकर बोली, "जी हाँ, मैं आप ही से कह रही थी।"

एक बच्चा औरत की गोद में था, दूसरा उसके घुटने से लगा था। सामनेवाली कुर्सी पर बयालीस-तैंतालीस वर्ष का कोई पुरुष बैठा था। स्त्री की उम्र भी पैंतीस-छत्तीस वर्ष से कम नहीं थी।

वह उनके निकट चला गया और धीरे से बोला, "शायद आपने मुझे ग़लती से बुला लिया है।"

स्त्री हँसकर बोली, "जी नहीं, हमने आपको ग़लती से नहीं बुलाया।"

अमित को बड़ा आश्चर्य हुआ। स्त्री ने बग़लवाली कुर्सी की ओर संकेत करते हुए कहा, "बैठिये न!"

अमित धीरे से कुर्सी पर बैठ गया। उसने देखा कि स्त्री शक्ल-सूरत की अच्छी थी और हँसमुख भी। पुरुष की कनपटियों के बाल पक गये थे और वह बढ़िया सूट पहने बड़े इतमीनान से पाइप का धुआँ उड़ा रहा था। यूँ वह काफ़ी गम्भीर दिखायी दे रहा था।

महिला बोली, "मेरा नाम प्रभा है। ये मेरे पति हैं।"

अमित ने कुर्सी से ज़रा-सा उठकर पुरुष से हाथ मिलाया तो वह बोला, "मुझे के.सी. चड्ढा कहते हैं। हिमाचल प्रदेश में मेरे कुछ फार्म हैं।"

अपना परिचय देते हुए अमित धीरे से बोला, ''मेरा नाम अमित है...अमित चोपड़ा। मैंने इसी वर्ष बी.ए. पास किया है।''

चड्ढा साहब बोले, ''आपसे मिलकर बहुत ख़ुशी हुई।''

अमित ने कहा, ''शुक्रिया। कहिये मैं आपकी क्या सेवा कर सकता हूँ?''

चड्ढा साहब ने इस बात का कोई जवाब नहीं दिया। औरत बोल उठी, ''अमित जी! मुझे उम्मीद है कि आपको हमारे साथ एक प्याला कॉफी पीने में आपत्ति नहीं होगी।''

''जी, भला इसमें आपत्ति की क्या बात है...''

प्रभा ने कॉफी का प्याला तैयार कर दिया।

अब इधर-उधर की बातें होने लगीं। पत्नी और पति ने सहज ढंग से उसके बारे में कुछ व्यक्तिगत जानकारी प्राप्त की जिससे एक बार तो अमित को यह शक भी हुआ कि शायद वे अपनी किसी जान-पहचान वाली लड़की से उसका रिश्ता तय करना चाहते हैं।

इतने में ही एक लम्बा-सा युवक भीतर आया।

उस पर नज़र पड़ते ही अमित ने पहचान लिया कि यह वही युवक था जिसे उसने पिछली शाम रिज पर देखा था।

प्रभा ने उस युवक से कहा, ''आओ उमेश! बैठ जाओ।''

उमेश ने हाथ बढ़ाकर एक खाली कुर्सी को अपनी तरफ़ खींचा और फिर उस पर बैठ गया। बोला, ''कहिये भाभी—आज आप क्या खिला-पिला रही हैं!''

''खाने-पीने की क्या कमी है! जो जी चाहे खाओ।''

उमेश को देखकर अमित चौकन्ना हो गया। उसे यह भी पता चला गया कि उमेश चड्ढा साहब का छोटा भाई था। मन से यह शक दूर हो गया कि वे किसी लड़की के रिश्ते के लिए उससे पूछताछ करते रहे थे। यह सारी स्थिति उसे बड़ी रहस्यपूर्ण-सी नज़र आने लगी। अब सिवाय उसके कोई चारा नहीं था कि वह इस बात की प्रतीक्षा करे कि उनकी बातचीत कौन-सा रुख़ अख़्तियार करती है।

उमेश के लिए भी कॉफी तैयार हो गयी। खाने का कुछ सामान पहले से ही रखा था। उमेश अर्थपूर्ण अन्दाज़ में कभी-कभी अमित की ओर देख लेता था।

अमित को ज़्यादा देर तक इन्तज़ार नहीं करना पड़ा। प्रभा ने वही प्रश्न दोहरा दिया जो पिछली शाम उमेश ने उठाया था। अर्थात् उस लड़की को आप कब से जानते हैं?

उसका सीधा उत्तर देने के बजाय अमित ने कहा, ''कल शाम उमेश जी ने भी मुझसे यही सवाल किया था। लगता है कि यह भी उस लड़की को भली-भाँति जानते हैं।''

प्रभा बोल उठी, ''उमेश तो उसे जानता ही है क्योंकि बचपन में वे दोनों एक-साथ खेला करते थे।''

अमित बोला, ''लगता है कि बचपन का सम्बन्ध अब तक चला आ रहा है।''

प्रभा और उमेश के चेहरे से यूँ नज़र आने लगा कि जल्दी में उन्हें इस बात का कोई उत्तर सूझ नहीं रहा था। अब चड्ढा जी अपने पाइप को हवा में धीरे-धीरे हिलाते हुए बोले, "बचपन की बात बचपन के साथ गयी। उसके बाद तो वे वर्षों तक एक-दूसरे से मिले भी नहीं।"

"ओह!" बेइख़्तियार ही अमित के मुँह से निकल गया। इसके साथ वह यह भी समझ गया कि इसमें ज़रूर कोई रहस्य है। अब स्वयं दिलचस्पी महसूस होने लगी थी। वह भी तो शशि के बारे में कुछ अधिक जान नहीं पाया था। सम्भव था कि उन्हीं लोगों की ज़बानी उसे कोई जानकारी प्राप्त हो जाय।

सभी ख़ामोश बैठे थे। शायद किसी की भी समझ में नहीं आ रहा था कि उस विषय को कैसे आगे बढ़ाया जाय।

आख़िर अमित बोल उठा, "मैं आपको विश्वास दिलाता हूँ कि मेरी उसकी मुलाक़ात तीन-चार दिन से अधिक की नहीं है। मैं उसके बारे में कुछ भी नहीं जानता। कल इत्तफ़ाक़ से रिज पर उससे बातचीत हो गयी। सम्भवतः उमेश जी ने मुझे उसके साथ देख लिया था। इसीलिए उन्होंने मुझसे यह प्रश्न भी किया था। इस सवाल का जवाब मैं कल तो नहीं दे सका, मगर आज दे दिया है। उसके विषय में मेरी जानकारी न होने के बराबर है। आपसे मुलाक़ात का यह फ़ायदा तो हो ही जायेगा कि मुझे आप उसके बारे में सब-कुछ बता देंगे।"

प्रभा ने कहा, "देखो अमित, मेरे लिये तुम ऐसे ही हो जैसे कि उमेश। अगर जो कुछ तुमने कहा है वह सच है तो इसमें सन्देह नहीं कि हम उसके विषय में तुमसे कहीं अधिक जानते हैं। हमारी कहीं बहुत दूर से उसके साथ रिश्तेदारी भी है। चाहो तो हम उसके बारे में जानकारी दे भी सकते हैं। मगर हम जानना चाहेंगे कि तुम जानकारी प्राप्त क्यों करना चाहते हो?"

इस सवाल का अमित के पास कोई जवाब नहीं था।

अब चड्ढा साहब बड़े गम्भीर स्वर में बोले, "मिस्टर अमित, पढ़े-लिखे होने के नाते तुम स्वीकार करोगे कि हमारा यह जानना बहुत आवश्यक है कि तुम उसके बारे में जानकारी क्यों प्राप्त करना चाहते हो?"

अमित ने महसूस किया जैसे उसे किसी जाल में फँसाया जा रहा है। अब यह बात कुछ-कुछ उसकी समझ में आने लगी। विवाहिता स्त्री होते हुए भी शशि एक अपरिचित आदमी के साथ शिमले की रिज पर हँसते-बोलते देखी गयी। देखनेवाले उसके दूर के रिश्तेदार हैं। शायद वे उसके पति को इस विषय में सूचित करना चाहते हैं। अगर ऐसा हुआ तो बेचारी शशि बुरी तरह फँस जायेगी। उसे बचाना बहुत आवश्यक था। चुनाँचे अमित ने कहा, "मुझे लगता है कि यूँ ही बात का बतंगड़ बनता जा रहा है। भला मेरा उससे क्या सम्बन्ध हो सकता है, जब के मैं भली-भाँति जानता हूँ कि वह विवाहिता महिला है और बाल-बच्चेदार है...."

अमित की इस बात पर मानो वे तीनों चौंक पड़े। उन्होंने एक-दूसरे को रहस्यपूर्ण ढंग से देखा। प्रभा जल्दी से बोल उठी, "अब तुम समझे उसकी बात।"

"अब नहीं, मैं पहले से ही इस बात को समझे हुए था। कल तो इत्तफ़ाक़ से दो बातें हो गयीं। आप कहीं से भी पता करें तो आपको मालूम हो जायेगा कि हम कल से पहले एक-दूसरे से कभी नहीं मिले।"

चड्ढा साहब ने कहा, "कह भई, यह बात तो बिलकुल स्पष्ट हो गयी। इतनी-सी बात तो ख़ामुख़ाह उलझाना बेकार होगा। यह तो मनोरंजन का स्थान है ही। अधिकतर व्यक्ति एक-दूसरे से अजनबी होते हैं। उसके बावजूद बातचीत तो हो ही जाती है। कुछ देर पहले तक अमित जी हमारे लिये अपरिचित था। मगर अब घर के ही सदस्य की तरह बैठा हमारे साथ खा-पी रहा है। हमारी बेतकल्लुफ़ी देखो कि इतनी देर में ही हम उसे "तुम" कह कर बुलाने लगे हैं।"

इस पर वे सब एक-साथ ही हँसने लगे।

प्रभा ने दबी जबान में पूछा, "मेरे ख़्याल में आज तो तुम्हारी उससे कोई मुलाक़ात नहीं हुई होगी।"

"जी नहीं।" अमित ने झूठ का जुआ खेलते हुए उत्तर दिया, "मेरे ख़्याल में आज वह शिमले में है ही नहीं। अगर होती तो चलते-फिरते ज़रूर कहीं दिखायी देती।"

अब चड्ढा साहब और उनकी पत्नी ने शशि की ओर देखा। उमेश ने अपनी उँगली का नाखून दाँतों से काटना छोड़कर गम्भीरता से कहा, "इसमें सन्देह नहीं कि वे कल शिमले से चले गये थे।"

यह सुनकर चड्ढा साहब और उनकी पत्नी को पूरा इतमीनान हो गया। अमित के मन से बोझ हट गया। वह ख़ुश था कि उसके झूठ का भाण्डा नहीं फूट पाया।

कुछ देर इधर-उधर की बातें हुईं, तब अमित बोला, "अब मुझे जाने की आज्ञा दीजिये।"

चड्ढा ने कहा, "तुमने हमें अपना इतना समय दिया। इसके लिए बहुत-बहुत धन्यवाद।"

प्रभा बोली, "अभी तो तुम शिमले में रहोगे न?"

"जी हाँ, दो-चार दिन यही रहूँगा।"

चड्ढा साहब बोले, "अब तो मुलाक़ात भी होती रहेगी।"

"क्यों नहीं। क्यों नहीं।"

इतना कह कर अमित रेस्टोरेण्ट से बाहर निकला और धीरे-धीरे टहलते हुए अपने घर को चल दिया।

●

अमित शशि से जुदा होकर पहले ही परेशान था, अब उसके मन को नयी चिन्ता खाने लग गयी। भला उसे क्या मालूम था कि शिमले में शशि के रिश्तेदार भी मौजूद हैं। आज सुबह उसने शशि को कलवाले अपरिचित युवक (उमेश) के बारे में बता भी दिया था। वह निश्चय ही समझ गयी होगी कि वह युवक कौन था। जब वह भलीभाँति जानती थी कि शिमले में उसके रिश्तेदारों का ख़तरा था तो वह ख़ुद ही सावधान रहती।

घर लौटते समय रास्ते भर अमित इसी विषय पर सोचता रहा। फिर ख़ुद ही शशि का पक्ष लेकर उसने कहा कि वह अल्हड़ और भोली है। दूसरों की तरह उसके मन में पाप बिलकुल नहीं है। आख़िर कुछ समय ख़ुशी में गुज़ार देना कोई अपराध तो नहीं था। अपने इसी तर्क पर ख़ुद उसने एतराज़ उठाया कि हमारा समाज किसी भी विवाहिता स्त्री के इस प्रकार के व्यवहार को माफ़ नहीं कर सकता—ख़ैर, जो कुछ होना था वह तो हो चुका। अब समस्या यह थी कि शशि को आनेवाली मुसीबत से कैसे बचाया जाये। इसका कोई भी समाधान नहीं सूझ रहा था।

जब वह घर में घुसा तो देखा कि उसकी बहन अकेली ही रसोई-घर में बैठी थी। घर में और किसी को न पाकर अमित ने पूछा, "दीदी आज घर के लोग कहाँ चले गये?"

"तुम्हारे जीजा जी के क्लब में कोई पार्टी थी। वापस लौटे, मुँह-हाथ धोया, कपड़े, बदले और फ़ौरन ही वापस चले गये। मुश्किल से आधा प्याला चाय पी..."

अमित ने बीच में ही प्रश्न कर डाला, "और बच्चे?"

"वे बग़लवाली सरदारनी जी के साथ गुरुद्वारे चले गये हैं।"

जल्दी-जल्दी कपड़े बदल कर अमित बिस्तर में जा घुसा। रसोई-घर से आवाज़ आयी, "चाय के समय पर तुम घर भी नहीं आये। तुम्हारे हिस्से की चाय मैंने थर्मस में रख दी थी। ला रही हूँ।"

जब उसकी बहन चायवाला थर्मस और नाश्ते का सामान लेकर कमरे में आयी तो उसे बिस्तर में घुसे देख कर हँस पड़ी, "बहुत सर्दी लग रही है क्या?"

"सर्दी तो है ही, लेकिन आज घुमायी ज़्यादा हो जाने के कारण थक गया हूँ। इसीलिए सोचा कि आराम से बिस्तर में घुसकर कोई उपन्यास वगैरह पढ़ूँगा।"

बहन ने तिपाई घसीट कर पलँग के निकट कर दी। अमित बोला, "थर्मस में तो इतनी चाय होगी कि मुझसे पी नहीं जायेगी। दरअसल दिन में चाय भी बहुत ज़्यादा पी गया। आप भी मेरे साथ पी लीजिये न।"

उसकी बहन ने ज़रा भी आना-कानी नहीं की। शायद चाय पीने को मन हो रहा था, या वैसे ही भाई के निकट बैठने का मूड बन गया था।

चाय की चुस्की लेते हुए बहन ने कनखियों से भाई की ओर देखा, "आज घुमायी भी ख़ूब हुई, चाय भी बहुत पी ली, खाना भी बाहर खाया—लगता है कि आज तो तुमने पूरा-जश्न मना डाला है।"

"हाँ दीदी, घुमायी के लिए तो यहाँ आया ही हूँ।"

बहन ने अपने चमकीले दाँत दिखाते हुए कहा, "हाँ भाई, अगर कोई हसीन साथी भी मिल जाये तो घुमायी काफ़ी लम्बी हो जाती है।"

यह सुनकर अमित इतने ज़ोर से चौंका कि हाथवाले प्याले की चाय छलकते-छलकते बची। बहन की तरफ़ ग़ौर से देखते हुए पूछा, "क्या कह रही हैं आप?"

"आज मैं कह रही हूँ, कल तो सारा शिमला कहेगा।"

"बाप रे! शिमले को कोई और काम नहीं रह गया है क्या?"

"भैया, अगर कहीं आग होगी तो धुआँ भी उठेगा ही।"

"लगता है कि किसी ने आपके कान भर दिये हैं।"

"जिसने मुझे बताया है वह भी बड़ी घाघ हैं।"

"अपनी उस घाघ से कहिये कि मेरे पीछे हाथ धोकर क्यों पड़ी है?"

"क्या कहते हो? वह तो तुम्हें अपने बेटे की तरह मानती हैं। पड़ोसवाली सरदारनी जी हैं न! इतवार होने के कारण आज सुबह भी वह गुरुद्वारे गयी थीं। वहीं यह रहस्य खुला।"

"रहस्य?" अमित बिलकुल अनजान बन गया।

"उन्होंने ही तुम्हें किसी लड़की के साथ देखा।"

"लड़की?" अमित कुछ और भी ऊँचे स्वर में बोल उठा।

"देखो! इतने अनजान बनने की कोशिश मत करो। जो लोग ऐसे चक्करों में पड़ते हैं वे यही समझते हैं कि उन्हें देखनेवाला कोई नहीं है। मगर दुनियावालों की नज़र सबसे पहले उन्हीं पर पड़ती है। सरदारनी जी बता रही थीं कि लड़की बड़ी ख़ूबसूरत है।"

"भाड़ में गयी सरदारनी!"

"इतना गुस्सा नहीं करते हो भैया? उन्होंने मेरे सिवा किसी से यह बात नहीं कही। वह तो मन की बहुत ही अच्छी हैं। उन्होंने तो तुम्हारे भले के लिए ही कहा मुझसे।"

"मुझे बदनाम करने में मेरी भलाई कैसे हो जायेगी? मेरे साथ कोई लड़की-वड़की नहीं थी। उन्हें धोखा हुआ होगा।"

बहन ज़ोर से हँसी, "सरदारनी जी हर रोज़ तुम्हें देखती हैं। भला उनकी आँखें कैसे धोखा खा सकती हैं। धोखा तो तू अपनी बहन को देना चाहता है।"

"नहीं दीदी, क्या आप विश्वास करती हैं कि मैं आपको धोखा दे सकता हूँ?"

बहन उठ कर बिस्तर पर आ बैठी और उसके सिर पर हाथ फेरते हुए बोली, "इसीलिए तो! बड़ी बहन भी माँ की तरह होती है। मुझे इस बात का पता भी चल गया तो इसमें परेशान क्यों होते हो? मैं तुम्हारा बुरा तो नहीं चाहती। मैं इस बात पर भाषण देने भी नहीं जा रही हूँ कि किसी युवक को किसी लड़की से मेल-जोल नहीं रखना चाहिए। वे सब पुराने जमाने की बातें हैं। अब उन्हें कौन मानता है।"

अमित समझ गया कि बहन को धोखा नहीं दिया जा सकता। धीरे से बोला "आप ऐसा ही समझती हैं तो ठीक है। मैं आपसे बहस नहीं करूँगा।"

"बहस तो मैं नहीं करना चाहती। मुझे उस लड़की का नाम और पता बता दे...।"

"क्यों?" अमित चौंक पड़ा।

"चौंकता क्यों है?" शिमले में भला तुम्हारे जीजा जी को कौन नहीं जानता? अगर तुझे लड़की पसन्द है तो हम फ़ौरन यह रिश्ता पक्का कर देंगे। तू सारी उलझनों से बच जायेगा।

अमित जानता था कि उसकी बहन सच्चे दिल से उसकी सहायता करना चाहती है, उसे पूरा-पूरा सहयोग देना चाहती है। मगर वह बहन को कैसे बताये कि जिसके साथ वह आज घुमायी करता रहा था वह विवाहिता महिला थी। ऐसी बात सुनकर तो बहन को गहरा दुःख होगा। और भाई का किसी विवाहिता के साथ इश्क़ लड़ाना उसकी कल्पना से भी बाहर की बात थी। वह एक ऐसी हसीना से दिल लगा बैठा था जिसे वह न पा सकता था न छोड़ सकता था।

उसे ख़ामोश देखकर बहन फिर बोल उठी, "अरे! तू चुप क्यों हो गया? मैं तो तेरे भले की ही सोच रही हूँ।"

अमित ने बहन के बाजू पर हाथ रख कर कहा, "दीदी! आपकी हमदर्दी का किस ज़बान से शुक्रिया अदा करूँ। मुझ पर विश्वास कीजिये कि उचित अवसर आने पर मैं आपकी सहायता ज़रूर लूँगा।"

बहन भी समझदार थी। पल-दो-पल भाई को टकटकी बाँध कर देखने के बाद उसने उसके कन्धे पर थपकी देते हुए कहा, "अच्छा अमित, तुम तो ख़ुद ही पढ़े-लिखे और समझदार लड़के हो। मैं बड़ी उत्सुकता से इस बात का इन्तज़ार करूँगी। तुम चाहो तो गाजियाबाद से ही मुझे पत्र लिख देना।"

इतना कहकर बहन ने बर्तन समेटे और वापस रसोई-घर में चली गयी।

अमित ने एक उपन्यास खोलकर अपने घुटना पर रख लिया। पुस्तक पढ़ने का सवाल ही नहीं उठता था। वह अजीब-सी उलझन में फँसा रहा। रात उसे ठीक से नींद भी नहीं आयी।

इस घटना के चार दिन के बाद अमित बहन से विदा होकर गाजियाबाद लौट गया।

शिमले में इन दिनों के दौरान हर रोज़ ही माल रोड पर मिस्टर चड्ढा और उनके ख़ानदान से मुलाक़ात हो जाती थी। उसने उन लोगों से कतराना उचित नहीं समझा। जब कभी भी वे मिलते तो वह फ़ौरन रुककर कुछ देर तक उनसे इधर-उधर की गप्पें हाँकता रहता था। एक शाम उसने उन सब को रेस्टोरेण्ट में कॉफी भी पिलायी। बातचीत करते समय उसने यह भी कह दिया कि उसकी मँगनी हो चुकी है।

उसने यह बात ऐसे अन्दाज़ से कही कि उसके मेहमानों को फ़ौरन ही उस पर विश्वास आ गया।

अमित ने जान-बूझकर यह झूठ कहा था। वह चाहता था कि शशि के सम्बन्ध में वे बिलकुल निश्चिन्त हो जायें। उसका यह तीर निशाने पर बैठा, क्योंकि यह बात सुन कर वे लोग और भी चहकने लगे थे। उस शाम जब वह उनसे विदा होने लगा तो उनके व्यवहार से कुछ ज़्यादा ही प्रेम टपकता दिखायी दिया।

गाजियाबाद पहुँचकर एक बार तो उसके मन को अजीब से इतमीनान का एहसास हुआ। इतमीनान इस बात पर था कि उसकी प्रेमिका भी उसी नगर में रह रही थी। उसका मन जब भी हद से ज़्यादा व्याकुल हो जाय तो वह उसे देख तो सकता था। मगर अभी वह उसके पत्र का इन्तजार करेगा। शशि को उसने गाजियाबाद के कमल स्टोर का पता दिया था जिसका मालिक उसका गहरा दोस्त था। मित्र का नाम रामलाल था। उसके पिता ज़्यादातर बीमार रहते थे, इसलिए दुकान पर वह ख़ुद ही बैठता था। शशि का पत्र खो जाने की भी कोई सम्भावना नहीं थी। जहाँ तक सम्भव हो वह डॉक्टर कपूर के घर जाने से बचना चाहता था। शशि ही मुलाक़ात का कोई रास्ता निकालेगी और उसे लिखेगी।

अपने घर में रहते हुए दो-तीन दिन ही गुज़रे थे कि एक दिन उसकी छोटी बहन, अट्ठारह वर्षीया सीमा ने उसके कान में चुपके से कहा, "भैया! मुझे फ़ोटो भी नहीं दिखाओगे?"

"फ़ोटो?" अमित ने आश्चर्यजनक लहज़े में पूछा।

सीमा एक क़दम पीछे हट कर बोली, "भैया, हमें घूरते क्यों हो?"

"मैं पूछता हूँ फ़ोटो किसकी?"

सीमा मुस्कराकर बोली, "हमारी होनेवाली भाभी की।"

"तुम्हारी होनेवाली भाभी..."

अमित के कान खड़े हो गये। उसने सीमा को इशारे से अपने पास बुलाया।

सीमा पहले तो घबरायी कि कहीं भैया उसका कान न खींचे। लेकिन फिर पुचकारने पर वह उसके निकट चली गयी। उसने प्यार से बहन की पीठ पर हाथ फेरते हुए पूछा, "यह बात तुमसे किसने कही कि तुम्हारी भाभी आनेवाली है, और उसका मेरे पास फ़ोटो भी है?"

"फ़ोटो तो आप के पास होगा ही भैया!"

"मगर तुमसे किसने कहा?"

"मम्मी की चिट्ठी आयी थी।"

अब अमित को विश्वास हो गया कि दीदी ने ही मम्मी को चिट्ठी लिखी होगी। जैसी कि औरतों की आदत है, दीदी यह बात अपने मन में पचा नहीं सकीं। उन्होंने जल्दबाज़ी से काम लेकर बेकार में ही यह ख़बर मम्मी तक पहुँचा दी।

एक बार उसने बहन को थपकी देते हुए कहा, "सीमा, विश्वास करो, अभी कोई ऐसी बात हुई नहीं। अगर होगी तो मैं निश्चय ही तुम्हें तुम्हारी होनेवाली भाभी की फोटो दिखाऊँगा।"

इसी रात अमित ने अलग से यह बात मम्मी से चलायी तो माँ बोली, "बेटा, तुम्हारी दीदी ने यह बात लिखी तो मैं ख़ुश तो हुई, लेकिन इस बात की चिन्ता भी हुई कि पहले तुम अपने पाँव पर खड़े हो जाते तो अच्छा था।"

अमित ने गम्भीर स्वर में कहा, "विश्वास कीजिये कि ऐसी कोई बात नहीं हुई। अगर कुछ होता तो दीदी को इसका पता लगने से पहले मैं ख़ुद ही आपको बता देता। इसलिए चिन्तित होने की भी कोई बात नहीं है।"

"हाँ...वही तो! मैं भी हैरान थी कि..."

बात काटकर अमित बोला, "मैं आपकी हैरानी अभी दूर किये देता हूँ। हुआ यह कि एक रोज़ सुबह के समय मैं घूमने के लिए घर से निकला। गुरुद्वारे के पास से गुज़रा तो मुझे एक मित्र की पत्नी मिल गयीं। सम्भवतः वह भी गुरुद्वारे से होकर ही आ रही थीं। देखने में सुन्दर हैं और बातचीत में भी बड़ी हँसमुख हैं। उसने मुझसे नमस्ते की तो मुझे भी पाँच-दस मिनट के लिए रुकना पड़ गया। इसी दौरान दीदी की किसी पड़ोसिन ने हमें एक साथ देख लिया। उसने दीदी को बता दिया। आप ख़ुद ही सोचिये कि मित्र की पत्नी से मेरा क्या वास्ता! मैं तो उसे भाभी कह कर बुलाता हूँ। और फिर वह दो बच्चों की माँ!"

मम्मी के होंठों पर मुस्कराहट फूट पड़ी, "मेरे मन से बहुत बड़ा बोझ हट गया।"

"पापा के कानों तक तो यह बात नहीं पहुँची?"

"नहीं, मैं इतनी मूर्ख थोड़े ही हूँ कि तुमसे पूछताछ किये बिना ही उनसे यह बात कह देती। मैंने केवल सीमा को बताया था, लेकिन अब मैं उसे भी अच्छी तरह समझा दूँगी।"

●

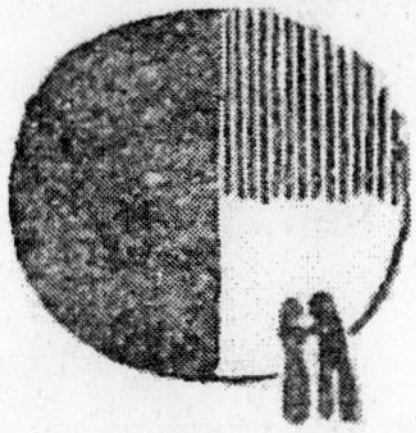

माँ से बातचीत करने के बाद इस तरफ़ से तो अमित के मन का बोझ़ हलका हो गया, लेकिन असली समस्या हलक में फँसे हुए काँटे की तरह ज्यों-की-त्यों मौजूद थी।

एक महीने से ऊपर इसी उधेड़-बुन में गुज़र गया। अब उसे इस बात की चिन्ता हुई कि कहीं ऐसा तो नहीं कि शिमले के चड्ढा साहब ने डॉ. कपूर को कुछ लिख दिया हो जिसके कारण डॉ. कपूर का शशि से झगड़ा हुआ हो और अब उसी झगड़े के फलस्वरूप शशि उसे पत्र लिखने में कतरा रही हो! क्या वह उससे नाता तोड़ बैठी थी? इस बात की कल्पना से ही अमित का दिल डूबने लगा। उसने निश्चय कर लिया कि वह शीघ्र-से-शीघ्र शशि से मुलाक़ात करेगा।

एक रोज़ वह नौ बजे के बाद डॉ. कपूर के घर को चल दिया। उसने इतना मालूम कर लिया था कि डॉक्टर साहब नाश्ते के बाद आठ बजे तक अपने क्लीनिक में पहुँच जाते हैं। उसने अनुमान लगाया कि नौ और साढ़े नौ के आसपास शशि घर पर ही होगी, और उससे मुलाक़ात करने में उसे किसी प्रकार की कठिनाई का सामना नहीं करना पड़ेगा।

उसे डॉ. कपूर के घर का रास्ता अब भी याद था। मकान के फाटक पर पहुँचकर उसने रिक्शा रोक लिया और किराया चुकाकर रिक्शेवाले को विदाकर दिया।

वह फाटक के भीतर घुसा तो एक छोटा-सा ख़ूबसूरत कुत्ता तेज़ी से भागता हुआ बरामदे से आया और अपनी बारीक़ आवाज़ में ज़ोर-ज़ोर से भौंकने लगा।

शायद कुत्ते का शोर सुनकर ही एक काली-कलूटी नौकरानी बाहर निकली। उसे देखा तो बोली, "डॉक्टर साहब तो क्लीनिक में ही मिलेंगे।"

"अच्छा! मुझे मालूम नहीं था कि वह इस समय तक क्लीनिक पहुँच जाते हैं।"

यह सुनकर नौकरानी लौटने लगी तो अमित ने हाथ उठाकर उसे रोक लिया, पूछा, "डॉक्टर साहब की पत्नी तो घर पर होंगी?"

"हैं तो।"

"अब आया हूँ तो मैं फिलहाल उन्हीं से मिल लूँ।"

नौकरानी ने नाक चढ़ा कर चुपचाप उसे सिर से पाँव तक देखा। वह अपनी जगह से हिली नहीं। अमित ने फिर कहा, "घबराने की कोई बात नहीं। वह भी मुझे जानती हैं।"

लगता है कि नौकरानी को यह आइडिया पसन्द नहीं आया। ज़ोर-ज़ोर से ज़मीन पर पाँव मारती हुई वह भीतर चली गयी। कुछ देर बाद लौटी तो एक हाथ से सिर खुजाते हुए और दूसरे हाथ से ड्राइंग रूम की ओर इशारा करते हुए बोली, "आइये।"

बरामदे में से गुज़र कर वह ड्राइंग रूम में जा पहुँचा। यह कमरा आधुनिक ढंग से सजा हुआ नहीं था। सोफे, मेजें, आलमारियाँ आदि सब पुराने ढंग की थीं। इसमें सन्देह नहीं की सारा सामान बहुत बढ़िया था।

निकट की तिपाई पर कुछ मेडिकल पत्रिकाएँ पड़ी थीं। दिलचस्पी न होते हुए भी अमित उन्हीं के पन्ने उलटने-पलटने लगा।

क़रीब दस मिनट के बाद भीतरी दरवाज़े का भारी पर्दा हिला और तैंतीस-चौंतीस वर्ष की एक महिला ने भीतर प्रवेश किया। बहुत मोटी न होने पर भी उसका जिस्म ज़रा भारी था। रंग ख़ूब गोरा। साड़ी झिलमिलाती हुई। पाँव में स्लीपर। बाल ढीले-अन्दाज़ में लटके हुए।

अमित ने फ़ौरन उठकर नमस्ते की। नमस्ते का उत्तर देकर उस महिला ने अमित को बैठने का इशारा किया। महिला ने पूछा, "कहिये कैसे आना हुआ आपका?"

अमित को संकोच होने लगा। समझ में नहीं आ रहा था कि वह औरत कौन थी। शशि की सास तो हो नहीं सकती थीं, सम्भव था कि उसकी ननद हो। मगर अब बोले बिना कोई चारा भी नहीं था। धीरे से कहा, "मैं डॉक्टर साहब की पत्नी से मिलना चाहता था।"

औरत ने सहज़ रूप में अपने सिर को हिलाते हुए कहा, "हाँ-हाँ, बोलिये।"

अमित को बड़ा आश्चर्य हुआ। कुछ सूखे कण्ठ से बोला, "मेरा मतलब है कि मैं शशि जी से मिलना चाहता हूँ।"

अब वह महिला कुछ आश्चर्य में आ बोली, "लेकिन आपने तो अभी-अभी कहा कि आप डॉक्टर साहब की पत्नी से मिलना चाहते हैं।"

अमित हड़बड़ा गया, "जी हाँ, उन्हीं से तो।"

"अगर आप डॉक्टर साहब की पत्नी से मिलना चाहते हैं...सो तो मैं ही हूँ। लेकिन यह शशि कौन है?"

अब तो मानो अमित सोफे से गिरते-गिरते बचा। उसका जी चाहा कि एकदम उठकर भाग निकले।

उसकी यह क़ैफ़ियत देख कर महिला को शायद कुछ दया आ गयी। कहने लगी, "घबराने की कोई बात नहीं। मुमकिन है कि आपको कोई ग़लतफ़हमी हो गयी हो।"

अमित ने जल्दी से अपनी सहमति व्यक्त करते हुए कहा, "जी हाँ, जी हाँ। मुझे भी कुछ ऐसा ही लगता है। कष्ट के लिए क्षमा चाहता हूँ।"

वह उठने को हुआ तो डॉ. कपूर की श्रीमती ने हाथ से इशारा करते हुए कहा, "बैठिये! बैठिये! चाय आ रही है।"

अमित ने कुछ डाँवाँडोल लहज़े से कहा, "हाँ, मुझे जाने की आज्ञा दे देतीं तो अच्छा था।"

महिला ने तसल्ली देने के अन्दाज़ में कहा, "परेशानी की कोई बात नहीं। मैं नाश्ता करने ही जा रही थी। आप आ गये तो अच्छा हुआ।"

इतने में ही उसी नौकरानी ने तिपाई से पत्रिकाएँ हटाकर चाय और नाश्ते का सामान उस पर रख दिया। वह चली गयी तो श्रीमती कपूर उठकर उसी सोफे पर आ गयीं जिस पर अमित बैठा था। उसके जिस्म से मस्तकर देनेवाली सुगन्ध अमित के नथुनों तक पहुँचने लगी।

डॉक्टर कपूर की पत्नी ने चायदानी से प्याले में चाय उँड़ेलते हुए पूछा, "आप इस शशि से कभी मिले तो होंगे?"

"क्यों नहीं?"

"कब?"

"यही कोई एक महीना पहले।"

"कहाँ?"

"एक महीना पहले मैं पूना गया हुआ था, वहीं पर मुलाक़ात हुई थी।" अमित ने जान-बूझकर शिमले की बजाय पूना का नाम ले लिया।

"अच्छा तो वहाँ शशि नामक कोई महिला आपसे मिली और उसने आपसे कहा कि मैं गाजियाबाद के डॉ. कपूर की पत्नी हूँ। आश्चर्य! आख़िर इसमें क्या रहस्य हो सकता है? उस महिला ने ऐसी ग़लत बात क्यों कही?"

अमित हाथ उठा कर बोला, "नहीं, आप ग़लत समझीं। उसने यह नहीं कहा कि मैं डॉ. कपूर की पत्नी हूँ।"

इस बात से डॉ. कपूर की पत्नी की आँखें और भी फैल गयीं। उन्हें लगा कि यह युवक नातजरुबेकार ही नहीं, वरन् बिलकुल बुद्धू था। मुस्कराते हुए पूछा, "तो आप ही उसे डॉ. कपूर की पत्नी समझ बैठे?"

"जी हाँ–जी हाँ–।" अमित जल्दी से बोल उठा।

"वेरी इण्टरेस्टिंग! बड़ी दिलचस्प बात है। क्या मैं पूछ सकती हूँ कि आप उसे डॉ. कपूर की पत्नी कैसे समझ बैठे?"

अमित ने उस महिला पर एक झेंपी हुई नज़र डालते हुए कहना शुरू किया, "सन्ध्या का समय था। मैं टहलने के लिए निकला तो अचानक ही सड़क के परली ओर मुझे वह लड़की दिखायी दी। उसके चेहरे पर नज़र इसलिए टिक गयी क्योंकि वह बहुत हसीन थी। हमारी आँखें चार हुईं तो उसने नमस्ते कर दी। मुझे लगा कि मैंने उसे पहले भी कहीं पर देखा है। तब याद आया कि उसे मैंने डॉ. कपूर के घर में ही देखा था।"

"लेकिन जहाँ तक मुझे याद पड़ता है, आप हमारे यहाँ पहले कभी नहीं आये। अपने पति के जितने मित्र हैं, उन सबको मैं जानती हूँ। आपको आज पहली बार देख रही हूँ।"

"कृपया आप यह न समझिये कि मैं झूठ बोल रहा हूँ..."

"नहीं-नहीं, मैं आपको झूठ नहीं मान रही हूँ, लेकिन मैं इस रहस्य को समझना चाहती हूँ।"

"वास्तव में मैं ख़ुद डॉ. साहब का मित्र नहीं हूँ। आपके इलाक़े में दुबे जी मेरे मित्र हैं जिनका डॉक्टर साहब से भी दोस्ताना है..."

"हाँ-हाँ, मैं दुबे साहब को जानती हूँ।"

"तो पिछली बार आपने अपने नये बच्चे के जन्म की ख़ुशी में जो पार्टी दी थी, उसमें दुबे साहब आये थे। चूँकि मैं उस समय दुबे साहब के घर में मौजूद था, इसलिए वह मुझे भी अपने साथ यहाँ लेते आये। यहीं पर दूर से किसी ने शशि की ओर इशारा करते हुए कहा कि वह डॉ. कपूर की पत्नी हैं....।"

महिला ने हाथ उठाकर कहा, "ज़रा रुकिये! क्या यहाँ पर किसी ने "शशि" का नाम भी लिया था?"

अमित ने कुछ सोच कर उत्तर दिया, "नहीं, नाम किसी ने नहीं लिया था।"

"हाँ! अब कुछ-कुछ समझ में आने लगा। पूना में जब उस लड़की या महिला से आपकी मुलाक़ात हुई तो आपने ग़लत या सही यह समझा कि आपने उसे डॉक्टर साहब के मकान पर देखा था। सम्भव है कि जिसे आपने यहाँ देखा था वह उस लड़की से मिलती-जुलती शक्लवाली ही हो। ख़ैर, जब आपने पूनावाली लड़की से उसका नाम पूछा होगा तो उसने शशि नाम बता दिया। इस सारे चक्कर में आप यही समझे कि उस महिला को डॉ. कपूर के घर उनकी पत्नी के रूप में किसी ने इशारे से आपको दिखाया था। पूना में नाम उसने अपना ख़ुद बता दिया। बाक़ी टाँके अपने-आप मिल गये। आपने समझ लिया कि कपूर साहब की पत्नी का नाम शशि है।"

"जी हाँ, अब तो यह बात मेरे मन में स्पष्ट हो गयी। उफ़! कितनी बड़ी भूल थी मेरी!"

"जहाँ तक मेरी उलझन का सवाल था, वह दूर हो गयी, लेकिन आपकी उलझन का अन्दाजा लगा कर मुझे आपसे गहरी हमदर्दी हो गयी है। लगता है कि आप दोनों का साथ बड़े रोमाण्टिक अन्दाज़ में बीता होगा। आप यही समझते होगे कि मैं डॉ. कपूर की पत्नी के साथ गुलछर्रे उड़ा रहा हूँ..."

यह सुनते ही अमित का चेहरा शर्म से लाल हो गया। महिला को उसकी यह हालत देख कर मज़ा आ रहा था। वह बोलती चली गयी, "विदा होने के बाद उसने अपने विषय में आपको कुछ नहीं लिखा। आप व्याकुल हो उठे, क्योंकि आपके पास उसका कोई अता-पता मौज़ूद नहीं था। आख़िर बिलकुल विवश होकर आपने सोचा कि चाहे जो कुछ भी हो अब मैं सीधे डॉ. कपूर की पत्नी शशि से मिल कर ही रहूँगा..."

अमित जल्दी से बोल उठा, "अब मुझे और ज़्यादा शर्मिन्दा न कीजिये। आप तो समझ ही गयी हैं कि मैं कुछ अजीब-सी परिस्थितियों का शिकार हो गया हूँ।"

इस पर श्रीमती कपूर काफ़ी गम्भीर हो गयीं, बोलीं, "उसमें कोई गहरा रहस्य नहीं। उस इलाक़े में कुछ लड़कियाँ तो काफ़ी एडवांस हो गयी हैं। जब उसे पता चला होगा कि आप उस पर मोहित हो गये हैं तो उसने भी इस मौक़े का फ़ायदा उठाया। आपने इस डर के मारे कि हाथ में आयी ऐसी हसीन चिड़िया कहीं उड़ न जाय, उसके बारे में ज़्यादा कुरेद कर जानकारी प्राप्त करने की कोशिश भी नहीं की।"

"आप ठीक कहती हैं।"

"हमारे जान-पहचान वालों में भी शशि नाम की कोई महिला है ही नहीं। अगर यह मान लिया जाय कि उसकी शक्ल पहचानने में आपको कोई भूल नहीं हुई और आपने सचमुच ही उस मौक़े पर उसे हमारे मकान में देखा था तो निश्चय ही उसका असली नाम कुछ और ही रहा होगा।"

"अब मुझे इस बात से कोई दिलचस्पी नहीं रही। केवल आपसे क्षमा चाहता हूँ और विनती करता हूँ कि इस बात का ज़िक्र न तो दुबे जी से कीजियेगा और न डॉक्टर साहब से।"

"बेफ़िक्र रहिये।"

नाश्ते-चाय का प्रोग्राम समाप्त हो चुका था। अमित को विदा करने के लिए महिला बरामदे तक आयी और बोली, "आप भी इसी नगर में रहते हैं, इसलिए ज़रूर कभी-न-कभी मिलते रहें। यह भी सम्भव है कि आपकी शशि अगर इसी इलाक़े में रहती है तो आते-जाते वह भी आपको दिखायी दे जाय।"

अमित ने चुपचाप दोनों हाथ जोड़ कर नमस्ते की और वहाँ से दुम दबा कर खिसक आया।

बेशक श्रीमती कपूर की उलझन तो दूर हो गयी थी, लेकिन स्वयं उसकी उलझन बहुत बढ़ गयी थी। अभी तो उसने डॉक्टर साहब की पत्नी से शशि के माता-पिता का ज़िक्र नहीं किया था। उसने मिस्टर चड्ढा, उनकी पत्नी प्रभा और उमेश का ज़िक्र करना भी उचित नहीं समझा। लेकिन इस काण्ड के ये सारे पात्र उसके मन में मौज़ूद थे।

वह बिलकुल सुन्न-सा अपने घर में घुसा तो माँ ने उसकी ओर एक लिफ़ाफ़ा बढ़ाते हुए कहा, "यह सुबह की डाक से आया था।"

●

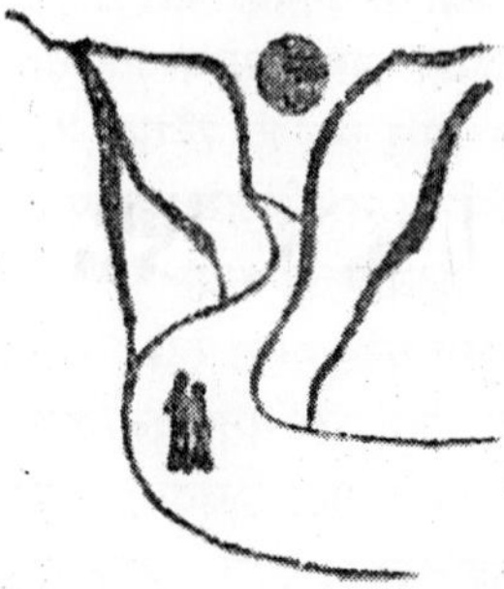

लिफ़ाफ़ा फाड़कर अमित ने पत्र पढ़ लिया तो माँ ने पूछा, ''क्या लिखा है चिट्ठी में?''

''गंगटोक से राहुल का पत्र आया है।''

''सो तो मैं भी जानती हूँ, लेकिन लिखा क्या है?''

''आपको कैसे पता चला कि यह राहुल का पत्र है?''

''सीमा ने बताया था।''

अमित को आश्चर्य हुआ कि लिफ़ाफ़ा खोले बिना सीमा को लिखनेवाले का नाम कैसे मालूम हो गया। इस समय छोटी बहन कहीं दिखायी नहीं दी तो अमित ने माँ को बताया, ''सब कुशल-मंगल है। गंगटोक में उसने ठेकेदारी का जो काम शुरू किया था, उसमें उसे काफ़ी सफलता प्राप्त हुई है। उसे विश्वास है कि भविष्य में उसका काम और भी ज़्यादा बढ़ जायेगा।''

''यह तो बड़ी ख़ुशी की बात है। उसके अतिरिक्त और क्या लिखा है?''

''वह इसी सप्ताह यहाँ पहुँच रहा है। दिल्ली में कुछ काम है, लेकिन रहेगा हमारे पास।''

माँ ख़ुश होकर बोली, ''भला हम किसी और जगह उसे रहने भी देंगे!''

इतने में अमित को सीमा कमरे में आती दिखायी दी। उसने आवाज़ देकर बुलाया, ''ए सीमा की बच्ची।''

सीमा कुछ मटक कर उसके पास आ खड़ी हुई और चुनरी का कोना उँगलियों में लरोड़ते हुए बोली, ''क्या बात है भैया?''

''अब तू मेरे लिफ़ाफ़े भी खोलकर पढ़ने लगी है?''

"यह किसने कहा?"

"मम्मी बता रही हैं कि तूने उनसे कहा था कि राहुल की चिट्ठी आयी है।"

"हाँ, तो मैंने लिफ़ाफ़ा थोड़ी खोला था।"

"तो फिर तुम्हें लिखनेवाले के नाम का पता कैसे चला?"

"मैं उनकी हैण्डराइटिंग पहचानती हूँ।"

"अरे वाह! तुझे तो सी.आई.डी. के महकमे में नौकरी कर लेनी चाहिए।"

सीमा बिना कुछ कहे शरमा कर भीतर भाग गयी।

छुटपन से ही राहुल का उनके यहाँ आना-जाना था। बेचारे के माँ-बाप नहीं थे, चाचा ने ही उसे पढ़ाया-लिखाया। अमित से उसकी मित्रता थी और वह एक तरह से घर का ही सदस्य माना जाता था।

अभी तक घरवालों में से किसी को मालूम नहीं था कि राहुल और सीमा का रोमांस चल रहा था। राहुल बड़ा शरीफ़ लड़का था। वह कोई आम बाज़ारी मजनूँ नहीं था। सीमा को वह दिल से प्यार करता था और उससे शादी करना चाहता था। लेकिन उससे भी पहले वह अपने पाँव पर खड़ा होना ज़रूरी समझता था। वह जानता था कि अगर वह अच्छी आमदनी पैदा करने लगा तो सीमा से उसकी शादी पर किसी को भी आपत्ति नहीं होगी।

राहुल ने निश्चित रूप से यह नहीं लिखा था कि वह किस रोज़ पहुँच रहा था। ख़ैर! उनके लिए वह कोई मेहमान तो था नहीं। जब उसका जी चाहे आ सकता था।

शशिवाले काण्ड ने अमित पर गहरा प्रभाव डाला था। वह बेचारा भोला-भाला कुँवारा नवयुवक था। कभी उसको इतना सहारा नहीं हुआ था कि युनिवर्सिटी में पढ़नेवाली क्लासफेलो लड़की से एक बात भी कर ले। फिर अचानक ही शशि जैसी हसीन महिला या लड़की उसकी ज़िन्दगी में घुस आयी। चौबीस घण्टों के भीतर-भीतर उसने उसकी ज़िन्दगी में इन्क़लाब पैदा करके रख दिया। चन्द ही घण्टों में वह इश्क़ की सारी मंज़िले तय कर गया। इसलिए अब वह बौराया-बौराया फिरता था।

आख़िर वह इस नतीज़े पर पहुँचा कि शशि का पता लगाने के दो ही तरीके थे। पहला तो यह कि वह एक बार फिर शिमले जाकर मिस्टर चड्ढा और उसके परिवार से मिल-जुलकर शशि का अता-पता मालूम करे। दूसरा तरीक़ा यह था कि सोलन जाकर वह इस बात का सुराग लगाये कि उसके पिता जी वहाँ क्या करते थे। हालाँकि उसे उनका नाम मालूम नहीं था, लेकिन फिर भी वहाँ के लोग शशि के बाप होने के नाते से तो जानते ही होंगे।

यह सब सोच कर उसके मन को थोड़ी तसल्ली हुई। फ़िलहाल तो वह इस सिलसिले में कोई क़दम नहीं उठा सकता था, क्योंकि राहुल आनेवाला था। उसके विदा हो जाने के बाद ही वह शिमला या सोलन जा सकता था।

एक रोज़ दोपहर के समय एक रिक्शा अमित के मकान के आगे आकर रुका। उसमें से राहुल नीचे उतरा। उसने छोटी-सी अटैची और बिस्तर उतार कर सड़क के किनारे रख दिया। रिक्शावाले को विदा करके उसने दरवाज़ा खटखटाया।

थोड़ी देर बाद भीतर से जनाना आवाज़ सुनायी दी, "घर में कोई नहीं है। क्या नाम है आपका, बता दीजिये। फिर किसी समय आइयेगा।"

राहुल ने फ़ौरन ही सीमा की आवाज़ पहचान ली, बोला, "जी, मेरा नाम परदेसी है, और मुझे यह जान कर बहुत ख़ुशी हुई है कि घर के सब लोग ग़ायब हैं—आप के सिवा।"

भीतर एक बार तो सीमा चौंक पड़ी। बेइख़्तियार ही उसके मुँह से निकल गया, "जी"।

राहुल ने फिर कहा, "घरवालों को अभी रहने दीजिये, यह बताइये कि सीमा नाम की कोई लड़की घर में मौजूद है?"

अब भीतर से कोई आवाज़ नहीं आयी। अलबत्ता दरवाज़ा धीरे-धीरे खुला और दो बड़ी-बड़ी आँखों ने बाहर की ओर झाँककर देखा।

राहुल सामान सहित आगे खड़ा था। उसने मज़ाक में डाँटते हुए कहा, "पूरा दरवाज़ा खोलो भई, इतने से रास्ते में से मैं सामान सहित भीतर कैसे आ सकता हूँ?"

सीमा ने एक ओर को हटकर पूरा दरवाज़ा खोल दिया।

भीतर पहुँचते ही राहुल ने सामान फ़र्श पर रखा और सीमा का हाथ पकड़ने के लिए झपट्टा मारा। मगर वह हिरनी की तरह चौकड़ी भर कर भाग खड़ी हुई।

राहुल ने आवाज़ देकर कहा, "मूर्ख लड़की! मेहमानों के साथ ऐसा व्यवहार नहीं किया जाता।"

रसोई-घर में से सीमा की आवाज़ सुनायी दी, "मेहमान साहब अपना सामान भैया के कमरे में पहुँचा कर मुँह-हाथ धो लें। सीमा चाय तैयार करके नाश्ते सहित हाज़िर हो जायेगी।"

राहुल चहककर हँसा। सामान मित्र के कमरे में रखकर तौलिया कन्धे पर डाला और गुसलख़ाने में जा पहुँचा।

नाश्ता तैयार करती हुई सीमा के कानों में राहुल के बेसुरे गाने की आवाज़ पहुँचती रही। थोड़ी देर बाद जब वे आमने-सामने बैठे थे, तो प्याले में चाय उँड़ेलते समय सीमा शरारत से मुस्कराते हुए बोली, "आपके गाने की क्या बात है। मुझे नहीं मालूम था कि आप इतना अच्छा गा लेते हैं। आपके गाने में जादू है।"

राहुल ने उसके व्यंग्य को समझते हुए जवाब दिया, "तुम्हें मालूम नहीं कि मुझे लता मंगेशकर का पत्र आया है जिसमें उसने आफर दी है कि मैं उसके साथ मिल कर डूएट गाया करूँ।"

"तब तो आप जल्दी ही बम्बई चले जाइये। कहीं ऐसा न हो कि उस बेचारी को बोरिया-बिस्तर सँभाल कर गंगटोक जाना पड़े।"

वे दोनों हँस पड़े। राहुल ने हाथ बढ़ा कर कहा, "ज़रा नज़दीक आओ तो मैं तुम्हारे कान में धीरे से बहुत ही सुन्दर गाना सुनाऊँगा।"

"जी नहीं, इतनी दूर से गाना सुन कर सिर फटने लगा, और अब अगर कान में गाना सुन लिया तो न जाने क्या हो जायेगा।"

"इस समय तुम हमारे गाने की क़द्र नहीं कर रही हो, लेकिन शादी के बाद इतने गाने सुनाऊँगा कि तुम्हारा हुलिया बिगड़ जायेगा।"

"जब शादी होगी, तभी न?"

"तुम्हारी शादी मेरे सिवा और किसके साथ हो सकती है?"

"क्यों, क्या मेरी क़िस्मत में आप ही जैसा चोंघट लिखा है?"

राहुल ने धमकी के तौर पर कुर्सी से दो अंगुल ऊपर को उठते हुए कहा, "क्यों री! अपने होनेवाले पति को चोंघट कहती है?"

"अब ज़माना ही ऐसा आ गया है।"

"ऐसी बातें करेगी तो गंगटोक से मैं तेरे लिये जो चूड़ियों का डिब्बा लाया हूँ, वह हरगिज़ नहीं दूँगा।"

सीमा ने झट ख़ुशामद करते हुए कहा, "नहीं, नहीं, ऐसा न कीजियेगा।"

"अच्छा तो लगाओ कानों को हाथ।"

"लगा लिया।"

"वाह री लड़की! बस मुँह से ही कह दिया। अगर डिब्बा लेना है तो सचमुच अपने कानों को हाथ लगाना पड़ेगा।"

सीमा ने अपने दोनों कानों को हाथों से छू लिया।

इसके बाद राहुल ने डिब्बा दिया जो सीमा को बहुत पसन्द आया।

थेड़ी ही देर में सीमा गम्भीर होकर बोली, "आप अच्छे मौक़े पर आये हैं।"

"क्यों?"

"यहाँ कुछ गड़बड़ है।"

"क्यों, ख़ैरियत तो है?"

"बाक़ी सब ख़ैरियत है, लेकिन ज़रा भैया की तबीयत ख़राब है।"

"क्यों, बीमार हैं क्या? डॉक्टर के पास गया है, या अस्पताल में है?"

"नहीं-नहीं, वह सब नहीं।"

"बस रहने दो, मैं समझ गया?"

"अरे वाह! आप क्या समझ गये?"

"इश्क़-विश्क का चक्कर होगा।"

"बिलकुल ठीक! लेकिन आपको इस बात का पता कैसे चला?"

"इस उम्र में और क्या रोग हो सकता है?"

"इसका उपाय?"

"शादी।"

"लेकिन लड़की का तो कुछ पता ही नहीं है।"

"लड़की का कुछ पता नहीं तो क्या वह बकरी से इश्क़ लड़ा रहा है?"

"मैं ख़ुद नहीं जानती कि चक्कर क्या है। भैया ही बतायेंगे। लेकिन मेरा नाम न लीजियेगा।"

"तुम्हारा नाम नहीं लूँगा तो इस विषय पर बात कैसे शुरू होगी?"

"इतने परेशान क्यों होते हैं? कुछ दिन रहेंगे तो आपको पता चल जायेगा कि भैया अपनी ही दुनिया में गुम रहते हैं। बस इसी को लेकर बात शुरू कर दीजियेगा।"

"यही ठीक रहेगा।"

"आप दोनों की तो बड़ी बेतकल्लुफ़ी है, आप उनका मुँह खुलवाये बग़ैर रहेंगे नहीं। वह भी सब-कुछ बता देने पर विवश हो जायेंगे।"

उनकी बातचीत यहीं तक पहुँची थी कि घर के दूसरे लोग भी पहुँचने शुरू हो गये। सीमा के छोटे भाई-बहन (एक भाई और बहन) माँ के साथ लौट आये तो घर में ख़ूब गहमागहमी हो गयी।

अमित दिन ढल जाने के बाद घर पहुँचा। राहुल को देखकर बोला, "तो तुम अचानक ही आ टपके?"

"अचानक कैसे? मैंने तुम्हें पत्र नहीं लिखा था क्या?"

"मगर यह तो नहीं लिखा था कि किस दिन कौन-सी गाड़ी से आ रहे हो। लिख देते तो मैं तुम्हें लेने के लिए स्टेशन पर पहुँच जाता।"

"क्या फ़र्क़ पड़ता है। मैं कोई दूध पीता बच्चा नहीं हूँ। ऐसा भी नहीं कि मुझे घर का रास्ता न आता हो। असलियत यह है कि ठेकेदारी के काम में पहले से ही यह बता देना कि कहाँ कब पहुँचूँगा, बड़ा कठिन मामला है।"

"चलो पहुँच तो गये। तुम जब यहाँ आये तो घर में कोई था भी या नहीं। तुम्हें नाश्ता-पानी मिला कि बाहर दरवाज़े पर ही बैठे रहे?"

"भई, घर में केवल सीमा थी। दरवाज़ा खटखटाया तो उसने कह दिया कि घर में कोई नहीं है फिर कभी आइयेगा। लेकिन उसने नाम ज़रूर पूछा था। मैंने बताया कि मेरा नाम परदेसी है। आवाज़ पहचान कर उसने दरवाज़ा खोल दिया। चाय भी पिलायी, नाश्ता भी कराया। इसी ख़ुशी में मैंने गुसलख़ाने में मुँह-हाथ धोते समय इन एडवांस यानी पेशगी एक-आध गाना भी सुनाया।"

"ओ हो! काश तुमने गाना न सुनाया होता तो तुम्हें और अच्छा नाश्ता मिलता।"

"ओ हो! तो गोया तुम भी मेरे गाने के मामले में अपनी बहन से सहमत हो। लगता है कि तुम दोनों ने साज़िश कर रखी है।"

तब सीमा ने लता-मंगेशकर वाले पत्र की बात बतायी तो सब ख़ूब हँसे।

रात को दोनों मित्र काफ़ी देर तक बातें करते रहे। आधी रात गुज़र जाने के बाद उन्हें नींद आयी। दूसरी सुबह वे देर से जागे तो देखा कि सीमा चाय के दो प्याले हाथ में लिये चिल्ला रही थी, ''बेड-टी!''

राहुल ने चारों तरफ़ नज़र दौड़ाते हुए कहा, ''इतनी धूप चढ़ गयी, अब बेड-टी लेकर आयी हो?''

सीमा चमक कर बोली, ''तीसरी बार चाय लायी हूँ। ख़ुद तो घोड़े बेच कर सोये रहे और रोब मुझ पर जमा रहे हैं।''

अमित बोला, ''ऐ सीमा, लातों के भूत बातों से नहीं मानते।''

''ठीक है, कल सुबह चाय लाऊँगी और अगर नहीं जागे तो प्याला खोपड़े पर ही उलट दूँगी।''

''हाँ, यह हुई कुछ बात!''

राहुल ने अमित को मारने के अन्दाज़ में हाथ ऊपर को उठाते हुए कहा, ''क्यों बे, हम दोनों को लड़ा कर तमाशा देखना चाहता है क्या?''

●

राहुल को आये चार दिन हो चुके थे। उसके कारण घर में काफ़ी चहल-पहल थी। सीमा का दिन-भर ख़ुश रहना स्वाभाविक ही था। उससे मिल कर राहुल की ख़ुशी का तो कोई ठिकाना ही नहीं था। दिन का खाना खाकर वह दिल्ली चला जाता, काम से निबट कर सन्ध्या को कभी जल्दी, कभी कुछ देर से लौट आता। सीमा के कान उसके पाँव की आवाज़ सुनने के लिए रात दिन बेचैन रहते। उसे देखते ही वह सिमट जाती, लेकिन उसका हृदय नृत्य करने लगता।

पाँचवें दिन सुबह साढ़े सात बजे नाश्ता करते समय राहुल ने अमित से कहा, ''आज तुम भी मेरे साथ चलो।''

''मैं क्या करूँगा? तुम अपने काम में व्यस्त रहोगे और मैं बोर होता रहूँगा।''

''काम-वाम लगभग समाप्त हो चुका है। अब परसों या नरसों तक मैं लौट जाऊँगा। इस बार तुम्हारे साथ घूमने-फिरने का तो मौक़ा ही नहीं मिला। आज मुझे दस बजे से पहले-पहले एक अफ़सर से उसके घर पर मिलना है। बस पाँच-दस मिनट का काम है। फिर फ़ुर्सत-ही-फ़ुर्सत।''

अमित ख़ामोश रहा। वह राहुल का कहना टाल नहीं सकता था। राहुल ने माँ की ओर देखते हुए कहा, ''और हाँ माता जी! आज मैं भोजन के समय तक नहीं रुक पाऊँगा। जल्दी जाना है। अमित भी मेरे साथ चलेगा। वहीं खाना भी खा लेंगे।''

राहुल की इस बात पर केवल सीमा का चेहरा कुछ उदास हो गया। राहुल ने इस बात को भाँप लिया और मन-ही-मन सोचने लगा कि यह भोली लड़की इतना भी नहीं समझती कि दो-तीन दिनों तक तो मैं वैसे ही चला जाऊँगा। आजकल तो इतने समय के लिए एक साथ रहने का मौक़ा भी मिल जाता है।

उस दिन का प्रोग्राम निश्चित हो जाने के बाद जब अमित बाथरूम में नहा रहा था तब माता जी ने इशारे से राहुल को बुलाया और दालान के एक कोने में जाकर धीरे से कहा, "एक काम मेरा भी करना होगा। राहुल!"

"कहिये!"

"अमित आजकल बहुत खोया-ख़ोया रहता है। तुम उसका मन टटोल कर पता लगाने की कोशिश करो कि इसका कारण क्या है।"

"जी हाँ, मैं भी पिछले चार दिनों से देख रहा हूँ कि अमित अब पहलेवाला अमित नहीं रहा। मैं तो ख़ुद ही आपसे पूछनेवाला था।"

"मुझसे पूछने का क्या फ़ायदा? उसी से पूछो न।"

"मैंने सोचा कि शायद आपको कुछ पता हो।"

"मैं तो इतना ही जानती हूँ कि जब से वह शिमले का चक्कर लगा कर आया है तभी से उसकी यह हालत है। और हाँ, एक बात और भी है। शिमले से उसकी बड़ी बहन ने लिखा था कि अमित को किसी लड़की से प्रेम हो गया है। मैंने इससे पूछा तो यह मुकर गया। इसने कहा कि लड़की-वड़की कोई नहीं थी, उसके एक मित्र की पत्नी राह चलते मिल गयी थी। दीदी की एक पड़ोसिन ने इन दोनों को बातें करते देख लिया और यह बात उसकी दीदी से भी कह दी। बस यहीं से बात बढ़ गयी। असलियत कुछ भी नहीं है।"

"अगर असलियत कुछ नहीं है तो फिर उसने अपनी यह हालत क्यों बना रखी है?"

"वही तो मैं कहती हूँ। उसने मुझे तो टाल दिया लेकिन तुम्हें नहीं टाल सकेगा। तुम तो जानते ही हो कि घर का ख़र्चा किस तरह चलता है। अमित को कोई रोज़गार ढूँढ़ना चाहिए। कमाकर पिता का हाथ बँटाना चाहिए। इसके विपरीत न जाने वह कैसी उलझनों में फँसा हुआ है। ज़रा सोचो तो, यदि वह कोई काम करे, अच्छा कमाये-खाये तो भला लड़कियों की क्या कमी है?"

"ठीक है! आज हम दोनों सारा दिन एक साथ रहेंगे। हमें बातचीत का मौक़ा भी मिल जायेगा। मुझे उम्मीद है कि मैं इस मामले की तह में पहुँचकर ही रहूँगा।"

इतनी बातचीत के बाद राहुल भी कपड़े बदल कर तैयार होने लगा। कुछ ही देर बाद वे दोनों बस पर बैठ कर दिल्ली को चल दिये।

दिल्ली पहुँचे तो वहाँ के अड्डे से पहले ही एक जगह उतर गये। स्कूटर रिक्शा में बैठ कर वे अपनी मंज़िल तक पहुँचे। ख़ुशक़िस्मती से जिस अफ़सर के पास राहुल गया था, उससे मुलाक़ात भी हो गयी। दस-बारह मिनट बाद मुलाक़ात समाप्त हुई तो राहुल ने लौटकर सड़क पर इन्तज़ार करते हुए अमित से कहा, "लो भई, मैं तो फ़ुर्सत पा गया। एक-आध व्यक्ति से अभी मिलना है लेकिन उसके लिए कोई जल्दी नहीं है। टाइम हुआ तो आज मिल लेंगे, वरना कल सही।"

अमित चुप रहा।

राहुल ने फिर कहा, ''अब हम सीधे कनाट प्लेस चलते हैं। दुकानों में घूम लेंगे। मुझे कुछ चीज़ें भी खरीदनी हैं। फिर भोजन का समय हो जायेगा तो किसी अच्छे से रेस्टोरेण्ट में बैठकर खाना खायेंगे।'' इतने में ही सामने से गुज़रते हुए एक स्कूटर रिक्शा को अमित ने इशारे से बुलाया। दोनों उसमें बैठे और कुछ देर बाद कनाट प्लेस जा पहुँचे।

डेढ़-दो घण्टे शॉपिंग में लग गये। आख़िर जब वे खाना खाने के लिए बैठे तो राहुल ने कहा, ''अमित! एक बात कहता हूँ।''

''कहो।''

''न जाने क्यों मुझे यूँ लगता है कि अब अमित पहलेवाला अमित नहीं रहा।''

इस बात पर अमित कुछ चौंका और फिर सूखी हँसी हँस कर बोला, ''अजीब बात है!''

''इसीलिए तो।''

''छोड़ो यार, तुम भी क्या चर्चा ले बैठे।''

''देखो, मुझे टालने की कोशिश मत करो। मैं टलनेवाला नहीं हूँ। मुझसे असलियत छिपाने का फ़ायदा भी क्या है। तुम्हारे मेरे सम्बन्ध ऐसे तो नहीं हैं कि मुझको अपने दिल का हाल बताने में तुम्हें कोई संकोच हो। अब बेकार में समय नष्ट न करो। जो भी बात है, मुझसे खोलकर कहो। दोनों मिलकर उस पर ग़ौर करेंगे, कोई-न-कोई समाधान निकल ही आयेगा। मन-ही-मन घुलने का क्या फ़ायदा?''

अमित भी जानता था कि राहुल कितना जिद्दी आदमी है। सबसे बड़ी बात यह है कि उन दोनों में सगे भाइयों से भी अधिक मोहब्बत थी। चुनाँचे अमित ने रिज पर हुई शशि से मुलाक़ात और इसके बाद जो कुछ हुआ, वह सब पूरा क़िस्सा बता दिया।

बातचीत के साथ-साथ भोजन का प्रोग्राम भी चलता रहा।

सबसे आख़िर में उन्होंने कॉफी का आर्डर दे दिया। राहुल कुछ देर तक आँखें मूँदे इस समस्या पर ग़ौर करता रहा। आख़िर बोला, ''देखो अमित, हम दोनों की एक-दूसरे से कोई बात छिपी नहीं है। मैं यह भी अच्छी तरह जानता हूँ कि आज तक तुम्हारा किसी लड़की से वास्ता नहीं पड़ा। इसमें तुम्हारे समझने की बात यह है कि तुम्हारे जैसा आदमी जब जीवन में पहली बार ऐसे किसी चक्कर में फँसता है तो कुछ ज़्यादा ही धँस जाता है। अब यह न समझना कि मैं तुम्हें भाषण देने जा रहा हूँ। कारण यह है कि ऐसे मामलों में भाषण से लाभ के बजाय हानि ही ज़्यादा होती है। भाषण सुनकर तुमको जो कोफ़्त होगी उसका अनुमान मैं भली-भाँति लगा सकता हूँ।''

''शुक्रिया!'' अमित ने मुस्कराते हुए कहा।

''लेकिन हमें इस समस्या पर तर्कात्मक ढंग से ग़ौर करना पड़ेगा। बोलो मंजूर है?''

''बिलकुल मंजूर है। मैं तो ख़ुद चाहता हूँ कि मेरे दिमाग़ से यह बोझ किसी-न-किसी तरह से टल जाय।''

इतने में कॉफी मेज़ पर पहुँच गयी। राहुल ने अपनी बात फिर शुरू की, "मेरी राय यह है कि परसों-नरसों तक तुम मेरे साथ चलने को तैयार हो जाओ।"

अमित चौंका, "कहाँ?"

"मेरे साथ गंगटोक चलो।" तुमने बताया है कि तुम शशि का पता लगाने के लिए फिर से शिमले जाना चाहते हो...

अमित ने कुछ उत्सुकता से बात काटते हुए पूछा, "तो क्या तुम्हारे विचार से मुझे यह क़दम नहीं उठाना चाहिए।"

"मैं यह कहने नहीं जा रहा था, तुम यह क़दम ज़रूर उठाओ। मगर फ़िलहाल मेरे साथ चलो।"

"तुम्हारा मतलब है कि गंगटोक का चक्कर लगाने के बाद मैं शिमले जा सकूँगा?"

"हाँ, इसमें कोई हर्ज़ नहीं है।"

"तो ठीक है, जो तुम चाहते हो वही होगा।"

"इसका भी एक कारण है। सिक्किम बिलकुल ही भिन्न प्रकार का देश है। वहाँ का वातावरण ही दूसरा होगा। घूमने-फिरने के लिए वहाँ कई जगहें हैं। चाहे सिलीगुड़ी के रास्ते चलें, चाहे दार्जिलिंग से होकर जायें। दोनों रास्तों का अलग-अलग मज़ा है। गंगटोक में रहकर तुम अपने इस वातावरण से पूरे तौर पर कट जाओगे। हम दोनों आपस में सलाह-मशविरा भी करते रहेंगे और तुम्हें अपनी इस समस्या पर बिलकुल नये सिरे से ग़ौर करने का मौक़ा मिल जायेगा। ठीक?"

"ठीक!"

राहुल की शक्ल से ही स्पष्ट था कि वह इस समस्या पर बड़ी गहराई और तेज़ी से सोच रहा था, "अमित! तुम्हारी बातों से लगता है कि शशि विवाहिता औरत है। एक बात तुम्हें अच्छी तरह समझ लेनी चाहिए कि चाहे तुम्हें उससे कितना भी प्रेम हो, और चाहे उसे भी तुमसे बहुत गहरी मुहब्बत हो, लेकिन तुम दोनों का भविष्य काँटों से भरा पड़ा है। विशेष कर तुम्हारे घर की परिस्थितियों को सम्मुख रखते हुए यह मानना पड़ेगा कि किसी भी विवाहिता महिला से तुम्हारा प्यार कितनी मुसीबत का कारण हो सकता है।"

"हाँ, इस बात को मैं भी सोचता हूँ।"

राहुल ने हाथ उठाकर कहा, "मैं मानता हूँ कि तुम भी सोचते हो, लेकिन यह चक्कर ही ऐसा है कि सब-कुछ सोचते-समझते हुए भी इन्सान विवश-सा होकर रह जाता है।"

अमित बोला, "लेकिन इसका एक और पहलू भी है। तुम्हारे ख़्याल में उमेश और उसके रिश्तेदार शशि में क्यों दिलचस्पी ले रहे हैं? पहले तो मैंने यह सोचा था कि चूँकि वह उनकी रिश्तेदार है और डॉ. कपूर की पत्नी है, इसीलिए वे दिलचस्पी ले रहे हैं, लेकिन अब यह मालूम हो जाने पर कि वह डॉ. कपूर की पत्नी नहीं है, मन में यह

ख़्याल उभरता है कि कहीं शशि कुँवारी ही तो नहीं है। शायद चड्ढा साहब उमेश के सिलसिले में उस लड़की में दिलचस्पी रखते हों।''

''हाँ, यह तो वाक़ई सोचने की बात है। चलो, इसका भी पता चल ही जायेगा। अभी तो हमें यह सोचकर ही चलना चाहिए कि यह ऐसा रहस्य है जिसकी तह में अभी हम पहुँच नहीं पाये। ज़रा सोचो कि शशि ने तुम्हें अपना असली नाम क्यों नहीं बताया। अगर तुमने उसे पहले कभी डॉ. कपूर के यहाँ देखा था, तो यह बात स्पष्ट है कि उस ख़ानदान में उसका आना-जाना रहा होगा। मगर उसका असली नाम शशि ही रहा होगा तो डॉ. कपूर की पत्नी तुम्हें फ़ौरन बता देतीं कि वह लड़की या महिला कौन थी। मैं ठीक पूछ रहा हूँ न?''

''हाँ!''

''आख़िर उस लड़की को अपना ग़लत नाम बताने की क्या ज़रूरत थी? जिस लड़की को सच्चा प्रेम होता है वह अपना नाम प्रेमी से हरगिज़ नहीं छिपाती। कहीं डॉ. कपूर की पत्नी का यह ख़्याल ही सही न हो कि वह महिला यूँ ही फ़्लर्ट-टाइप रही होगी...।

''लेकिन राहुल, वह फ़्लर्ट बिलकुल नहीं लगती थी। इसके विपरीत वह बहुत ही भोली-भाली और अल्हड़ दिखायी देती थी।''

राहुल ने मुस्कराते हुए कहा, ''मित्र! इश्क़ के चश्मे का रंग ही ऐसा होता है कि उसके द्वारा प्रेमिका में केवल गुण-ही-गुण नज़र आते हैं। मैं अपने इस दावे की पुष्टि में यह कहूँगा कि आख़िर एक अपरिचित लड़की को पल-भर में तुमसे इतनी गहरी मुहब्बत कैसे हो गयी? माना कि तुम ख़ूबसूरत युवक हो, लेकिन दुनिया में न जाने कितने ख़ूबसूरत आदमी सड़कों पर धक्के खाते फिरते हैं। लड़कियाँ ऐसे आदमियों पर इस तरह तो नहीं गिरतीं जिस तरह गुड़ पर मक्खियाँ गिरती हैं। कोई भी घरेलू-टाइप की लड़की होती तो उसका तुम्हारा प्रेम धीरे-धीरे बढ़ता। यह क्या कि एक रोज़ अचानक रिज पर मुलाक़ात हो गयी, अगले दिन का प्रोग्राम तय हो गया, और फिर तुम दोनों दूसरे दिन शिमले भर में मौज मनाते, अठखेलियाँ करते रहे। मेरे भाई! यह सब फिल्मों में ही होता है।''

''शशि के साथ उसके माँ-बाप भी तो थे।''

''कौन जाने वे कौन थे। शशि ने उनसे तुम्हारा परिचय तो कराया नहीं। क्या जाने वे सोलन में रहते भी हैं या नहीं। तुमने उनका घर तक नहीं देखा।''

''यार! तुमने तो मुझे और ज़्यादा उलझन में डाल दिया।''

''अरे भाई! मैं ख़ुद उलझन में पड़ गया हूँ। मैं जान-बूझकर तुम्हें उलझन में नहीं डाल रहा हूँ। इसीलिए कहता हूँ कि मेरे साथ गंगटोक चलो। इस समस्या को हम दोनों मिल-जुलकर हल करेंगे। मैं तुम्हें वचन देता हूँ कि अगर वह लड़की कुँवारी है और

तुमको चाहती भी है तो फिर मैं उसे भाभी बना कर ही छोड़ूँगा। लेकिन भई, भीतर-ही-भीतर घुलने से कोई फ़ायदा नहीं होगा। तुम्हारा क्या विचार है?''

''मैं तुमसे सहमत हूँ।''

''यह हुई मर्दोंवाली बात! अब घर चलेंगे तो तुम्हें अपने साथ ले जाने के लिए माता जी और पिता जी की आज्ञा भी ले लूँगा।''

''मुझे विश्वास है कि उन्हें इस पर कोई आपत्ति नहीं होगी।''

''सो तो मैं भी जानता हूँ, लेकिन फिर भी बड़ों का आशीर्वाद तो होना ही चाहिए।''

●

गंगटोक!

आज गंगटोक पहुँचे अमित को एक सप्ताह हो चुका। कहने को तो यहाँ भी पहाड़ हैं। शिमला, मंसूरी और अन्य पहाड़ों की तरह यहाँ भी ऊँची-नीची सड़कें हैं। ऊबड़-खाबड़ मकान हैं, बर्फ से टकराकर आनेवाली ठण्डी हवाएँ हैं—लेकिन फिर भी यह जगह दूसरे पहाड़ी स्थानों से भिन्न है। उन पहाड़ों में तो मैदान में रहनेवाले व्यक्तियों की संख्या इतनी ज़्यादा होती थी कि लगता था मानो भारत के किसी आम नगर में घूम रहे हैं। मगर गंगटोक में स्थानीय लोगों की ही रेल-पेल थी। इनके अलावा गोरखे भी बहुत बड़ी संख्या में पाये जाते थे। जिधर नज़र जाती मंगोली शक्लें दिखायी देतीं। वही चौड़े-चौड़े चेहरे, गालों की उभरी-उभरी हड्डियाँ, छोटी-छोटी भीतर को धँसी हुई आँखें और भोली-भाली मुस्कराहटें।

वास्तव में अमित को यूँ लगा जैसे वह किसी नये संसार में पहुँच गया है। जो समस्या बादल की तरह उसकी आत्मा पर मँडराती रहती थी, यूँ तो अब भी मौजूद थी, लेकिन उसका रंग फीका पड़ चुका था। बदले हुए वातावरण का उसके मन पर बड़ा स्वस्थ प्रभाव पड़ रहा था। इसका यह मतलब नहीं था कि वह शशि को भूल चुका था।

ठेकेदारी का काम ही ऐसा था कि राहुल सारा दिन व्यस्त रहता था। उसने अमित को पहले ही समझा दिया था कि वह उसका साथ नहीं दे सकेगा। केवल रात को ही उनकी मुलाक़ात होती थी। सुबह नाश्ते के समय भी थोड़ी बातचीत हो जाती थी। बाक़ी सारा दिन अमित इधर-उधर घूम-फिर कर काट देता था। सन्ध्या को मुलाक़ात के समय राहुल पूछता, "कहो, आज कौन-कौन सी जगह देख डाली?"

"जगह? मुझे भिन्न-भिन्न जगहों में कोई दिलचस्पी नहीं है।"

"भई, कमाल करते हो! शायद तुम्हें मालूम नहीं कि सिक्किम में देखने की कैसी-कैसी सुन्दर जगहें मौजूद हैं।"

अमित बेपरवाही से कहता, "यार जाने दो! मैं इधर-उधर घूम-फिर कर अपना वक़्त काट देता हूँ। अकेले कहीं भी जाने को जी नहीं चाहता।"

राहुल डाँटता, "तुम क्या दूध पीते बच्चे हो जो तुम्हें उँगली थाम कर सारी जगहें दिखायी जायँ? नये देश में आये हो, कोई काम-धाम नहीं। कम-से-कम ये दिन तो मौज में गुज़ार दो।"

अमित केवल सिर हिलाकर रह जाता। यदि राहुल उसे ज़्यादा परेशान करता तो वह कहता, "मैं दुःखी बिलकुल नहीं हूँ। अपने ढंग से मैं भी मौज ले रहा हूँ।"

"यह तो मानना पड़ेगा कि तुम्हारे चेहरे की रंगत अब बेहतर हो गयी है।"

"देखने में ही नहीं, भीतर से भी मैं बेहतर महसूस करता हूँ।"

"अच्छा भई, जो तेरी इच्छा हो, सो कर।"

प्रतिदिन की तरह आज भी अमित बिना किसी उद्देश्य के गंगटोक की सड़कें नापता रहा। सुबह के समय वह अच्छा-खासा नाश्ता करके निकलता था। काफ़ी चलने-फिरने के बाद जहाँ कहीं भी उसे भूख लगती, वहाँ खाना खा लेता। कभी-कभी दिन का भोजन करने में उसे तीन भी बज जाते थे।

आज टहलते-टहलते वह बड़ी मार्केट से काफ़ी दूर निकल आया। इस सड़क की चौड़ान कम थी और इसकी ऊबड़-खाबड़ सतह पर छोटे-बड़े पत्थर भी बिखरे हुए थे। उसके आगे-पीछे ढलान पर ऊँचे-ऊँचे पेड़ बिलकुल स्थिर खड़े थे। दिन के दो बजने के बावजूद चारों ओर रहस्यपूर्ण मौन छाया हुआ था।

"ही! हैण्डसम!"

यह चहकती हुई जनाना आवाज़ उसके कानों में पड़ी तो वह चौंका, लेकिन उसने मुड़कर नहीं देखा। वह ज्यों-का-त्यों लोहे के डण्डे पर कोहनियाँ टेके जंगले पर झुका खड़ा रहा।

"ही! हैण्डसम!"

जब वही आवाज़ दोबारा उसके कानों में पहुँची तो उसने सहज ही मुड़कर पीछे की ओर देखा। कोई पन्द्रह-सोलह क़दम की दूरी पर सुडौल जिस्म की एक लम्बी, साँवली, सलोनी लड़की खड़ी मुस्करा रही थी। शायद उसी ने दो बार वे शब्द कहे थे। किससे कहे थे, यह मालूम करने के लिए अमित ने सड़क पर एक सिरे से दूसरे सिरे तक नज़र दौड़ायी। ढलान को ऊपर से नीचे तक देखा। मगर वहाँ और कोई व्यक्ति मौजूद नहीं था।

आख़िर जब उसकी नज़र लौटकर फिर लड़की पर पड़ी तो वह हलके से हँस दी और सिर हिलाते हुए बोली, "हाँ, मैं तुम्हीं से कह रही थी।"

कमाल है! अमित ने मन-ही-मन सोचा कि आज नया तमाशा देखने में आ रहा था। कहाँ तो लड़के अकेली-दुकेली लड़की को छेड़ा करते थे, और कहाँ यह लड़की

उससे छेड़खानी कर रही थी। बेशक लड़की ने पहल की थी, लेकिन सूरत से वह कोई बाज़ारू-टाइप की दिखायी नहीं देती थी। उसकी शकल, आवाज़ और बोलने के अन्दाज़ से ही सभ्यता टपकती थी। यह अलग बात थी कि उस लड़की का सम्बन्ध ज़रा दूसरी क़िस्म की सभ्यता से था। अमित को बुरा नहीं लगा। उसने धीरे से जवाब दिया, "हलो।"

लड़की ने पंजाबी ढंग के कपड़े पहन रखे थे, हालाँकि यह स्पष्ट था कि वह पंजाबिन नहीं थी। न पंजाबियों की तरह गोरी-चिट्टी और न उनकी तरह मोटी-ताजी, तंग पायँचों की सलवार पहने, जिसकी पायँचों पर तीन-तीन बटन लगे हुए थे, वह हिरनी-सी लगती थी। लम्बी-सी कमीज़ ऐसी जैसे दर्जी ने उसके बदन के साथ ही सिल दी हो। चुनरी ग़ायब थी। गले में चुनरी की बजाय लम्बा-सा ऊनी मफलर लिपटा हुआ था। सिर पर ऊनी टोपी थी जिसके नीचे से निकले हुए बालों को इकट्ठा करके रबर-बैण्ड से जकड़ दिया गया था। उसके हाथ में लम्बी-सी चेनवाला बटुआ था। वह जहाँ की तहाँ खड़ी मौलश्री के पेड़ की तरह लचक रही थी। उसका रंग अच्छा-खासा गेहुँआ था। उसे गोरे रंग की लड़की नहीं कहा जा सकता था। होंठ भरपूर, नाक सुबक, और पपेटे ऐसे कि जैसे बड़ी-बड़ी सींपियाँ। हँसती तो दाँत सितारों की तरह दमकते चले जाते। वह शशि की तरह छोटे क़द की नहीं थी, वरन् इतनी ऊँची कि अमित जैसे लम्बे युवक के कानों तक उसका सिर पहुँचता था।

एक बार तो अमित का हृदय भी हर्ष से हिचकोले लेने लगा।

उसे चुप देखकर लड़की बोली, "क्या मेरी बेबाकी पर आश्चर्य हो रहा है?"

"नहीं तो।" अमित झूठ बोला, "क्योंकि आश्चर्य तो उसे हो ही रहा था।"

लड़की ने अपनी ज़बान से चटकारे की-सी आवाज़ निकालते हुए कहना शुरू किया, "हैण्डसम! वह ज़माना गया। पहले लड़कियाँ छिपी-छिपी नज़रों से देखते हुए दबे-दबे अन्दाज़ से मुस्कारती थीं और फिर चलती हुई सीधे अपने घर में घुस जाती थीं। बेचारा लड़का महीनों मकान के चक्कर काटता, भगवान् से प्रार्थना करता कि महबूबा की एक झलक तो और दिखा दे। लेकिन यार! हमसे यह सब नहीं होता। तुमको यहाँ खड़े देख कर लगा कि हम दोनों के विचार बहुत कुछ एक-से हैं। मेरा मतलब टेस्ट से है।"

"तो क्या आप कुछ ज्योतिष में भी दिलचस्पी रखती हैं?"

लड़की ने आगे बढ़ते हुए फिर चटकारे की-सी आवाज़ निकाली और बोली, "यार! जान-बूझकर .ख़र दिमाग़ बनाने की कोशिश मत करो..."

"ख़र?"

"नहीं समझे!...ख़र गधे को कहते हैं। यह अरबी का शब्द है...या शायद फारसी का है...या हो सकता है कि दोनों ही भाषाओं का हो। लेकिन ख़र का मतलब गधा ही होता है। समझे?"

"हाँ, शुक्रिया!"

"अरे! आप शब्द "ख़र" के लिए ही इतने आभारी हो गये, अभी तो हम न जाने क्या-क्या कहेंगे।"

इस पर अमित को बेइख़्तियार हँसी आ गयी। फिर पल-भर बाद उसने पूछा, "आपने यह कैसे समझ लिया कि हम दोनों का टेस्ट मिलता है?"

"यह आप-वाप करना छोड़ो यार! टेस्ट हमारा यूँ मिलता है कि इधर हम लैला की तरह इस सुनसान जगह पर मारी-मारी फिर रही थीं उधर तुम मजनूँ की तरह सिर झुकाये और मुँह लटकाये खड़े थे। बस, टेस्ट-पर-टेस्ट फिट हो गया।"

क्षण-भर को अमित ने महसूस किया कि शायद इस लड़की के दिमाग़ का कोई पेंच ढीला है। उसने पूछा, "आप यहाँ क्या करती हैं?"

लड़की ने दोनों हाथ हवा में घुमाकर कहा, "कुछ भी तो नहीं।"

"तो गोया बेकार घूमती हैं?"

"जी हाँ, बेकार घूमने के सिवा मुझे यहाँ और कोई काम ही नहीं है। मेरे ख़्याल में आप भी तो बेकार ही घूम रहे हैं। अगर बेकार न होते तो ऐसी बेकार जगह पर बेकारों के राजा बने खड़े न होते।"

अमित हँस पड़ा, "मैं तो बेकार इसलिए हूँ कि मुझे कोई काम नहीं मिला।"

"आपका मतलब है कि आप पढ़े-लिखे हैं लेकिन कोई नौकरी, कोई रोज़गार नहीं मिल रहा है। यानी अनएम्प्लॉइड हैं।"

"जी हाँ—बुरा न मानियेगा, अगर मैं कहूँ कि आपके बोलने का अन्दाज़ दूसरी लड़कियों से भिन्न है।"

"अपना-अपना स्टाइल है। लड़की ने ख़ास मुद्रा बना कर उत्तर दिया।"

"बात बेकारी की चल रही थी। मैंने तो अपनी बेकारी का कारण बता दिया, लेकिन क्या मैं आपकी बेकारी का कारण पूछ सकता हूँ?"

"सरटेनली, मोस्ट सरटेनली, आप पूछ सकते हैं। मेरी बेकारी का कारण यह है कि अभी मेरे काम करने के दिन नहीं आये।"

"मैं समझा नहीं।"

"तो इस तरह समझिये कि मैं अभी पढ़ती हूँ।"

"यानी आप स्टूडेण्ट हैं?"

"आ-हा! पढ़नेवाले व्यक्तियों को स्टूडेण्ट ही कहते हैं न अंग्रेज़ी में!"

इतना कह कर लड़की ने सिर पीछे को फेंका और ज़ोरदार क़हक़हा लगाया।

अमित धीरे से बड़बड़ाया—पागल लगती है।

लड़की ने उसकी ओर टकटकी बाँध कर देखते हुए सवाल किया, "आपने क्या मुझसे कुछ कहा?"

"जी मैं पूछ रहा था कि आप यहीं पढ़ती हैं क्या?"

"नहीं, दार्जिलिंग में।"

"तो यहाँ कैसे?"

"बस, घूमने के लिए। पढ़ते-पढ़ते तबीयत ऊब गयी, छुट्टी ली और यहाँ आ पहुँची; आयी मौज फ़क़ीर की, दिया झोपड़ा फूँक।"

इतना कह कर लड़की ने एक सिगरेट निकाल कर जलाया और फूँकना शुरू कर दिया। फिर उसने सिगरेट केस अमित की ओर बढ़ाते हुए पूछा, "शौक फरमाते हैं क्या?"

"जी नहीं, शुक्रिया। इस समय मूड नहीं है।"

"क्या मैं आपका नाम जान सकती हूँ?"

"अमित।"

"क्या आप मेरा नाम जानना चाहेंगे?"

"अवश्य!"

"रूना।"

"आप कहीं वह रूना लैला तो नहीं हैं जो बहुत मशहूर गानेवाली है?" अमित ने ज़रा मज़ाक से पूछा।

"जी नहीं, मैं रूना कलन्दर हूँ, मशहूर घुमक्कड़!"

इस पर दोनों हँसे।

अब रूना भी जंगले पर कोहनियाँ टेके खड्ड की ओर झुकी हुई थी। चुटकी बजाते हुए सिगरेट की राख झाड़ कर बोली, "एक बात पूछूँ?"

"पूछिये।"

"आप अकेले बोर होने के मूड में हैं, या मेरे साथ मिल कर बोर होना पसन्द करेंगे?"

रूना की इस बात पर अमित को बेइख़्तियार ही हँसी आ गयी। शशि से जुदा होने के बाद वह हमेशा बनावटी हँसी हँसता रहा था, लेकिन अब अनजाने में ही उसके दिल की गहराई से हँसी उबल पड़ी। उसने ख़ुद भी इस बात को महसूस किया।

रूना समझ नहीं पायी कि अमित हँसकर किन विचारों में खो गया था। वह मुँह उठाकर सिगरेट का धुआँ आकाश की ओर फेंकते हुए बोली, "ज़रा हमारा स्टाइल मुलाहज़ा फर्माइये।"

"जी हाँ, मैं मुलाहज़ा फर्मा रहा हूँ। अगर आप जैसी हसीन लड़की का यह स्टाइल कुछ दिनों तक देखने को मिला तो मेरी ख़ैर नहीं है।"

"अर्थात् मारा गया ब्रह्मचारी...आदि-आदि है।"

फिर हँसी के फव्वारे छूटे।

"तो चलिये!" रूना ने हाथ बढ़ाते हुए कहा।

"कहाँ?"

"किसी रेस्टोरेण्ट में।"

"क्या आपको रेस्टोरेण्ट में बैठना बहुत पसन्द है?"

"नहीं तो—चलेंगे, एक-एक प्याला कॉफी पियेंगे, ताजादम होकर फिर निकल पड़ेंगे।"

अमित को रूना की बात कहने की यह स्टाइल भी बहुत पसन्द आयी, बोला, "चलिये।"

वे चले तो अमित मन-ही-मन सोचने लगा कि कैसे एक व्यक्ति के जीवन से निकल जाने पर ज़िन्दगी में कैसा अजीब सूनापन उत्पन्न हो जाता है, और फिर कैसे किसी के आ जाने से जीवन में कुछ चहल-पहल का एहसास होने लगता है। शशि एकदम आँखों से ओझल हो गयी तो आज तक वह उसकी जुदाई के शून्य को महसूस करता रहा, लेकिन आज रूना के आ जाने से फिर ज़िन्दगी में भी रौनक पैदा हो गयी थी। इसका मतलब यह नहीं था कि शशि को उसने हमेशा के लिए भुला दिया था, और अब रूना ही उसके लिए सब-कुछ थी। हरगिज़ नहीं। वह शशि को कभी नहीं भुला सकता था, और न ही उसके दिल में शशि का स्थान कोई ले सकता था। फिर भी रूना उसके जीवन में हवा के ठण्डे झोंके की तरह प्रवेश कर चुकी थी। शशि के साथ उसका प्रेम चौबीस घण्टों में ही अपनी चरम सीमा तक पहुँच गया था, लेकिन रूना के साथ दोस्ती और अपनेपन की भावना मिनटों में उत्पन्न हो गयी थी...

इतने में रूना की आवाज़ सुनायी दी, "अरे। तू कहाँ डूब गया?"

अमित चौंक उठा, "डूबा नहीं, मैं सोच रहा था।"

"क्या?"

"यही कि अगर तुम्हारी शादी हो गयी तो? या तुम्हारा शादी करने का इरादा ही नहीं है?"

"क्या कोई कैण्डिडेट है तुम्हारी नज़र में?" रूना ने शरारत भरी नज़र से उसे देखते हुए पूछा।

"अगर हो भी तो पहले वह नज़र पड़ते ही लट्टू हो जायेगा, लेकिन जब तुम्हारी बातें सुनेगा तो फिर भागता ही दिखायी देगा।"

"लेकिन तुम तो नहीं भागोगे।"

"मैं कैण्डिडेट तो नहीं हूँ।"

"ठीक कैण्डिडेट मिल गया तो निश्चय ही शादी करेगा। हमारी बातचीत से घबराने की ज़रूरत नहीं है। हम इस स्टाइल का स्विच ऑफ करके दूसरे स्टाइल का स्विच ऑन कर देगा।" उसने कुछ फ़िल्मी लहज़े में कहा।

अमित ने क़हक़हा लगा कर कहा, "तुम्हारी भी जवाब नहीं यार।"

रूना फ़ौरन चुटकी बजाकर बोली, "मार गया न हमारा स्टाइल!"

इतने में वे रेस्टोरेण्ट तक पहुँच गये।

वहाँ कोई ख़ास गहमागहमी नहीं थी। कुछ व्यक्ति दूर-दूर की मेज़ों पर अलग-अलग बैठे थे। बातचीत का शोर भी काफ़ी दबा-दबा था।

कॉफी आ गयी तो रूना बोली, "देखो मिस्टर...क्या नाम कि...अमित!"

"कहो?"

"हम तुम्हें सावधान करना चाहता है।"

"किस बात के लिए?"

"हमसे इश्क़ नहीं मारना।"

"इरादा तो नहीं है, लेकिन इश्क़ मारने में हर्ज ही क्या है?"

"नहीं, तुमसे इश्क़ मारने का हमारा मूड नहीं है।"

"तो ठीक है, नहीं मारेगा।"

"हम दोनों फ्रेण्ड रहेगा। नम्बर वन फ्रेण्डशिप रखेगा।"

"ठीक है—लेकिन रूना, तुमने हमसे हमारे बारे में कुछ नहीं पूछा।"

"कुछ पूछेगा भी नहीं।"

"क्यों?"

"हम यार की यारी से काम रखता है...।"

"मगर... तुमको यह सन्देह कैसे हुआ कि हम तुमसे इश्क़ भी मारने सकता है?"

"तुम हैण्डसम, हम ख़ूबसूरत, ऐसे में इश्क़ मारने का ख़तरा हो सकता है।"

"मगर मुझसे इस विषय में डरने की कोई आवश्यकता नहीं है।"

"जानता है, लेकिन ख़बरदार बोल दिया। इश्क़ करने में जल्दी करना शैतान का काम होता है।"

"कहीं ऐसा तो नहीं है कि या तो पहले तुमसे किसी ने इश्क़ मारा है या तुमने किसी से मारा है।"

"मारने से बाल-बाल बचा है, मारा नहीं।"

इस तरह की बातें करते समय अमित को महसूस होने लगा कि उसमें भी यह कैसा अजीब परिवर्तन आ गया था। घण्टा-डेढ़-घण्टा पहले वह कल्पना में भी नहीं सोच सकता था कि वह ऐसे स्टाइल से भी बातें करने लगेगा। फिर भी उसे मज़ा आ रहा था। अच्छा लग रहा था। कम-से-कम उसका दिल तो बहल गया था। वह डरने लगा

था कि कहीं वह पागल ही न हो जाये। अब वह अपने आपको नार्मल महसूस करने लगा था। इस परिवर्तन के लिए वह रूना का आभारी था। कैसे वह एक फरिश्ते की तरह उसके जीवन में आयी और कैसे उसके मन पर छायी उदासी की धुन्ध को उसने बहुत हद तक दूर कर दिया।

कॉफी समाप्त करने के बाद वे फ़ौरन ही रेस्टोरेण्ट के बाहर निकल आये। स्थानीय लोगों के अतिरिक्त बाहर से आये हुए सैलानियों की भी ख़ूब रेल-पेल थी। वे पल-भर को होटल के चबूतरे पर ही रुक गये। रूना ने अमित के कन्धे पर हाथ रखकर उसके ऊपर झुकते हुए कहा, "कैसा सुन्दर दृश्य है यार!"

"हाँ।" अमित ने भी अनजाने में ही रूना की कमर को बाजू में ले लिया। फिर उसे महसूस हुआ कि यद्यपि शशि की कमर बहुत नाज़ुक थी लेकिन रूना की कमर में भी बला की लचक थी। रूना का दृष्टिकोण उसकी समझ में आ चुका था। वे दोनों आशिक़-माशूक़ नहीं, केवल मित्र थे।

रूना ने फिर कहा, "इन हिप्पियों को देखो। हजारों मील की दूरी से आते हैं और हमारे देश में पहुँच कर आनन्द और शान्ति प्राप्त करते हैं। एक हम हिन्दुस्तानी हैं कि अपने देश से उदासीन होकर दुःख भरे दिन व्यतीत करते हैं। चलो यार, उस पार चलें।"

अमित भी चहक कर बोला, "चाँद के उस पार चलें..."

अभी उन्होंने क़दम उठाया नहीं था और अमित कुछ और कहने जा ही रहा था कि एकदम ही उसकी ज़बान रुक गयी, आँखें फैल गयीं, दिल की धड़कनों की गति बढ़ गयी, मन-ही-मन वह चिल्ला उठा—नहीं, यह कैसे हो सकता है। ज़रूर मेरी आँखें धोखा खा रही हैं।

उसे यूँ लगा था जैसे भीड़ में शशि भी चली जा रही थी।

उसने रूना की लचकती कमर से बाजू हटाया और तीव्र स्वर में बोला, "यहीं पर रुके रहना! मैं अभी आया।"

यह कहकर वह दौड़ पड़ा। उसे भीड़ में दौड़ना तो एक तरफ़, तेज़ी से चलना भी कठिन था। वह किसी-न-किसी तरह घुसपैठी करता हुआ, दायें-बायें कन्धे मारता, दूसरों को धक्के देता हुआ आगे बढ़ता चला गया।

बहुत इधर-उधर भागने के बावजूद उसे शशि नहीं दिखायी दी। वह एक दुकान के चबूतरे पर चढ़ गया ताकि ऊँचे स्थान से नज़र दौड़ा सके।

बड़ी उत्सुकता से, कितनी ही देर तक वह हर ओर नज़रें दौड़ाता रहा, लेकिन अन्त में उसे निराशा ही हाथ लगी।

धीरे-धीरे क़दम उठाता वह लौट पड़ा। रूना आँखों पर बहुत बड़े-बड़े गॉगल्स टिकाये उसकी प्रतीक्षा में ज्यों-की-त्यों खड़ी थी। जब वह निकट पहुँचा तो रूना बोली, "अब चलें?"

''चलो यार!'' अमित ने बुझे हुए स्वर में उत्तर देते हुए कहा, ''लेकिन इस भीड़ में से निकल चलो। ऐसे जमघट में अपना दम घुटने लगता है।''

रूना ने मानो उसको सहारा या तसल्ली देने के लिए फिर उसके कन्धे पर हाथ रख दिया और वे एकदम चौड़े रास्ते से ज़रा नीचे की ओर उतर गये।

काफ़ी देर तक मौन छाया रहा। बीच-बीच में रूना अपने साथी के चेहरे पर छिपी नज़र डाल लेती थी। आख़िर उससे नहीं रहा गया, पूछा, ''यार! बोलता क्यों नहीं?''

''क्या बोलूँ!'' अमित ने भरी हुई आवाज़ में कहा।

रूना अब रुक गयी। अमित को भी रुकना पड़ा। रूना ने आँखों से गॉगल्स हटा कर उसकी आँखों में आँखें डालते हुए पूछा, ''तुमने कहीं इश्क़ मारा?''

''मारा।'' अमित ने रूना के ही स्टाइल में उत्तर दिया।

''अब क्यों भागा था। वह लड़की देखा था?''

''हाँ, वही लड़की दिखा था।''

''समझा। वह तुम्हारे आगे-आगे भागता, तुम उसके पीछे-पीछे भागता। यही लंझा है न?''

''नहीं यार, हम दोनों एक-दूसरे की कमर में हाथ डाल कर भागते थे, लेकिन क़िस्मत ने अलग कर दिया।''

''ठीक-ठीक बोलो! पूरा-पूरा बयान दो।''

''हमारी पहली मुलाक़ात शिमले में हुई थी...''

इसके बाद उसने संक्षेप में अपनी प्रेम कहानी कह सुनायी, क्योंकि इस तरह उसके दुःखी मन को थोड़ा सहारा मिलता था, थोड़ा सुख मिलता था, अन्त में वह बोला, ''शिमले से सैकड़ों मील की दूरी पर अचानक आज उसी लड़की को देख कर मुझे अपनी आँखों पर विश्वास नहीं हुआ। इसीलिए मैं उसके पीछे भागा। मगर न जाने वह भीड़ में कहाँ खो गयी।''

अब वे फिर उस तंग मार्ग पर पहलू-ब-पहलू क़दम उठाने लगे।

कुछ देर बाद रूना ने कहा, ''तुमसे एक बात बोलें?''

''बोलो।''

''बुरा तो नहीं मानेगा?''

''तो क्या तुम कुछ बुरा बोलने जा रहा है?''

''नहीं, बुरा बोलने नहीं जा रहा है, सच बोलने जा रहा है। लेकिन सच्ची बात हर किसी को बुरी लगती है।''

अमित ने ठण्डी साँस भरकर कहा, ''अच्छा यार, तुम सच्ची बात भी कह ही दो।''

''सच्ची बात यह है कि क्या तुमने उसी लड़की को देखा, जिससे तुमने इश्क़ मारा था?''

चलते-चलते अमित फिर रुक गया और माथे पर बल डालकर पूछने लगा, "तो क्या तुम्हारे ख़्याल में मैं पागल हो गया हूँ..."

"नहीं, नहीं, अभी पूरा पागल नहीं हुआ।"

"तुम कहना क्या चाहती हो?"

"हम यह कहना चाहता है कि वह लड़की यहाँ नहीं पहुँच सकता।"

"जब तुम अकेली यहाँ पहुँच सकती हो तो वह क्यों नहीं पहुँच सकती?"

"हम तो घुमायी के लिए आया। तुम ज़रा सोचकर बताओ कि वह यहाँ क्या करने आयेगा?"

अमित ने सोचना शुरू किया। वह वाक़ई नहीं समझ पाया कि शशि वहाँ आयी भी तो कैसे। अपनी बातचीत में उसने कभी सिक्किम या गंगटोक का ज़िक्र नहीं किया था। रूना तो केवल दार्जिलिंग से ही आयी थी, भला शशि इतनी दूर से यहाँ कैसे पहुँच सकती थी। रूना की बात तो ठीक ही लगती थी। मगर उसकी आँखें धोखा कैसे खा गयीं कि जो लड़की उसके रोम-रोम में बसी हुई थी, क्या उसे पहचानने में उससे भूल हो सकती थी।

जब उसने यह बात रूना से कही तो वह बोली, "हाँ-हाँ, भूल हो सकता है। दिन-रात तुम उसी का बात सोचा करता है न, इसीलिए।"

अमित को रूना की बात पर विश्वास हुआ या नहीं हुआ, लेकिन वह बोला नहीं। कुछ कहने को उसका जी नहीं चाहता था।

रूना ने उसे हलकी-सी थपकी देते हुए पूछा, "ख़ामोश क्यों हो गया?"

"यूँ ही।"

"ओ मैन! हिम्मत क्यों हारता है? जब इश्क़ मारा है तो हिम्मत से काम लेना पड़ेगा। इश्क़ किया है चोरी नहीं की, याद है वह गाना?"

रूना की बहकी-बहकी बात सुनकर एक बार फिर अमित के होंठों पर हलकी-सी मुस्कराहट खेलने लगी।

रूना ने सिगरेट-केस आगे बढ़ा कर पूछा, "एक-आध फूँकेगा?"

अमित ने एक सिगरेट निकाल लिया। रूना ने विदेशी लाइटर जलाया और अमित के साथ अपना सिगरेट भी सुलगा लिया। फिर उसने धुआँ उड़ाते हुए कहा, "देखो अमित, हम दोनों का फ्रेण्डशिप हो गया, यानी दोस्ताना हो गया। तुम बिलकुल अनाड़ी है। अब हम तुमको इश्क़ मारने का दाँव-पेंच बतायेगा।"

हे भगवान्!...अमित ने मन-ही-मन कहा। एक तो उसके दिमाग़ का वैसा ही भूसा हो रहा था, और ऊपर से रूना की ज़बानी इश्क़ के दाँव-पेंच भी सुनने पड़ेंगे।

यह रास्ता फिर ऊपर उठकर बड़े बाज़ार में पहुँच जाता था। जब सामने बाज़ार की भीड़-भाड़ नज़र आने लगी तब उन्हें इस बात का पता चला कि वे बाज़ार में पहुँचने-वाले हैं।

इस दौरान अमित अपने ही विचारों में खोया रहा, और उसे पता नहीं चला कि रूना ने इश्क़ मारने के कौन-कौन से दाँव-पेंच उसे बताये।

थोड़ी देर बाद वे फिर बड़े बाज़ार में चल रहे थे। उस गहमागहमी में अमित अपने आपको अकेला ही महसूस कर रहा था।

कुछ दूर निकल गये तो अमित चौंककर एक बार फिर रुक गया। उसने रूना की बाज़ू दबाकर कहा, "नहीं, मेरी आँखों ने धोखा नहीं खाया था। उधर उस भूटानी की दुकान पर शशि खड़ी है..."

इतना कहकर अमित दुकान की ओर भाग निकला।

दुकान तक पहुँचते ही अमित के क़दम रुक गये। दुकान में कई क़िस्म का सामान मिल रहा था, जैसे कंघियाँ, शीशे, छोटे-छोटे बर्तन, विभिन्न प्रकार की मालाएँ तथा अनगिनत छोटी-छोटी वस्तुएँ।

कई हिन्दुस्तानी और विदेशी ग्राहक अपनी-अपनी पसन्द की चीज़ों को परख रहे थे। लेकिन अमित का ध्यान केवल उस लड़की की ओर था। वह लड़की शशि ही तो थी। दबे पाँव सरककर वह बिलकुल उसके निकट पहुँच गया ताकि उसे और भी क़रीब से देख सके। भला वह उसे पहचानने में कैसे भूलकर सकता था! निस्सन्देह वह शशि थी।

अमित को यूँ लगा जैसे वह शशि को वर्षों बाद देख रहा था। यही वह लड़की थी जिसके कारण उसके जीवन में मानो वसन्त ऋतु आ गयी थी और जिसकी जुदाई में उसके जीवन में सूनापन भर गया था। उसका सारा जिस्म मानो सुन्न-सा होकर रह गया था। जिस लड़की की एक झलक देखने के लिए वह तरसता रहा था, वही लड़की उससे एक बालिश्त भर के फ़ासले पर खड़ी थी। वह उसका नाम लेकर बुलाना चाहता था, लेकिन कण्ठ सूखकर रह गया था।

एक-दो बार थूक निगलकर उसने अपने कण्ठ को गीला किया और धीरे से बोला, ''शशि।''

लड़की ने आँख उठाकर भी उसकी ओर नहीं देखा।

अमित को बड़ा आश्चर्य हुआ। उसने एक उँगली से लड़की के कन्धे को बहुत धीरे से छूकर फिर कहा, ''शशि।''

अबके लड़की ने नज़र उठाकर उसकी ओर देखा। लेकिन उसके चेहरे पर किसी प्रकार की प्रतिक्रिया के चिह्न दिखायी नहीं दिये। वह अनजान की तरह क्षण-भर उसकी ओर देखती रही, तब बोली, ''मेरा नाम शशि नहीं है।''

"यह कैसे हो सकता है?" अमित के मुँह से बेइख़्तियार ही निकल गया।

लड़की उसकी ओर यूँ देखने लगी जैसे वह किसी पागलखाने से भाग कर आया हो। उसके होंठों पर कड़वी मुस्कराहट उत्पन्न हुई, धीरे से बोली, "यह कैसे हो सकता है! इसका जवाब तो मेरे पास नहीं है। हाँ, इसमें कोई शक नहीं है कि आपको ज़रूर ग़लतफ़हमी हुई, क्योंकि मेरा नाम शशि नहीं है।"

इतना कह कर लड़की ने एक दूसरी चीज़ उठायी और उसे उलट-पलट कर देखने लगी।

अमित शशि की आवाज़ को भी अच्छी तरह पहचानता था। यह आवाज़ भी शशि की ही तो थी। शशि का यह रूखापन और बेगानापन उसकी समझ में नहीं आ रहा था। उसे यूँ लगा जैसे उसका सारा शरीर काँच के गुलदान की तरह शशि की बेरुखी से टकराकर चूर-चूर न हो जाये कहीं।

एक बार फिर उसने अपनी तक़दीर आज़माने की कोशिश की। काँपते हुए होंठों से कुछ कहने की कोशिश करते हुए बोला। "मगर मगर...शशि"

अबके लड़की ने सचमुच ही बिगड़ कर कहा, "आप मुझे शशि-शशि क्यों कहे जा रहे हैं? यह क्या पागलपन है?"

इसी दौरान एक हट्टा-कट्टा युवक भी वहाँ पहुँच कर लड़की के निकट ही खड़ा हो गया। उसने फ़ौरन लड़की से पूछा, "क्या बात है?"

लड़की ने ज़रा तीव्र स्वर में उसे बताया, "यह मिस्टर न जाने क्यों मुझे शशि-शशि कहे जा रहे हैं।"

उस युवक ने अमित की ओर देखते हुए पूछा, "बात क्या है मिस्टर?"

उसकी नज़र बड़ी कड़ी थी और स्वर कठोर था। लगता था जैसे वह झगड़ा करने पर आमादा था।

आसपास खड़े कुछ दूसरे लोगों का ध्यान भी इनकी ओर आकर्षित हो गया। अमित की समझ में कुछ नहीं आ रहा था। वह बात का बतंगड़ भी नहीं बनाना चाहता था। बेकार में सबके सामने तमाशा खड़ा करने का फ़ायदा क्या। उसने बड़े सभ्य अन्दाज़ से उस युवक की ओर देखते हुए कहा, "क्षमा कीजियेगा, शायद इन्हें पहचानने में मुझसे ही भूल हो गयी।"

इतना कह कर अमित तो वहाँ से चल दिया, "लेकिन उस युवक की कड़ी नज़रें उसका पीछा करती रहीं। फिर वह आसपास खड़े व्यक्तियों से कहने लगा, "आजकल के जवानों की शराफ़त देखी आपने? मैं घड़ी भर को इधर-उधर हुआ तो उसने इनसे छेड़छाड़ शुरू कर दी। गनीमत है कि वह यहाँ से चला गया, वरना मारे जूतों के उसकी खोपड़ी पिलपिली कर देता।"

अमित दोनों हाथ कोट की जेबों में ठूँसे, सिर झुकाये, सुस्त क़दमों से चला जा रहा था कि कानों में आवाज़ आयी, "हलो यार!"

वह इतना ज़्यादा खो गया था कि रूना की आवाज़ को पहचानने के लिए पल-दो-पल का समय लग गया।

वह रुक गया, और रूना लपककर उसके साथ-साथ हो ली। पूछने लगी, ''क्या यह वही लड़की थी?''

''मेरी समझ से तो वही थी, लेकिन उसने मुझे पहचानने से इन्कार कर दिया। बाद में उसका साथी भी आ गया जो झगड़ा करने पर आमादा था। चुनाँचे मैं चुपचाप खिसक आया।''

''क्या लड़की ने तुमको नहीं पहचाना?''

''इस विषय में मैं क्या कह सकता हूँ? उसने तो इस बात से ही इन्कार कर दिया कि उसका नाम शशि है।''

''कहीं सचमुच ही ऐसा तो नहीं कि शशि से मिलती-जुलती यह कोई दूसरी लड़की हो। आख़िर तुम्हारी उसकी मुलाक़ात भी तो कुछ घण्टों की ही थी, इसलिए तुमसे भूल हो जाने की सम्भावना तो है।''

''नहीं रूना, किसी को पहचानने के लिए यह आवश्यक तो नहीं कि हम उसे वर्षों से ही जानते हों। अक्सर ऐसा होता है कि किसी से पाँच ही मिनट की मुलाक़ात के बाद महीनों या वर्षों गुज़र जाते हैं तब भी दोबारा मुलाक़ात होने पर एक-दूसरे को पहचान लेते हैं।''

''हाँ, ऐसा होता तो है।''

चलते-चलते अमित को एक बात सूझी तो वह बोला, ''रूना!''

''बोलो यार!''

''शशि की बेरुखी का कारण अब कुछ-कुछ मेरी समझ में आ रहा है।''

''वह क्या?''

''याद है, जब हम कॉफी पीकर रेस्टोरेण्ट से बाहर निकले थे तो तुम्हारा हाथ मेरे कन्धे पर था और मेरा बाज़ू तुम्हारी कमर को घेरे में लिये हुए था?''

''हाँ, याद है।''

''कहीं ऐसा तो नहीं हुआ कि रेस्टोरेण्ट के सामने से गुज़रते समय शशि ने पहले ही हमें देख लिया हो। शायद वह इस बात पर बिगड़ गयी होगी कि मैं किसी ग़ैर लड़की की कमर में हाथ डाले खड़ा हूँ। यह देखते ही वह तेज़ी से आगे बढ़ गयी, मैंने पीछा किया तो मिली नहीं। जब बाद में दिखायी दी तो इसी क्रोध के कारण उसने मुझे पहचानने से इन्कार कर दिया।''

''इस बात की सम्भावना तो हो सकती है, लेकिन मैं तुमसे सहमत नहीं हूँ।''

''क्यों?''

''सवाल यह है कि वह अपरिचित युवक जो उसके साथ था...वास्तव में कौन था।?''

''मैं नहीं जानता।''

"तुम्हें न पहचानने का कारण वह युवक भी हो सकता है। शशि नहीं चाहती होगी कि उस युवक को तुम दोनों के रहस्य का पता चले। अब इसमें क्या रहस्य है, यह तो गॉड ही जानता है।"

"मैं तुम्हारे प्वाइण्ट को मानता हूँ लेकिन जब मैंने पहली बार शशि को बुलाया तो वह युवक वहाँ मौज़ूद नहीं था।"

"लेकिन किसी भी समय उसके आ जाने का डर तो था।"

"हाँ, यह बात तो ठीक है। तो तुम क्या कहना चाहती हो कि शशि ने केवल मुझे टालने के लिए ऐसा किया...वास्तव में वह अब भी मुझे चाहती है?"

"नहीं, मेरा यह मतलब भी नहीं है। मेरे मन में यह प्रश्न उठता है कि उसने यह क्यों कहा कि उसका नाम शशि नहीं है। अगर मेरे साथ तुम्हें देख कर उसे क्रोध आया भी था तो अपने नाम से इन्कार करने की क्या ज़रूरत थी?"

"शायद उसने यह हरकत भी उस युवक को झाँसा देने के लिए की हो।"

"मगर उसने युवक के सामने इस बात की भी तो शिकायत की कि तुम उसे शशि के नाम से बुला रहे हो। अगर उसका असली नाम शशि ही है तो इस नाम पर उसने आपत्ति क्यों उठायी?"

अमित थोड़ी देर सोचता रहा, फिर बोला, "मुमकिन है कि शशि ने उस युवक को अपना कोई दूसरा ही नाम बता रखा हो।"

"मुमकिन है, लेकिन बात फिर वहीं पर पहुँची कि वह युवक उसका क्या लगता है? अगर शशि सच्चे दिल से तुम्हीं को प्यार करती है तो फिर उस युवक से उसका क्या मतलब?"

अमित ने निराशा में सिर हिलाते हुए कहा, "यह तो अब भगवान् ही जाने। मेरा दिमाग़ तो बुरी तरह चक्कर खा गया है।"

"यार, न जाने वह कोई चरित्रहीन लड़की ही हो। कभी किसी को झाँसा देना, कभी किसी और से मुहब्बत जतलाना, कभी किसी को अपने इश्क़ के जाल में फँसाना, बस यही उसका शग़ल भी तो हो सकता है।"

इस प्रकार की बातें करते हुए वे काफ़ी दूर तक निकल आये। एकाएक रूना ने रुक कर पूछा, "यार, यह हम कहाँ निकल आये?"

अमित ने इधर-उधर नज़र दौड़ाने के बाद उत्तर दिया, "लो! अनजाने में ही मैं तुम्हें अपने मित्र के घर ले आया। मैं यहीं पर टिका हुआ हूँ। यह सामनेवाला गेट उसी के मकान का है।"

"अजीब आदमी हो! अब तुम तो भीतर घुस जाओगे, मैं सड़क पर लटकी रह जाऊँगी।"

इससे पहले कि अमित कोई जवाब देता, राहुल ने बरामदे में से ही उसे देख लिया। ज़रा उत्सुकता से आवाज़ देकर बोला, "आओ अमित, मैं तुम्हारी ही राह देख रहा था।"

अमित ने एक नज़र रूना पर डाली। वह बोली, "तुम बड़ा बेवफ़ा निकला। अच्छा, बाय।"

अमित ने झट से उसका हाथ थाम लिया और कहा, "नहीं, हम इस तरह बाय-बाय नहीं करेंगे।"

"तो यार, बोलो न, किस तरह करोगे?"

"मेरे साथ भीतर चलो।"

"अच्छा नहीं लगेगा यार।"

"इसे तुम अपना ही घर समझो। तकल्लुफ़ की कोई ज़रूरत नहीं है।"

राहुल बरामदे से उतर कर फाटक तक आ पहुँचा था। उसने अमित के साथ एक अपरिचित लड़की को देखा तो ज़रा ठिठक गया।

इतने में अमित ने धीरे से रूना का हाथ अपनी ओर खींचते हुए पुकार कर कहा, "राहुल! आओ मेरे नये मित्र से मिलो।"

राहुल आगे बढ़ कर उनके क़रीब पहुँचा तो रूना ने उससे हाथ मिलाया।

अमित ने कहा, "इसका नाम रूना है। हम बातें करने में इतने मग्न थे कि मैं अनजाने में ही यहाँ पहुँच गया। जब यहाँ तक पहुँच ही गये तो मैंने इससे कहा कि भीतर ही चली चलो। लेकिन न जाने इसे संकोच क्यों हो रहा है।"

राहुल ने भी बेतकल्लुफ़ी से कहा, "रूना जी, मुझमें और अमित में कोई अन्तर न समझिये। जो मेरा है, सो इसका है, जो कुछ इसका है, सो मेरा है। चलिये, भीतर बैठें। नाश्ता-पानी होगा, गपशप चलेगी, और फिर जब आपका जी चाहेगा आप विदा हो जाइयेगा।"

रूना ने अमित की ओर देखते हुए ज़रा-सा झेंप कर कहा, "यार, अपने को अपने स्टाइल से घबराहट होता है।"

अमित मुस्कराकर बोला, "चिन्ता की कोई बात नहीं। जैसे मैं तुम्हारा स्टाइल समझ गया, उसी तरह राहुल भी समझ जायगा। जिस तरह मुझे तुम्हारा स्टाइल पसन्द आ गया, उसी तरह राहुल को भी पसन्द आ जायगा। आओ।"

वे तीनों भीतर चले गये। ड्राइंग-रूम में पहुँचकर रूना बड़ी बेतकल्लुफ़ी से एक सोफे पर पसर गयी।

राहुल ने पूछा, "आप क्या लेना पसन्द करेंगी, रूना जी?"

"यार, जो पिलाओगे सो पी लेंगे।"

रूना को इस तरह बोलते पाकर राहुल एक बार तो चौंका। लेकिन अमित ने उसके कन्धे पर थपकी देते हुए कहा, "घबराओ नहीं। यही स्टाइल है रूना यार का।"

राहुल ख़ूब खुल कर हँस दिया, और फिर भीतर जाते-जाते बोला, "जब किसी बात का तकल्लुफ़ ही नहीं है तो मैं अपनी इच्छा से ही नाश्ता और चाय तैयार करवा लूँगा।"

रूना ने अपना हाथ हवा में हिलाते हुए कहा, "गुड लक! मिस्टर राहुल।"

राहुल भीतर चला गया और ये दोनों इधर-उधर की गप्पें हाँकने लगे।

नाश्ते-पानी का प्रोग्राम समाप्त हो चुका तो कुछ देर तक इधर-उधर की बातचीत चलती रही। आख़िर रूना ने अपनी कलाई से बँधी छोटी-सी घड़ी पर नज़र डालते हुए कहा, ''अमित यार, अब मुझे जाना चाहिए।''

अमित भी ज़रूरत से कुछ ज़्यादा ही भावुक था, बोला, ''इतनी जल्दी भी क्या है?''

''जल्दी! यार आज, सुबह से ही तुम्हें बोर कर रही हूँ। अगर तुम अब भी बोर नहीं हुए तो मैं कल सुबह फिर आ जाऊँगी। बोलो मंजूर है?''

अमित ने महसूस किया कि अब रूना को विदा हो जाने की इजाज़त दे देना ही अच्छा होगा। जब रूना सोफ़े से उठ खड़ी हुई तो अमित और राहुल भी खड़े हो गये। राहुल से रूना ने ड्राइंग रूम में हाथ मिलाया लेकिन अमित उसका हाथ थाम कर फाटक की ओर बढ़ा। फाटक के बाहर दो मित्रों की तरह एक-दूसरे की कमर में हाथ डाले हुए वे कुछ दूर तक गये। तब रूना ने रुक कर कहा, ''अच्छा, अब तुम वापस जाओ।''

अमित ने उसका हाथ अपने हाथ में लेते हुए कहा, ''वचन दो कि कल सुबह ज़रूर आओगी।''

''अरे बाबा! इतना छोटा बात के लिए वचन देने का क्या ज़रूरत है? हम आयेंगा ज़रूर आयेंगा।''

सूखी हँसी हँसते हुए अमित बोला, ''जब से शशि ने मुझे छोड़ कर फिर कभी मेरी ख़बर नहीं ली तब से मेरे मन में एक तरह का भ्रम बैठ गया है। डर लगता है कि कहीं तुम भी वैसा ही न करना।''

''नहीं बाबा! लेकिन तुम भी वैसा न करना।''

ज़रा आश्चर्य में आ अमित ने पूछा, ''मतलब?''

"नहीं समझा? अरे यार, तुम हमसे ऐसा इश्क़ नहीं करना जैसा कि शशि से मारा था।"

अमित बेइख़्तियार हँस दिया।

तब रूना ने उसका हाथ अपने हाथ में दबाया और बोली, "तो हम चलेगा। रात-भर सब्र करो, सुबह फिर तुमसे मिलेगा।"

रूना चल दी। अमित उसे देखता रहा। यहाँ तक कि एक मोड़ पर पहुँचकर रूना ने उसकी ओर मुड़कर देखते हुए हाथ हिलाया और उसकी नज़र से ओझल हो गयी।

अमित लौट पड़ा। राहुल फाटक पर खड़ा उसकी प्रतीक्षा कर रहा था। वह कुछ उत्सुक-सा दिखायी देता था। अमित ने फाटक में घुसते हुए अपनी ही धुन में उसे बताया कि आज कहाँ और किस तरह रूना से उसकी मुलाक़ात हुई थी।

छोटे से बरामदे में बिछी कुर्सियों पर जब वे बैठ गये तो अमित ने शशिवाली बात भी बतायी।

राहुल अब तक बड़े सब्र से उसकी बातें सुनता रहा, और फिर उसे रोक कर बोला, "तुम अपनी ही कहते जाओगे या मेरी भी सुनोगे?"

अमित बातें करते-करते रुक गया और राहुल की ओर आश्चर्य से देखते हुए बोला, "तो क्या तुम्हें भी मुझसे कोई ज़रूरी बात कहनी है?"

"हाँ भई, बहुत ही ज़रूरी।"

"तो ठीक है। लो, मैं चुप हो गया, तुम अपनी कहो।"

राहुल बोला, "आज मुझे अपने एक ज़िगरी दोस्त का पत्र मिला है।"

"तो क्या उस पत्र से मेरा भी कोई सम्बन्ध है?"

"नहीं, लेकिन तुम्हारा सम्बन्ध जोड़ा जा सकता है।"

"मैं कुछ नहीं समझा।"

"जब मैं समझाऊँगा तो समझ जाओगे। बात यह है कि हिमांचल प्रदेश में मेरा एक मित्र रहता है। बस मेरी तुम्हारी उम्र का है। कुँवारा है। हुआ यह कि अब तक वह मौज करता रहा। लेकिन पिछले दिनों उसके पिता जी का देहान्त हो जाने पर कुछ समस्याएँ उठ खड़ी हुई हैं।

"उसके पिता जी काम क्या करते थे?"

"वही तो मैं बताने जा रहा हूँ। हिमांचल प्रदेश में उनके कई फार्म हैं जिनमें अधिकतर सेब उगाये जाते हैं। अब तक उनके पिता ज़ी इस कारोबार को सँभाले हुए थे। मेरा मित्र राकेश बाप का थोड़ा-बहुत हाथ तो बँटाता था, लेकिन अभी तक उसने कोई ज़िम्मेदारी नहीं उठायी थी। एकाएक सारी ज़िम्मेदारियाँ कन्धों पर आ पड़ने से वह बौखला उठा है। उनका काफ़ी बड़ा परिवार है। तुम जानते ही हो, ऐसे परिवारों की कई समस्याएँ भी होती हैं। राकेश ने लिखा है कि उसे सबसे अधिक चिन्ता अपने कारोबार की है।"

"यह सारी राम कहानी तो मैंने सुन ली, लेकिन मैं इस सारे चक्र में कैसे फिट होता हूँ?"

"बात यह है कि कारोबार में सहायता के लिए उसे एक ऐसे व्यक्ति की ज़रूरत है जिस पर वह भरोसा कर सके। वह तो यही चाहता है कि मैं ही उसके पास पहुँच जाऊँ। लेकिन वह यह जानता है कि अब मैंने अपना काम इतना फैला लिया है कि मेरा उसके पास पहुँचना असम्भव है। इसीलिए पत्र पढ़ने के बाद से मैं यही सोच रहा हूँ कि क्यों न तुम ही वहाँ चले जाओ।"

"मैं? भला मुझे सेबों के कारोबार का क्या तजरुबा है? अरे भाई; हिसाब-किताब करने का कोई काम होता तो मैं वहाँ चला भी जाता। राकेश को एक ऐसे आदमी की ज़रूरत होगी जो इस कारोबार के ऊँच-नीच को भली-भाँति समझता हो। भला मेरे जैसा नातजरुबेकार आदमी उसके काम क्या आयेगा? यूँ ही तुम्हारी भी बदनामी होगी।"

"उसे तजरुबेकार आदमी की नहीं ईमानदार व्यक्ति की आवश्यकता है। मेरे मित्रों में कोई भी ऐसा नहीं है जिसे मैं उसके पास भेज सकूँ...सिवाय तुम्हारे।"

अमित दुविधा में पड़ गया। वास्तव में उसका दिमाग़ दूसरी ही उलझनों में फँसा हुआ था।

राहुल ने उसके चेहरे से कुछ भाँप कर कहा, "लगता है कि शशि को यहाँ पाकर तुम गंगटोक से जाना नहीं चाहते।"

अमित यूँ चौंका जैसे शहद की मक्खी ने उसे डंक मार दिया हो। राहुल एकदम ही उसके मन की गहराई में पहुँच गया था। अमित ने इस बात से इन्कार करना उचित नहीं समझा, बोला, "तुम ठीक कहते हो राहुल।"

राहुल ने उसे चुभती हुई नज़र से देखते हुए कहा, "मैं तो ठीक कह रहा हूँ, लेकिन तुम ठीक तरह समझे नहीं। मेरी मानो और अनाड़ियों की-सी हरकतें मत करो।"

"मतलब?"

"मतलब यह कि अगर वह लड़की जिसे तुमने देखा था वास्तव में शशि ही है, तो तुम यहाँ रह कर इससे कुछ नहीं पा सकोगे। मुझे डर है कि उसके पीछे पड़ कर तुम किसी और मुसीबत में न फँस जाओ। याद रखो कि अगर लड़की का पूरा-पूरा सहयोग प्राप्त न हो तो पुरुष को ऐसे झंझटों से दूर ही रहना चाहिए। शशि ने तुम्हें पहचानने तक से इन्कार कर दिया है। यह संकेत तुम्हारे लिये काफ़ी होना चाहिए, क्योंकि कहा गया है कि अक्लमन्द को इशारा काफ़ी होता है।"

अमित ने अपने दोनों हाथों की उंगलियाँ कस कर उलझाते हुए कहा, "काश! तुम मेरी जैसी स्थिति में होते।"

"बेशक मैं तुम्हारे जैसी स्थिति में नहीं हूँ, लेकिन ऐसी स्थिति को ख़ूब अच्छी तरह समझता ज़रूर हूँ। मैं यह भी जानता हूँ कि अगर तुम्हारी जैसी स्थितिवाले आदमी को कुछ समझाया जाये तो समझानेवाले का एक-एक शब्द उसे ज़हर में बुझे हुए तीर की

तरह लगता है। अगर मैं तुमसे पूछूँ कि यहाँ रह कर तुम उस लड़की से क्या हासिल कर सकोगे तो तुम्हारे षास इसका क्या जवाब है?''

''यहाँ मैं कम-से-कम उसे देख तो सकता हूँ।''

''वाह रे मेरे मजनूँ! पढ़-लिखे इनसान होकर अब इस स्तर पर उतर आये हो? उस लड़की के विषय में कुछ न जानते हुए भी तुम उसके लिए अपना जीवन बर्बाद कर देना चाहते हो? यह कहाँ की अक़्लमन्दी है?''

''अगर मैं पूछूँ कि तुम्हारा सुझाव स्वीकार करके मुझे अपने लक्ष्य के सिलसिले में क्या उपलब्धि हो सकेगी तो तुम्हारा क्या जवाब है?''

मेरा जवाब यह है कि तुमको वहीं पर रह कर इस लड़की की असलियत का पता चल सकेगा। अधिक तो तुम शिमले में रहोगे। चड्ढा ख़ानदान वहीं पर रहता है। तुम उन लोगों से दोस्ती गाँठ कर उनके मन से यह सन्देह हटा दो कि तुम्हें उस लड़की से कोई गहरी दिलचस्पी है। वे यही समझें कि तुम दोनों की इत्तफ़ाक़िया मुलाक़ात हो गयी थी। बस इससे अधिक तुम दोनों में कोई रिश्ता नहीं है, कोई मुहब्बत नहीं है। तब धीरे-धीरे तुम इसकी बात की तह में पहुँच सकोगे कि शशि की असलियत क्या है, और वे शशि से क्या चाहते हैं। इस तरह तुम्हारी समझ में यह बात भी आ जायेगी कि शशि से तुम किसी बात की उम्मीद भी रख सकते हो या नहीं?''

''लेकिन शशि तो यहाँ घूम रही है।'' अमित ने आपत्ति उठायी।

''शशि कहीं भी घूमती रहे। चड्ढ़ा ख़ानदान को इस बात का निश्चय ही ज्ञान होगा, क्योंकि लगता है कि उन्हें इस लड़की से गहरी दिलचस्पी है। अगर शशि की यह बात ठीक है कि सोलन में उसका बाप नौकरी करता है, तो सारी स्थिति समझने में तुम्हें और अधिक सुविधा हो जायेगी। एक पन्थ दो काज। तुम्हारा रोज़गार लगेगा। ख़र्च करने के लिए तुम्हारे पास खुला पैसा होगा। और इसके साथ ही लड़की के माँ-बाप और दूसरे रिश्तेदारों के सम्पर्क में आकर तुम यह भी समझ सकोगे कि तुम उस लड़की को प्राप्त कर भी सकते हो या नहीं। या शशि तुम्हारी पत्नी बनने योग्य है या नहीं। यह भी तो हो सकता है कि पहले से ही उसकी शादी हो चुकी हो। इन सब बातों की छानबीन करना ज़रूरी है।''

अमित सिर झुकाकर गहरे सोच में डूब गया।

राहुल ने फिर कहा, ''मैं तो यहाँ तक कहता हूँ कि जब कल सुबह रूना आये तो तुम सारी स्थिति उसके सामने रख दो। फिर देखो कि वह क्या राय देती है।''

इतनी बातचीत के बाद दोनों मित्रों ने इस विषय में और कुछ नहीं कहा। रात के भोजन के बाद भी केवल इधर-उधर की गप-गप होती रही।

अगली सुबह को वे दोनों आठ बजे के क़रीब नाश्ता कर रहे थे कि नौकर आकर बोला, ''बाहर एक मेम साहब आयी हैं।''

राहुल ने पूछा, "कौन मेम साहब?"

"वह अमित बाबू से मिलना चाहती हैं—कल शाम को भी तो आयी थीं।"

अमित कुर्सी से उठ खड़ा हुआ। बोला, "रूना ही होगी, मैं उसे ले आता हूँ।"

इतना कह कर वह फाटक की ओर चल दिया। उन दोनों मित्रों को इस बात की उम्मीद नहीं थी कि रूना इतनी जल्दी आ जायेगी।

फाटक के बाहर सड़क पर खड़ी रूना मुस्करा रही थी। अमित को देखते ही उसने आँखों से गॉगल्स हटाते हुए कहा, "बहुत जल्दी आ गयी हूँ न मैं? तुम्हें इस पर आश्चर्य हो रहा होगा।"

अमित ने उसी के स्टाइल में कहा, "नहीं यार, इसमें आश्चर्य की क्या बात है?"

फाटक खोल कर अमित बाहर निकला और उसका हाथ थाम कर बोला, "भीतर चलो!"

रूना जहाँ की तहाँ खड़ी रही, बोली, "तुमने यह नहीं पूछा कि मैं इतनी जल्दी क्यों आ गयी?"

"यह भी कोई पूछने की बात है?"

"लेकिन इसका एक कारण है।"

"ठीक है, कारण बताना ज़रूरी है तो बता देना। पहले तुम भीतर तो चलो।"

रूना अब भी अपनी जगह से नहीं हिली, गम्भीर स्वर में बोली, "यह बात ही बता दूँ तो अच्छा है।"

रूना ने उसकी आँखों में आँखें डालकर कहा, "कल मुझे वह मिली थी।"

"वह कौन?"

"तुम्हारी वही।"

"मतलब?"

"तुम्हारी शशि।"

अमित का दिल ज़ोर-ज़ोर से धड़कने लगा। रूना ने फिर कहना शुरू किया, "यार, मुझे ख़ुद बहुत आश्चर्य हुआ।"

अमित ने ऐसे अन्दाज़ से पूछा जैसे उसे रूना की बात पर विश्वास न हो रहा हो, "क्या वही लड़की तुम्हें सचमुच मिली थी?"

"हाँ यार!"

"मुझे बनाओ मत।"

"मैं तुम्हें बना नहीं रही हूँ। उस समय वह अकेली थी। वह ख़ुद ही एकाएक जब मेरे सामने आकर खड़ी हो गयी तो मैं स्वयं सन्नाटे में आ गयी। उसने बिना किसी भूमिका के एक तह किया हुआ काग़ज़ मेरी ओर बढ़ाया और कहा कि इसे अमित को दे देना।"

●

जिस समय अमित ने काग़ज़ लेने के लिए अपना हाथ बढ़ाया, तो उसका हाथ काँप रहा था। मन में हलचल मची हुई थी कि न जाने काग़ज़ में क्या लिखा होगा। तह किये हुए काग़ज़ को खोला तो पता चला बहुत जल्दी में डॉट पेन से घसीट कर लिखा था फिर भी उसे आसानी से पढ़ा जा सकता था।

उसमें उसे उसके नाम से सम्बोधित नहीं किया गया था बल्कि किसी तरह से भी उसे सम्बोधित नहीं किया गया था। बस लिखा, यूँ शूरू होता था :

''मैं शशि नहीं हूँ। मेरा मतलब है कि शशि नाम की कोई और लड़की होगी, मैं नहीं हूँ। मेरी समझ में यह बात भी आ गयी है कि आपको किस लड़की की तलाश है। वह लड़की आपको यहाँ नहीं मिलेगी। बल्कि यहाँ आपका और अधिक दिनों तक रुके रहना भी उचित नहीं होगा। इसलिए आप शीघ्र-से-शीघ्र गंगटोक से चले जायें। बेहतर यह रहेगा कि आप यहाँ से शिमले ही जायें। वहाँ पर कुछ समय तक रहने के बाद वह लड़की आपको ज़रूर मिल जायेगी जिसकी आपको तलाश है।''

बस यहीं पर लिखावट ख़त्म हो गयी। नीचे भी किसी का नाम नहीं था।

उस काग़ज़ को एक बार फिर पढ़ने के बाद अमित ने रूना की ओर देखते हुए कहा, ''यह पत्र लिफ़ाफ़े में बन्द तो था नहीं। तुमने इसे पढ़ा तो होगा।''

''मुझे पढ़ना तो नहीं चाहिए था, लेकिन मेरे मन को भी इतनी उत्सुकता हो रही थी कि मैं पढ़े बग़ैर नहीं रह सका।''

''इसे पढ़कर तो मेरी उलझन और बढ़ गयी है।''

''वही हाल मेरा भी हुआ है।''

''रात राहुल ने भी मुझे यही राय दी है कि मैं वापस शिमले चला जाऊँ।''

रूना ने आश्चर्य से पूछा, ''वह क्यों?''

''उसका कारण कुछ और था। लेकिन अजीब बात है कि अपने इस पत्र में इस लड़की ने भी वही सलाह दी है।''

''लड़की के इस मशविरे का कारण कुछ होगा ही।''

''हाँ! सो तो होगा ही।''

''राहुल ने क्या कारण बताया?''

अमित कुछ कहने को ही था कि राहुल कमरे से निकल बरामदे में खड़ा दिखायी दिया। वह वहीं से चिल्ला कर बोला, ''अरे! तुम दोनों वहीं पर क्यों रुक गये? भीतर चले आओ न, क्या मेरे विरुद्ध कोई साज़िश कर रहे हो?''

वे दोनो हँस दिये। अमित ने कहा, ''चलो रूना, अब सारी समस्या पर मिलजुल कर मशविरा किया जायेगा। न तुमसे मेरी कोई बात छिपी है, न राहुल से।''

रूना दोनों हाथ हवा में हिला कर बोली, ''लेकिन यार, हम बहुत ज़ोर से भूखा है।''

''यह कहाँ की भाषा बोल रही हो? ''हम बड़े ज़ोर का भूखा है'' भी कोई भाषा है। कभी लड़के के अन्दाज़ में बोलती हो और कभी लड़की के।''

''बस! स्टाइल की बात है। तुम एक बार हमारा स्टाइल पकड़ लोगे तो फिर हमारी बात समझने में कोई कठिनाई नहीं होगी।''

''तो स्टाइल तो मुश्किल से ही समझ में आयेगा...अरे हाँ, नाश्ते की चिन्ता न करो। खाने-पीने के लिए बहुत कुछ है जल्दी चलो। रूना, राहुल फिर डाँट पिलायेगा।''

कमरे में घुसने से पहले रूना ने अमित से पूछा, ''राहुल को इस काग़ज़ के विषय में बतायेगा या नहीं?''

''उसे तो सब-कुछ बता देना पड़ेगा। मैं उससे कोई बात छिपा के नहीं रखता।''

जब वे कमरे के भीतर घुसे तो रूना ने गॉगल्स को मेज़ पर रखते हुए कहा, ''आई एम सॉरी! हम बहुत जल्दी आ गया। आपको परेशान किया।''

''नहीं, इसमें परेशानी की कोई बात नहीं है। हमारे लिये जैसा अमित, वैसे ही आप।''

''इतनी जल्दी चले आने का भी मेरा एक कारण था।''

राहुल बोला, ''मैं कारण नहीं जानना चाहता। मेरे लिये आप कोई बेगानी नहीं हैं।''

रूना ने एक नज़र अमित पर डालकर पूछा, ''काग़ज़वाली बात बता दूँ क्या?''

''बेशक बता दो। तुम नहीं बताओगी तो मैं बता दूँगा।''

अब रूना ने राहुल की ओर देखते हुए कहा, ''कल रात जब मैं आपसे विदा होकर सड़क पर चली जा रही थी तो एकाएक वही लड़की मेरे सामने आकर खड़ी हो गयी। मुझे बड़ा अजीब लगा। मैंने उसे पहचान तो लिया, और यह भी समझ गयी कि वह मुझसे अमित के बारे में ही कुछ कहेगी। मगर कुछ कहने की बजाय उसने मुझे एक काग़ज़ दिया, और फिर चुपचाप वहाँ से चली गयी।''

''वह काग़ज़ कहाँ है?'' राहुल ने पूछा।

रूना ने अमित की ओर देखा, जो पहले से ही काग़ज़ राहुल की ओर बढ़ा चुका था।

राहुल ने भी झपट कर काग़ज़ ले लिया, उसे खोल कर जल्दी से पढ़ डाला।

अमित बोला, "देखा तुमने? इसमें धमकी भी है। मुझे शीघ्र-से-शीघ्र गंगटोक छोड़ देने के लिए कहा गया है।"

राहुल बोला, "धमकीवाली बात तो छोड़ दो, लेकिन जैसे कि पिछली रात हमारी तुम्हारी बातचीत हुई। तुम्हें फ़ौरन शिमले पहुँच जाना चाहिए। बल्कि आज ही चले जाओ तो अच्छा है। तुम्हें कौन-सी बड़ी तैयारी करनी पड़ेगी।"

नाश्ते का सामान सामने मेज़ पर पड़ा था। रूना धीरे-धीरे छुरी से टोस्ट पर मक्खन लगा रही थी। राहुल की ओर देखते हुए बोली, "अभी-अभी यह काग़ज़ पढ़ने के बाद अमित ने मुझे बताया कि आपने उसे शिमले चले जाने को कहा है। पेश्तर इसके कि मैं वह कारण उसकी ज़बानी सुन सकती, आपने हमें भीतर बुला लिया।"

राहुल ने अपने मित्र के पत्र के बारे में बताया और आख़िर में बोला, "रूना जी, यह लड़कियों, लड़कों के लंझे तो चलते ही रहते हैं। सवाल यह है कि क्या किसी ऐसे लंझे में फँस कर अमित जैसे इन्सान को अपना जीवन बर्बाद कर लेना चाहिए। मैं तो इसका पूरा-पूरा विरोध करता हूँ। उसे फ़ौरन ही शिमले चले जाना चाहिए।"

इतना कह कर राहुल ने अपना सारा तर्क रूना के सम्मुख रखा। ये वही बातें थीं जो वह पिछली रात अमित को समझा चुका था।

अमित ने रूना की ओर देखते हुए कहा, "राहुल ने यह भी कहा था कि जब रूना आये तो बेशक इससे भी इस विषय में सलाह ले लेना।"

रूना बोली, "मैं राहुल जी की राय से सहमत हूँ। मेरे विचार में अमित को राकेश जी की यह ऑफर बग़ैर किसी संकोच के स्वीकार कर लेनी चाहिए।"

यह सुनकर अमित ने सिर झुका लिया। वह कुछ देर तक फिर अपने ही विचारों में डूबा रहा। रूना बोल उठी, "सोचता क्या है मैन! अब तो उस लड़की ने भी तुमको ठेंगा दिखा दिया है। उसने यह बात स्पष्ट कर दी है कि वह शशि नहीं है।"

अमित बोला, "लेकिन उसने यह भी तो लिखा है कि वह इस बात को समझ गयी है कि मैं किस लड़की से मिलना चाहता हूँ। इसका मतलब यह हुआ कि वह उस लड़की को जानती है।"

राहुल थोड़ा बिगड़ कर बोला, "मगर उसने यह भी तो लिखा है कि वह लड़की शिमले में ही तुम्हें मिलेगी।"

"अजीब उलझन है।" अमित ने निराशा से सिर हिलाते हुए कहा।

राहुल और भी बिगड़ कर बोला, "उलझन कुछ नहीं है, तुम्हारी खोपड़ी में भेजा नहीं गोबर भरा है। मेरी ओर से तुम यहाँ सारी उम्र टिके रहो। मुझे इस पर कोई आपत्ति नहीं है। लेकिन जिस तरह तुम अपनी ज़िन्दगी बर्बाद करने पर तुले हुए हो, उस पर मुझे बड़ा गुस्सा आता है।"

इसी प्रकार की बातों में नाश्ता भी चलता रहा। राहुल का पारा और भी ऊपर चढ़ने लगा तो रूना ने अमित से कहा, ''चलो अमित, अब ज़रा घूम आयें। ये बातें तो होती ही रहेंगी।''

राहुल को भी काम पर जाना था। अमित और रूना उठ कर बाहर निकल आये तो पीछे से राहुल ने ऊँचे स्वर में कहा, ''मैं आज ही राकेश को पत्र लिख दूँगा कि तुम शीघ्र ही शिमले पहुँच रहे हो।''

अमित ने कोई जवाब नहीं दिया और रूना का हाथ थामकर फाटक से बाहर निकल आया।

रूना बोली, ''अच्छा ही हुआ जो हम चले आये। राहुल तो इतना गर्म हो गया था कि मुझे लगा कि कहीं तुम्हें एक दो झापड़ न जमा दे।''

अमित मुस्करा दिया, ''अरे झापड़ जमा भी देता तो क्या था। यार रूना, राहुल भाई से भी बढ़ कर मेरा गहरा मित्र है। जब मैं ग़लत रास्ता अख़्तियार करता हूँ तो वह इसी तरह मुझ पर गर्म हो जाता है।''

''जब तुम महसूस करते हो कि तुम्हारा अख़्तियार किया हुआ रास्ता ग़लत है तो फिर उसी का कहना क्यों नहीं मान लेते?''

''मानना ही पड़ेगा।''

''वेरी गुड!''

''मगर यार जानते हो, मेरे मन के भीतर-ही-भीतर क्या हो रहा है?''

''उथल-पुथल हो रही होगी।''

''ठीक! लेकिन जानते हो कि यह उथल-पुथल क्यों हो रही है।''

''उसी लड़की के लिए।''

''सो तो सही है, लेकिन—''

''लेकिन क्या?''

अमित रुक गया और उँगली से रूना की ख़ूबसूरत नाक को छूते हुए बोला, ''लेकिन यह कि इस लड़की से भी दूर जाने को जी नहीं चाहता।''

रूना ने जल्दी से उसकी उँगली अपनी नाक से हटा दी और तेज़-तेज़ क़दमों से आगे बढ़ गयी।

अमित ने पीछे से पुकार कर पूछा, ''अभी। मुझे छोड़ कर कहाँ चल दीं?''

रूना ने पीछे पलट कर अपनी मोटी-मोटी आँखों से अमित की ओर देखा, और शिकायत करने के अन्दाज़ में बोली, ''अगर तेज़ क़दमों से आगे बढ़ जाऊँ तो क्या तुम मेरे पीछे-पीछे आना छोड़ दोगे?''

''हरगिज़ नहीं यार। मैं तो दूसरी दुनिया तक तुम्हारे पीछे-पीछे चलता जाऊँगा।''

यह सुन कर रूना खिलखिला कर हँस दी, और फिर अपना अँगूठा सिर पर टिकाकर कूल्हे मटकाती हुई आगे चल दी।

अमित भी गाय के बछड़े की तरह छलाँग लगा कर उसके पीछे-पीछे हो लिया। वह पुकार कर बोला, "इतना तो बता दो कि जा कहाँ रही हो?"

वहीं पर जहाँ हम कल मिले थे।"

"क्यों?"

"यह बात तो वहाँ पहुँच कर ही बताऊँगी।"

कुछ देर बाद वे फिर पहलू-ब-पहलू चलने लगे। काफ़ी देर तक चलना पड़ा। यहाँ तक कि दूर से वही स्थान नज़र भी आने लगा।

आख़िर वे ऐन उसी जगह पर पहुँच गये जहाँ पिछले रोज़ उनकी मुलाक़ात हुई थी। रूना ने चेहरा ऊपर को उठा कर आसपास, ऊपर-नीचे, दूर-नज़दीक फैले हरे-भरे पेड़ों पर नज़र दौड़ाते हुए कहा, "आ हा! कैसा सुहाना स्थान है!"

अमित बोला, "बेशक, बहुत ही सुन्दर जगह है! लेकिन रूना, अब यह तो बताओ कि तुम मुझे लेकर यहाँ क्यों चली आयी? किसी नयी जगह भी तो जा सकते थे?"

"नहीं, मैं इसी जगह आना चाहती थी, जहाँ कि हम कल मिले थे।"

"क्यों?"

"तुमसे विदा होने के लिए—या यूँ समझो कि तुम्हें विदा करने के लिए।"

अमित का चेहरा एकदम उदास हो गया। फिर वह भरी हुई आवाज़ में बोला, "ऐसा तो न कहो रूना।"

"मुझे ऐसा कहना पड़ रहा है।"

"क्यों?"

"क्योंकि इसी में तुम्हारी भलाई है।"

"तुमसे जुदा होने में मेरी भलाई है क्या?"

"नहीं, लेकिन वापस शिमले जाने में ही तुम्हारी भलाई है। इसीलिए हम दोनों को अलग होना पड़ेगा।"

"कितना दुर्भाग्य है मेरा। शिमले में शशि मिली...जो लगभग चौबीस घण्टों के लिए। कल गंगटोक में तुम मिलीं तो वह भी चौबीस घण्टों के लिए।"

"अरे यार! कहीं तुम हमसे इश्क़ तो नहीं मारता?"

"नहीं रूना, इश्क़ तो जहाँ मारना था मार चुका। लेकिन न जाने क्यों तुमसे अलग होने को जी नहीं चाहता।"

रूना आगे बढ़ कर उसके निकट आ गयी, कुछ भर्रायी हुई आवाज़ में बोली, "यही हाल मेरा भी है यार!"

"तो फिर?"

"फिर क्या? यही इस दुनिया की रीत है। दो लहरें मिलती हैं, जुदा हो जाती हैं।"

"क्या वे फिर कभी नहीं मिलतीं?"

"लहरों के बारे में तो कहना कठिन है, लेकिन यार हम दोनों अवश्य मिलेंगे।"

"तुम्हारे मुँह में घी-शक्कर..."

रूना बोली, "यह घी-शक्कर वाली बात कुछ पसन्द नहीं आयी। इसमें तो देहाती टच है। आजकल घी में शक्कर मिला कर खाता कौन है?"

"अच्छा तो तुम्हारे मुँह में टॉफी-चाकलेट..."

यह सुनकर रूना ज़ोर से हँस पड़ी और फिर दोनों बाज़ू फैला कर बोली, "आओ यार एक बार गले तो मिल लो।"

बेइख़्तियार ही वे दोनों एक-दूसरे के गले से लिपट गये।

रूना ने उसके कान में फुसफुसा कर कहा, "दोस्त! याद रखना, हम तुमसे इश्क़ नहीं मार रहा है।"

अमित ने जवाब दिया, "हाँ, मैं समझता हूँ।"

तब रूना उससे अलग हो गयी, और उसके दोनों हाथ थाम कर बोली, "लेकिन अमित मैं तुम्हें प्यार करती हूँ। इश्क़ नहीं मारती। यह प्यार ऐसा ही है, जैसा कि एक दोस्त को दूसरे दोस्त से होता है।"

इस पर दोनों की ही आँखों में आँसू आ गये।

रूना बोली, "अब तुम शीघ्र-ही-शीघ्र शिमले चले जाओ। जाओगे न? जाओगे न?"

"जब तुम्हारी भी यही राय है तो अवश्य जाऊँगा। लेकिन मैं गाजियाबाद से होता हुआ जाऊँगा। घरवालों को भी बताना होगा कि मैं नौकरी करने जा रहा हूँ। उनसे बात करने पर उनकी भी तसल्ली हो जायेगी।"

"ठीक है, गजियाबाद तो तुम्हारे रास्ते में ही पड़ेगा। मैं राहुल जी से तुम्हारा पता ले लूँगी। गाजियाबाद का भी और शिमले का भी। चिन्ता मत करो, मैं शशि नहीं हूँ, तुम्हें जरूर चिट्ठी लिखूँगी। दोस्तों की तरह यह गले से लिपटना हमेशा याद रहेगा। रहेगा न?"

अमित ने ज़बान से कुछ नहीं कहा। उसने केवल रूना का हाथ लेकर अपने गाल से लगा लिया।

●

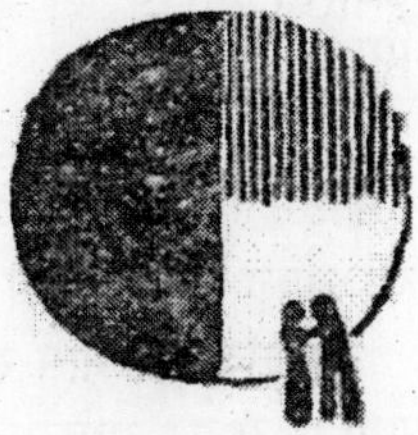

दरवाज़े को खटखटा कर अमित चुपचाप खड़ा हो गया।

वह गंगटोक से छह दिन पहले चला आया था। गाजियाबाद में भी रुका। थोड़ा काम दिल्ली में था, और वहीं से कालका मेल में बैठ कर वह कालका जी पहुँचा। उसी सुबह कालका से शिमले जानेवाली छोटी लाइन की गाड़ी पर बैठ गया। अब तीन बजे के बाद वह शिमले की रिज से होता हुआ जाखू पहुँचा। पुराने ज़माने का मकान था, जिसके आसपास चारों ओर कुछ ज़मीन भी छूटी हुई थी। इधर-उधर कुछ फूल और जंगली घास दिखायी दे रही थी। लगता था कि फुलवारी से किसी को कोई दिलचस्पी नहीं थी। आसपास कोई दिखायी भी तो नहीं दे रहा था। यूँ लगता था जैसे वहाँ कोई रहता ही नहीं था। मगर दरवाज़े को बाहर से ताला भी नहीं लगा था, जिससे सिद्ध होता था कि उस मकान में निश्चय ही कोई-न-कोई रहता है।

थोड़ा इन्तज़ार करने के बाद उसने दोबारा दरवाज़ा खटखटाया। तब उसे क़दमों की चाप-सी आवाज़ सुनायी दी। जैसे कोई स्लीपर फटफटाता हुआ चला आ रहा है। वे क़दम दरवाज़े के पास पहुँच कर रुक गये।

अमित की नज़र दरवाज़े के मैले शीशों पर लगी हुई थी। दरवाज़ा खुला नहीं तो वह उन शीशों को और भी ग़ौर से देखने लगा। इतने में दरवाज़े की पिछली ओर शीशे पर चिपकाये गये काग़ज़ का एक कोना ऊपर को उठा और क्षण-भर को उसे लम्बी पलकों-वाली एक मोटी-सी आँख दिखायी दी, जो फ़ौरन ही ग़ायब हो गयी।

यह सब देखकर अमित को महसूस हुआ कि यह तो कोई रहस्यपूर्ण बँगला नज़र आता है। इतने में ही भीतर से सिटकनी के कटकटाने की आवाज़ सुनायी दी। दरवाज़े के पट बस इतने से खुले कि उसमें से एक जवान लड़की का प्यारा-सा चेहरा दिखायी दिया।

अमित ने फ़ौरन दोनों हाथ जोड़ कर नमस्ते कह दी।

लड़की ने नमस्ते का कोई उत्तर नहीं दिया। इसलिए नहीं कि वह असभ्य थी, वरन् इसलिए कि वह कुछ बौखला गयी थी। उसने दबे स्वर में पूछा, ''कहिये आपको किससे मिलना है?''

अमित को इस बात की आशा नहीं थी कि अपने मेज़बान के यहाँ उसका स्वागत ऐसे ढंग से किया जायेगा। उसका जी चाहा कि उल्टे पाँव वहाँ से भाग जाये। फिर वह बोला, ''मेरा नाम अमित है। मैं गंगटोक से आया हूँ...''

गंगटोक का नाम सुन कर लड़की का मुँह आश्चर्य के कारण कुछ ज़्यादा ही खुल गया। इस पर अमित जल्दी से बोला, ''दरअसल मैं गाजियाबाद से आया हूँ। गंगटोक में मेरा दोस्त राहुल रहता है। पिछले दिनों मैं उन्हीं के यहाँ गया हुआ था। वहीं पर राहुल को राकेश जी का पत्र मिला। इसी सिलसिले में...मेरा मतलब है कि आपको इस विषय में कुछ मालूम होगा—लेकिन पहले यह बताइये कि राकेश जी यहीं रहते हैं?''

अमित ने इस बात की ओर ध्यान ही नहीं दिया कि जब वह बोल रहा था, उसी दौरान लड़की ने दरवाज़े को पूरे तौर से खोल दिया था। वह अपनी बात समाप्त कर चुका तो लड़की ने जवाब दिया, ''जी हाँ, वह यहीं रहते हैं। मैं उन्हीं की बहन हूँ।''

यह सुन कर अमित की जान-में-जान आयी। कम-से-कम यह इतमीनान तो हो गया कि वह ठीक जगह पर पहुँच गया था।

लड़की ने पूछा, ''आप अपना सामान ले आये हैं?''

अमित हड़बड़ा गया। वह समझ नहीं पाया कि उसे सामान अपने साथ लाना चाहिए था या नहीं। जैसे उसने बड़ी भारी भूल कर डाली हो। अमित बोला, ''जी हाँ, ले तो आया हूँ। बात दरअसल यह है कि राहुल ने मुझसे कहा था कि मैं सामान सहित ही...''

लड़की ने उसकी बात अनुसनी करते हुए ज़ोर से आवाज़ दी, ''जंग बहादुर सिंह...ओ जंग बहादुर सिंह!''

इतना बड़ा नाम सुन कर अमित ने महसूस किया कि निश्चय ही अब कोई बहुत ही हट्टा-कट्टा साढ़े छह फुटा, भारी डील-डौल वाला आदमी आयेगा। लेकिन आया कौन! पतली-पतली टाँगोंवाला बारह-तेरह वर्ष का एक पहाड़ी लड़का।

लड़की ने उससे कहा, ''सामान भीतर ले जाओ।''

जंग बहादुर सिंह ने दरवाज़े के बाहर सामान पड़े देखा तो पहले वह फ़ौरन ही बिस्तर पर पिल पड़ा। काफ़ी जूझने के बाद उसने बिस्तर को पीठ पर रखा तो उसकी पतली-पतली टाँगे कभी इधर को झुक जातीं और कभी उधर को।

अमित को जंग बहादुर सिंह पर दया आने लगी। शायद यह बात भाँप कर ही लड़की बोली, ''कोई बात नहीं, ले जायेगा। बहुत कस कर खाता है।''

लड़की ने सूटकेस भी जंग बहादुर सिंह की पीठ पर लादने के लिए उठाया तो अमित ने सहज ढंग से कहा, "रहने दीजिये। बारी-बारी दोनों चीज़ें पहुँचा देगा। जल्दी भी क्या है। मुझे कौन गाड़ी पर सवार होना है।"

लड़की की शक्ल से लग रहा था कि मेहमान के तर्क से मतभेद होते हुए भी उसने उसका सुझाव स्वीकार कर लिया। वे दोनों भीतर की ओर बढ़े तो लड़की ने बताया, "भैया के नाम राहुल जी का पत्र आया था। उन्होंने मुझे बताया कि आप आज यहाँ पहुँच रहे हैं। आप...आपका नाम अमित जी है न?"

"जी हाँ।" इस अवसर का लाभ उठाते हुए अमित ने भी पूछा लिया, "आपका शुभ नाम क्या है?"

लड़की का चेहरा कुछ गुलाबी पड़ गया, "मेरा नाम आशा है।"

आशा को ख़ुश करने के लिए अमित बोला, "बहुत अच्छा नाम है! हाँ तो, राकेश जी घर में नहीं हैं क्या?"

"दरअसल वह यहाँ नहीं रहते। मेरा मतलब है, यहाँ ज़्यादा नहीं टिकते। मेरा मतलब है कि इस मकान में परिवार के आलतू-फालतू सदस्य रहते हैं...मेरा मतलब–"

अमित ने हाथ उठा कर उसे रोकते हुए कहा, "मैं आपका मतलब समझ गया। मेरे विचार में राकेश जी ज़्यादातर अपने फार्म पर ही रहते होंगे।"

"जी हाँ, लेकिन शिमले में रहने के लिए उन्होंने सबसे अलग एक कॉटेज ले रखी है। दरअसल उनको अपना लिखने-पढ़ने का काम करने के लिए बहुत ही शान्त वातावरण की आवश्यकता होती है। इस जगह तो यह बात सम्भव नहीं है न।"

अमित ने इधर-उधर नज़र दौड़ाते हुए कहा, "मुझे तो यहाँ कोई शोर-शराबा सुनायी नहीं दे रहा।"

आशा ने अमित की ओर अजीब नज़र से देखते हुए कहा, "भला एक लड़की कहाँ तक शोर मचा सकती है?"

अमित को यूँ महसूस हुआ जैसे आशा की नज़रों में उससे बड़ा कोई मूर्ख हो ही नहीं सकता। फिर भी उसने अपने आपको सँभालते हुए कहा, "मेरा मतलब है कि यहाँ कोई और तो दिखायी देता नहीं।"

"घर से सब लोग किसी रिश्तेदार के यहाँ लंच करने गये हैं।"

"आप नहीं गयीं?"

"आप जो आनेवाले थे।"

अमित निर्णय नहीं कर पाया कि आशा को उसके बेमौका आने पर शिकायत थी या वह उसे मूर्ख समझती थी जो ऐसे बेवकूफ़ी के प्रश्न कर रहा था।

सामान मकान के भीतर कहीं पहुँच चुका था। वे दोनों अभी ड्राइंग रूम में ही बैठे थे। आशा ने अभी तक चाय, काफ़ी, नाश्ते आदि के बारे में कुछ नहीं पूछा था। हालाँकि उसने सुबह ही कालका जी के स्टेशन पर हलका-सा नाश्ता किया था। इतने घण्टों में

नाश्ता हज़म हो चुका था। उधर आशा इस विषय पर यूँ चुप थी जैसे उसे किसी ने अच्छी तरह समझा दिया था कि मेहमान को एक कप चाय तक मत देना। अमित को लगा कि शक्ल से वह जितनी चुप-चुप-सी दिखायी देती थी, वास्तव में वह ऐसी थी नहीं, क्योंकि वह लगातार बातें ही किये जा रही थी।

इतने में विशाल कमरे के दूसरे कोने में रखी तिपाई पर का टेलीफ़ोन ज़ोर से बज उठा। आशा फ़ौरन छलाँग मार कर उठी और टेलीफ़ोन पर कुछ देर तक बातें करती रही। आवाज सुनायी दे रही थी, लेकिन बातें समझ में नहीं आ रही थीं। अलबत्ता आशा बार-बार अपना सिर हिलाती रही।

बातचीत समाप्त हो चुकी तो वह फिर अमित के पास लौट आयी और मुस्करा कर बोली, "भाई साहब बोल रहे थे।"

इतना कह कर वह चुप हो गयी। आख़िर विवश होकर अमित ने ही पूछा, "कुछ मेरे विषय में भी बात हुई?"

"केवल आप ही की तो बात होती रही।"

अमित को लगा कि कालेज की यह छोकरी वास्तव में काफ़ी चंचल और शरारती थी। वह जान-बूझकर भोली बनी मेहमान का तमाशा देख रही थी।

"मेरे विषय में क्या बात हुई?" अमित ने पूछा।

आशा ने चटर-पटर बोलना शुरू किया, "उन्होंने पूछा कि अमित जी आ गये? मैंने उत्तर दिया, आ गये। उन्होंने पूछा कि उनका सारा सामान ठीक से रखवा दिया! मैंने उत्तर दिया, रखवा दिया। उन्होंने पूछा कि अमित जी को काफ़ी भूख लगी होगी, उन्हें कुछ खिलाया-पिलाया? मैंने उत्तर दिया कि उन्हें भूख-वूख नहीं है, इतमीनान से बैठे मुझसे बातचीत कर रहे हैं। तब उन्होंने कहा कि मैं आऊँगा तो इकट्ठे ही नाश्ता-पानी करेंगे। मैंने कह दिया कि ठीक है।"

अमित पूछना चाहता था कि तुमने यह कैसे कह दिया कि मुझे भूख नहीं लगी है। मगर इसकी बजाय उसने पूछा, "राकेश जी कब तक यहाँ पहुँच जायेंगे?"

"यही घण्टे-डेढ़-घण्टे से ज़्यादा नहीं लगेगा।"

यह सुन कर अमित ने अपने दोनों हाथ पेट पर रख लिया और आशा की बातों से भूख मिटाने का निश्चय कर लिया। लेकिन आशा ने और कोई बात नहीं की। वह उठ कर जाने लगी तो अमित ने पूछा, "आप कहाँ जा रही हैं?"

"अभी आती हूँ।"

"अगर तक़लीफ़ न हो तो जंग बहादुर सिंह के हाथ एक लोटा पानी भिजवा दें। मैं कुल्ला-वुल्ला क़रके मुँह-हाथ धो लूँ। वैसे तो नहाये बग़ैर तो धूल दूर होगी नहीं, लेकिन इतनी ठण्ड में..."

"हाँ-हाँ! मैं पानी भिजवाये देती हूँ।"

यह कह कर आशा चली गयी और थोड़ी ही देर बाद जंग बहादुर सिंह पानी का लोटा इस अन्दाज़ से उठा कर ले आया कि जैसे घड़ा उठा रखा हो। अमित ने आस्तीनें चढ़ा कर बरामदे के बाहर गर्दन बढ़ायी, कुल्ला किया, मुँह-हाथ धोया। तब निकट खड़े जंग बहादुर सिंह ने धोबी का धुला छोटा-सा तौलिया पेश किया।

अमित फिर ड्राइंग-रूम में पहुँच कर सोफे पर बैठ गया और मन-ही-मन भगवान् से मनाने लगा कि राकेश को घर पहुँचने में डेढ़ घण्टे से अधिक न लगे।

इतने में वह क्या देखता है कि आशा दोनों हाथों में ट्रे उठाये चली आ रही है। उसमें नाश्ते का सामान और गर्मा-गर्म चाय की केतली रखी थी। दो खाली प्याले भी थे।

यह दृश्य देख कर वह चकित रह गया।

आशा धीरे से बोली, "आप थोड़ा-सा खा-पी लीजिये। भैया के आने पर पूरा नाश्ता कर लीजियेगा।"

अमित कितना ख़ुश हुआ कि एक बार तो जी चाहा कि आशा को गले से लगा ले। अगर नाश्ता न आता तो न जाने वह डेढ़ घण्टा कैसे गुज़ार पाता। आशा की इधर-उधर की गप्पें सुनने से तो उसकी भूख और बढ़ जाती।

नाश्ता चल ही रहा था कि इतने में बाहर का फाटक खुला और अमित को यूँ लगा जैसे तूफ़ान आ गया है। मगर शीघ्र ही उसे पता चल गया कि यह तूफ़ान नहीं था, घरन घर के लोग दावत उड़ाने के बाद लौट रहे थे। इस झुण्ड में बड़े-बूढ़े बच्चे और कुत्ते सभी शामिल थे।

●

शिमले से लगभग सोलह-सत्रह मील की दूरी पर भी राकेश का एक फार्म था। आज सुबह ही वह किसी काम से वहाँ पहुँचा, खाना भी वहीं खाया, और फिर फ़ौरन ही घर लौटने को भी तैयार हो गया। इस फार्म का इंचार्ज राकेश के पिता जी के ज़माने का पुराना नौकर था। ईमानदार होने के अलावा वह इतना सीधा-सादा था कि कारोबारी लेन-देन की समस्याओं के लिए वह बहुत हद तक बेकार ही था। उसका नाम सुन्दर लाल था।

जब राकेश ने वहाँ से चलने के लिए अपनी जीप में पाँव रखा तो सुन्दर लाल ने कहा, "आज आप यहीं रह जाते तो क्या हर्ज़ था। सुबह तक ताजादम होकर भी तो आप वापस जा सकते थे। इसी दौरान आप बचा-खुचा काम भी ख़त्म कर सकते थे।"

राकेश बोला, "नहीं सुन्दर बाबा, अब तो मुझे जाना ही होगा। कारण यह है कि आज मेरे दोस्त का भेजा हुआ आदमी घर पहुँच जायेगा। अगरचे उसे नौकरी के लिए बुलाया है, लेकिन दोस्त-का-दोस्त होने के नाते मुझे उससे निज का-सा ही व्यवहार करना पड़ेगा। इसीलिए मैं सोचता हूँ कि आज ही घर चला जाऊँ।"

सुन्दर लाल उम्र में बड़ा होते हुए भी बात करते समय हाथ जोड़ देता था। अब भी हाथ जोड़ते हुए बोला, "अच्छा। जो आप उचित समझें।"

राकेश ने इंजन स्टार्ट किया और जीप गुर्राती हुई ऊबड़-खाबड़ सड़क पर चल निकली। फार्म में रहनेवाले मज़दूरों के कुछ बच्चे और दो-तीन कुत्ते कुछ दूर तक जीप के पीछे दौड़ते रहे, लेकिन फिर थक कर हार मान ली और लौट पड़े।

राकेश चाहता था कि अँधेरा होने से पहले-पहले वह अपनी मंज़िल तक पहुँच जाये, क्योंकि सड़क की हालत बहुत अच्छी नहीं थी। वह अमित के बारे में भी सोच रहा

था। राहुल ने गंगटोक से जो पत्र भेजा था उसे पढ़कर राकेश को काफ़ी इतमीनान हो गया था। अब वह उस शख़्स को देखना चाहता था, जिसके बारे में राहुल ने लिखा था कि उसमें और मुझमें कोई फ़र्क़ न समझना। अगर राहुल को अपने मित्र पर इतना ही भरोसा है, तो पढ़ा-लिखा व्यक्ति होने के नाते अमित निश्चय ही उसका काम सँभाल लेगा। अगर उसकी यह समस्या हल हो गयी तो उसकी पचहत्तर प्रतिशत परेशानियाँ भी दूर हो जायेंगी।

उन्हीं विचारों में डूबा हुआ वह क़रीब चार-पाँच मील दूर तक निकल गया। एकाएक वह चौंक पड़ा। काफ़ी आगे मोड़ पर सड़क के किनारे एक लड़की खड़ी दिखायी दी। उसने कसी हुई जैकेट और तंग जीन्स पहन रखी थी। सिर के बाल बिखरे हुए थे, और कन्धे से चमड़े का एक थैला लटक रहा था। कुछ नज़दीक पहुँच कर उसने देखा कि लड़की के पाँव के बूट भी ज़रा मर्दाना टाइप के और घिसे-पिटे थे।

वह लड़की बार-बार अपने हाथ के अँगूठे से शिमले की ओर संकेत कर रही थी।

राकेश ने जीप की गति बहुत धीमी कर ली और फिर लड़की के निकट पहुँचकर गाड़ी रोक दी।

इस दौरान उसने यह भी देख लिया कि लड़की हलके साँवले रंग की होने के बावजूद बड़ी हसीन थी। राकेश को आश्चर्य हो रहा था कि अब तक ऐसी ख़ूबसूरत लड़की को किसी ने लिफ़्ट क्यों नहीं दी।

"शिमला!" लड़की ने केवल यही एक शब्द कहकर होंठ बन्द कर लिये।

उड़ते हुए बालों में उसका चेहरा यूँ दिखायी दे रहा था जैसे काले बादलों में पूर्णमासी का पीला-पीला चाँद।

राकेश ने देखा कि वह बड़ी गम्भीर लड़की थी। चुनाँचे उसने भी कुछ नहीं कहा, केवल सीट पर हाथ से थपकी देकर उसे बैठने का इशारा किया। लड़की बैठ भी नहीं पायी थी कि जीप एक धक्के के साथ आगे को चल निकली। इससे लड़की को ज़ोर का धक्का लगा। माथे पर बल डालकर वह ज़रा क्रोध में बोली "यू मैन!"

उसके बोलने का यह अन्दाज़ देखकर एक बार तो राकेश के मन में आया कि ज़ोर की लात रसीद करके उसे सड़क पर गिरा दे। ससुरी बोल तो ऐसे रही थी जैसे यह उसके बाप की जीप थी, जिसे उसके बाप का ड्राइवर चला रहा था। मगर फिर यह सोचकर कि आख़िर बेचारी लड़की है, राकेश ने कुछ नहीं कहा।

जीप मानो उछलती-कूदती-सी दौड़ी जा रही थी। लड़की ने अपने बैग में से दो-तीन रबर-बैण्ड निकाले और फिर बालों को समेटकर उन पर उन्हें चढ़ा दिया। धीरे से बड़बड़ायी, "न जाने आजकल कैसे रबर-बैण्ड आने लगे हैं। एक ही दिन में चीं बोल जाते हैं।"

राकेश ने कुछ उत्तर नहीं दिया।

मालूम होता था कि लड़की चुप बैठनेवाली नहीं थी। पल-भर बाद फिर बिगड़ उठी, "मैन! तुम गाड़ी कैसे चलाता है?"

अब राकेश थोड़ा गर्म होकर बोला, "क्यों, कैसे चलाता हूँ?"

"ऐसी औरत की तरह जिसके पेट में साढ़े सात महीने का बच्चा हो।"

लड़की के मुँह से ये लफ़्ज़ सुनकर राकेश सुन्न-सा होकर रह गया। हरामज़ादी कहीं की! उसने मन-ही-मन ये शब्द कहे, और फिर जीप रोककर सड़क के किनारे लगा दी।

लड़की फिर बोली, "क्या हुआ यार?"

राकेश कहना चाहता था कि तुम्हारा सिर हुआ है। मगर फिर उसने अपने आप पर काबू पाते हुए कहा, "देखो, काली मेमसाहब! या तो तुम पैदल जाओ तब शिमले जल्दी पहुँच जाओगी या..."

"या?" लड़की ने बात काटकर एक शब्द मुँह पर दे मारा।

"या यह कि ख़ुद ही जीप चलाकर ले जाओ!"

उस समय राकेश का एक पाँव धरती पर था, और दूसरा जीप पर रखा था।

लड़की ज्यों-ही-त्यों सीट पर बड़ी गम्भीरता से बैठी रही। आख़िर उसने अपने माथे से बालों की एक लट पीछे को हटाते हुए दाँत दिखा दिये। फिर अपने सिर को हलका-सा झटका देते हुए बोली, "ठीक है! जो तुम कहते हो, वही किया जायेगा।"

तब उसने अपने चमड़े के बैग में से छोटा-सा थर्मस निकाला। दो छोटे-छोटे प्यालों में गर्मा-गर्म कॉफी उँड़ेलकर उसने एक प्याला उसकी ओर बढ़ा दिया, और कहा, "क्रोध की गर्मी में गर्म-गर्म कॉफी तबीयत को ठण्डक पहुँचाती है।"

राकेश को उसकी यह हरकत बड़ी प्यारी लगी। कॉफी का प्याला ख़त्म करते तक वाक़ई उसका गुस्सा ठण्डा हो गया और वह स्टीयरिंग सँभाल कर बोला, "बैठो सीट पर।"

कॉफी पीते समय लड़की भी जीप से उतरकर सड़क के किनारे खड़ी हो गयी थी। उसने जवाब दिया, "नहीं मिस्टर अब तो वही होगा, जो तुमने कहा था।"

इस विचार से कि यह बेचारी नौजवान हसीना पैदल शिमले कैसे पहुँच पायेगी, राकेश को अपने कहे हुए कठोर शब्दों पर पछतावा होने लगा। घबरा कर बोला, "नहीं कुमारी जी, मैं आपको पैदल चलने की इजाज़त नहीं दे सकता।"

लड़की उसको मुँह चिढ़ाते हुए बोली, "लेकिन कुमार साहब, मैं आपको जीप चलाने की इजाज़त नहीं दे सकती। हटिये सीट से।"

बड़े आश्चर्य में राकेश ड्राइवरवाली सीट से हट गया और लड़की ने फ़ौरन स्टीयरिंग सँभाल लिया। अभी वह लड़की की बग़लवाली सीट पर सँभल कर बैठ भी नहीं पाया था कि जीप उछल कर आगे बढ़ी।

इसके बाद जो हुआ, उससे तो राकेश का सिर ही चकरा गया। लड़की किसी भूत की तरह जीप को इतनी तेज़ी से चलाने लगी कि राकेश को अपनी आँखों पर विश्वास नहीं हो रहा था। यह बात तो वह भली-भाँति जानता था कि इस इलाक़े में ऐसी ऊबड़-खाबड़ सड़क पर इतनी तेज़ी से जीप चलाना गोया बड़ा भारी ख़तरा मोल लेना

था। हर मोड़ पर ब्रेक से चीखते टायरों के नीचे से कंकड़-पत्थर उड़ कर घाटी की गहराई में गिरते दिखायी देते और तूफ़ानी लहरों में फँसी हुई नाव की तरह डगमगाने लगती।

''राकेश बोला, कुमारी जी, एक बात कहूँ?''

''अवश्य कहिये।''

''जिस गति से आप चल रही हैं उससे हम निश्चय ही बहुत जल्द मंज़िल तक पहुँच जायेंगे।''

लड़की हँस कर बोली, ''यही बात तो मैं आपको समझाना चाहती हूँ।''

''लेकिन शब्द मंज़िल से जो मेरा मतलब है वह समझ में आया?''

''हाँ...शिमला!''

''नहीं...परलोक!''

लड़की सिर पीछे को फेंक कर बड़े ज़ोर से हँसी और किसी हठी बच्चे की तरह चिल्ला कर बोली, ''शिमला....शिमला!''

राकेश मन-ही-मन सोचने लगा कि आज यह लड़की उसकी सारी समस्याएँ हल करके ही छोड़ेगी। न रहेगा बाँस, न बजेगी बाँसुरी। जब जान से ही हाथ धो बैठे तो समस्याओं से क्या ताल्लुक़!

राकेश यह भी जानता था कि जिस तूफ़ानी गति से लड़की जीप को चला रही थी, ऐसी हालत में उसके हाथ को रोकना या स्टीयरिंग उसके हाथ से लेने की कोशिश करना कितना ख़तरनाक था। इससे बेहतर यही था कि वह उसे बातों में उलझा दे, ताकि उसका ध्यान जब बातों की ओर बँट जाये तो वह जीप की गति को ख़ुद ही कम कर दे। अतः उसने पूछा, ''मैं आपका नाम जान सकता हूँ?''

''अवश्य!—मगर पहले अपना तो नाम बताइये।''

''मुझे राकेश कहते हैं।''

''नाम बुरा नहीं है। लेकिन आपसे मिलकर मुझे कोई ख़ास ख़ुशी नहीं हुई। बल्कि किसी हद तक निराशा ही हुई। हालाँकि आप जवान हैं, हसीन हैं, रंग तो इतना गोरा है कि ऐसा रंग मेरा होना चाहिए था। लेकिन फिर भी आपसे मिलकर निराशा ही हुई।''

''कारण?''

''पहला कारण तो आपका जीप चलाने का बेहूदा ढंग है। लगता है कि आपके बाप-दादा ने कभी जीप देखी भी नहीं थी।''

''सुनिये! आप एकदम मेरे बाप-दादा तक तो न पहुँचिये।''

''मैं कब पहुँची, आप ही ने पहुँचा दिया। आपके व्यवहार ने। मेरा मतलब है जीप चलाने के अन्दाज़ ने।''

''कुमारी जी, मैं इस ढंग से जीप चलाने में यक़ीन रखता हूँ कि जिससे मैं सही सलामत मंज़िल तक पहुँच सकूँ।''

"तो आप क्या समझते हैं कि मेरे जीप चलाने से शिमले तक हमारे एक-डेढ़ दर्जन टुकड़े पहुँचेंगे?"

"एक-डेढ़ दर्जन टुकड़ों की बात करती हैं! अजी, हमारा एक-आध टुकड़ा भी वहाँ नहीं पहुँचने का। रास्ते में ही किसी खड्ड में गिरेंगे, जीप को आग लग ज़ायेगी और हम दोनों भस्म हो जायेंगे।"

"जैसे दो प्रेमी दुनियावालों से तंग आकर एक साथ जल मरते हैं।" लड़की अपने चमकदार दाँत दिखाते हुए बोली।

राकेश ने सोचा कि शायद यह लड़की पागल है। चाहे वह पागल ही हो, लेकिन जीप चलाने में उसका जवाब नहीं है। किसी भी मोटर गाड़ी को ऐसे अन्दाज़ से कोई उस्ताद ही चला सकता है। यूँ तो हर क्षण यूँ लगता था, जैसे वे घाटी में अब गिरे कि तब गिरे, लेकिन वह जीप को गिरने नहीं देती थी। उसकी होशियारी, हाज़िर दिमाग़ी और उस्तादी को तो मानना ही पड़ेगा। मुसीबत तो यह थी कि बातों में उलझने के बावजूद लड़की ने गाड़ी की गति कम नहीं की।

राकेश को याद आया, बोला, "आपने मुझे ख़ूब टरकाया।"

"वह कैसे?"

"अपना नाम तो बताया ही नहीं।"

"मरजीना।"

"मरजीना?...यह आपका नाम है?"

"क्यों, इस नाम में क्या ख़राबी है? अलीबाबा चालीस चोर का क़िस्सा नहीं पढ़ा? उसमें भी तो एक लड़की का नाम मरजीना है। मेरे नाम का अर्थ शायद समझ में नहीं आया। इसका मतलब है कि मर-मर के जीना।"

"क्या यह आपका असली नाम है?"

"नहीं पेट-नेम है।"

"असली नाम बताइये न।"

"जब आप मेरे पेट-फ्रेण्ड बन जायेंगे, तब असली नाम बताऊँगी। अभी आप पेट-नेम से ही काम चलाइये।"

"लगता है कि इस जन्म में तो आपका असली नाम मालूम होने से रहा।"

"अरे वाह! वह क्यों?"

"भई आप इसी तरह जीप चलाती रहीं तो हमारी साँस अधिक समय तक चलनेवाली नहीं है।"

"अब फिर वही बात कह दी न! क्यों अपना इमेज बिगाड़ते हैं!"

इसी प्रकार की नोक-झोंक चलती रही। जीप गिरने से बचती रही। यहाँ तक कि वे सही-सलामत शिमले के निकट पहुँच गये।

लड़की ने बड़े ज़ोर से ब्रेक लगाकर जीप को जहाँ की तहाँ रोक दिया। फिर वह छलाँग मारकर जीप से नीचे उतरी और थैला हवा में लहराते हुए बोली, "टा-टा!"

राकेश ने स्टीयरिंग सँभालते हुए उससे पूछा, "अब आपसे कब मुलाक़ात होगी?"

"अरे यार! कमाल करते हो! इतनी-सी लिफ़्ट देकर अगली मुलाक़ातों का प्रोग्राम भी बना लिया! सच पूछो तो तुमने नहीं, लिफ़्ट मैंने तुमको दी, वरना अब भी कहीं आठ-नौ मील परे धक्के खा रहे होते।"

राकेश लड़की को इस तरह खोना नहीं चाहता था। बोला, "लगता है कि आप यहाँ सैर-सपाटे के लिए आयी हैं?"

"जी नहीं, मैं यहाँ शादी कराने आयी हूँ।"

"किसकी शादी?"

"अपनी ही।"

राकेश ने जान-बूझकर व्यंग्य करते हुए कहा, "भला आपसे शादी कौन करेगा?"

"मैं यह तो नहीं जानती कि मुझसे शादी कौन करेगा, लेकिन इतना जानती हूँ कि कौन नहीं करेगा।"

"वह कौन है जो आपसे शादी नहीं करेगा?"

"आप।"

इतना कहकर लड़की सड़क छोड़कर छोटी पगडण्डी से होती हुई राकेश की आँखों से ओझल हो गयी। तब उसने जीप स्टार्ट की और मन-ही-मन कहने लगा अजीब मुलाक़ात थी! अजीब लड़की थी! अजीब सम्बन्ध था हमारा! अजीब ढंग था बात करने का, कभी एक-दूसरे को तुम कहते, और कभी आप कहने लगते।

●

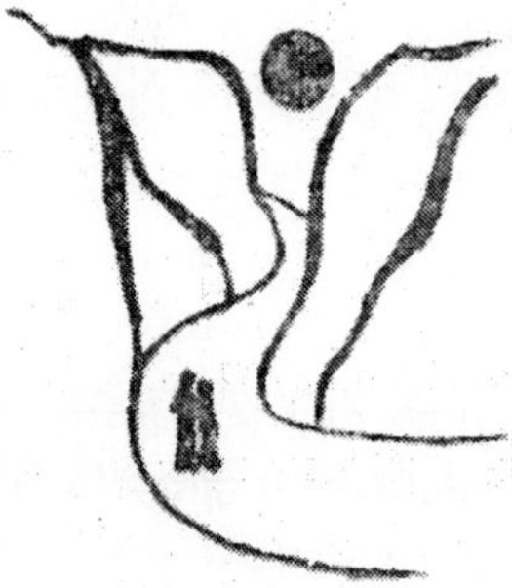

एक सीमा तक पहुँच कर जीप को छोड़ना पड़ा और फिर राकेश पैदल घर को रवाना हो गया। उसने अपने लिये एक अलग कॉटेज रख छोड़ी थी, लेकिन इस समय वह सीधा अपने जाखूवाले घर की ओर ही बढ़ता गया। कारण यह कि अच्छी खासी शाम हो चुकी थी और वह जानता था कि अमित घर पहुँच चुका होगा।

उस समय तक अमित भी घरवालों से घुल-मिल गया था। उसने परिवार के हर छोटे-बड़े सदस्य को बहुत मिलनसार पाया। उसे यह नहीं लग रहा था कि वह किसी अजनबी परिवार में पहुँच गया है। बच्चे और कुत्ते तक उससे हिल-मिल गये थे और उसके चारों ओर दौड़ते फिर रहे थे।

इतने में शोर मचा। पता चला कि राकेश आ पहुँचा है। अमित ने अपनी घड़ी पर नज़र डाल कर सोचा कि अच्छा ही हुआ जो आशा ने उसे नाश्ता-पानी करा दिया, वरना राकेश के इन्तज़ार में तो भूख के मारे अब तक उसका भूसा हो जाता।

जब राकेश बरामदे में पहुँचा तो अमित ने देखा कि वह गोरे रंग का लगभग छह फुट ऊँचा जवान था। सिर पर घने काले बाल थे, नयन-नक्श बहुत अच्छे थे, शरीर सुडौल और स्वस्थ था।

ज्यों ही राकेश ने ड्राइंग-रूम में क़दम रखा, त्यों ही अमित उठकर खड़ा हो गया। आख़िर वह वहाँ नौकरी करने के लिए आया था। हाथ मिलाते समय राकेश ने अमित को बहुत ही ध्यानपूर्वक देखा। शायद वह आँखों-ही-आँखों में उसके व्यक्तित्व का जायज़ा ले रहा था।

राकेश ने अमित को सोफे पर बैठने का इशारा करते हुए कहा, ''बैठिये। माफ़ कीजिये, मुझे काफ़ी देर हो गयी। मेरा ख़्याल यह था कि मैं आपके यहाँ आने से पहले

ही पहुँच जाऊँगा। हालाँकि फार्म में काम करनेवाला मेरा मैनेजर कहता रहा कि मैं रात वहीं रह जाऊँ, मगर मैंने सोचा कि आप इन्तज़ार कर रहे होंगे...''

अमित बोला, ''बेशक मुझे आपसे मिलने की बड़ी उत्सुकता थी, मगर जब आपका टेलीफ़ोन आ गया तो मुझे तसल्ली हो गयी।''

राकेश ने बड़े आश्चर्य से पूछा, ''मेरा टेलीफ़ोन! मैंने तो फ़ोन नहीं किया। सोलह-सत्रह मील की दूरी पर फार्म से आपको टेलीफ़ोन कैसे कर सकता था?''

यह सुन कर अमित चक्कर में आ गया, क्योंकि उसे तो आशा ने ही बताया था कि भैया का फ़ोन आया है। उसने खिड़की के निकट खड़ी आशा की ओर देखा जो शायद जान-बूझकर बाहर की ओर झाँक रही थी। इतने में राकेश की माँ बोल उठी, ''वह फ़ोन मैंने किया था। मैंने आशा से पूछा था कि अमित जी पहुँचे कि नहीं। जब उसने बताया कि वह पहुँच गये हैं तो मैंने फिर कहा कि हम भी आ ही रहे हैं–लेकिन इतनी देर में अमित जी को कुछ खिला-पिला देना।''

राकेश बोला, ''ओ! यह बात थी।''

अमित ने बौखलाकर एक बार फिर खिड़की की तरफ़ देखा। उसे स्पष्ट नज़र आया कि आशा चुपचाप मुस्कराये जा रही थी।

वाक़ई आशा चंचल स्वभाव की लड़की थी, लेकिन अमित उसके चेहरे के भोलेपन से धोखा खा गया था। फिर भी उसने आशा की पोल खोलना उचित नहीं समझा। बोला, ''वास्तव में फ़ोन मैंने नहीं उठाया था। फ़ोन आशा जी ने उठाया था लेकिन मैं ग़लती से यह समझा कि उनकी बातचीत आपसे हो रही थी।''

जब अमित ने यह शब्द कहे तो आशा ने पलटकर उसकी तरफ़ देखा और हँस दी।

राकेश अमित से बोला, ''इसे आशा जी क्यों कहते हो, आशा कहो।''

अमित केवल मुस्करा दिया।

राकेश की माँ ने बेटे से नाश्ते पानी के सिलसिले में पूछा तो वह बोला, ''अब तो खाना ही खायेंगे। अगर नाश्ता कर लिया तो खाने का मज़ा जाता रहेगा। अलबत्ता एक-एक प्याला कॉफी का चलेगा।''

तब राकेश ने अमित से कहा, ''ऊपर चलो। हम दोनों बालकनी में बैठेंगे। जाखू इस नगर का सबसे ऊँचा स्थान है और हमारी बालकनी से आसपास के दृश्य बहुत ही सुन्दर लगते हैं।''

''चलिये!''

यह कह कर अमित उठ खड़ा हुआ। राकेश उसे तुम कह कर सम्बोधित कर रहा था, लेकिन अमित उसे आप कह कर ही बात करता था। आख़िर उनका नौकर-मालिक का ही तो रिश्ता था। शायद राकेश ख़ुद भी यही चाहता था, वरना ज़रूर उसे इस बात पर टोकता।

बालकनी में बेंत की गद्देदार कुर्सियाँ रखी थीं और बेंत की ही छोटी-सी मेज़ भी थी। राकेश, कुर्सी पर बैठ कर अपनी टाँगें फैलाते हुए बोला, "हाँ, अब बताओ कि सफ़र कैसा कटा?"

"जी, बहुत अच्छा।"

"मुझे हलकी-सी थकान है।"

"मेरे ख़्याल में आप मुँह-हाथ धोकर कपड़े बदल लेते तो अच्छा था। इस तरह आप ताजादम हो जाते।"

"कोई हर्ज़ नहीं। मैं इन बातों का आदी हो चुका हूँ। दरअसल मेरी थकान शारीरिक नहीं, मानसिक है।"

राकेश ने बात बीच में ही छोड़ दी। अमित ने उसे ज़रा आश्चर्य से देखा। इसी बात को भाँप कर राकेश फिर बोला, "हुआ यह कि रास्ते में मुझे एक लड़की मिल गयी। अपने हुलिये से वह हिच-हाइकट लगती थी। सैर-सपाटा करने आयी होगी। उसने अँगूठा दिखाया तो मैंने जीप रोक ली। समझा कि वह लिफ़्ट चाहती है। मैंने उसे जीप पर बिठा लिया। थोड़ी देर बाद उसने मेरा मज़ाक शुरू कर दिया।"

"वह क्यों?"

"उसे मेरे जीप चलाने के ढंग पर आपत्ति थी। संक्षेप में यह कि ख़ुद उसने जीप चलानी शुरू कर दी। बाप रे! जिस तीव्रगति से उसने जीप चलानी शुरू की, उससे मैं तो यही-समझा कि सही सलामत घर पहुँचना असम्भव है। मगर वह तो कमाल की लड़की निकली। औरत तो क्या, मैंने किसी मर्द को इतना अच्छा ड्राइवर नहीं पाया। उसी बौखलाहट का नतीजा है कि मैं दिमाग़ी तौर से कुछ थकान महसूस कर रहा हूँ। ख़ैर यह तो यूँ ही बात में से बात निकल आयी। हाँ, यह बताओ कि शिमला तुम्हें कैसा लगा?"

"शिमले के क्या कहने!...वैसे मैं आपको बता दूँ कि मैं शिमले कई बार आ चुका हूँ। यहाँ पर मेरी बड़ी बहन भी रहती हैं। मैं अबके सीधा आप ही के पास चला आया, क्योंकि मुझे ठीक से पता नहीं था कि आप मुझे फ़ौरन ही किसी फार्म पर भिजवाना चाहेंगे या कोई और काम सौंपेंगे।"

इतने में आशा कॉफी के दो प्याले और पनीर के पकौड़ों की एक प्लेट लेकर वहाँ पहुँच गयी। जब वह ये सब चीज़ें मेज़ पर रख रही थी तो राकेश ने उसके बालों में अपनी उँगलियाँ उलझाकर कहा, "अमित! इससे बच कर रहना। यह जैसी दिखायी देती है, वैसी है नहीं। बड़ी नटखट लड़की है।"

इस ख़्याल से कि अमित तो पहले ही उसके हाथ देख चुका था, आशा ने झेंप कर अपना चेहरा पल-भर को दोनों हाथों में छुपा लिया, और फिर खाली ट्रे उठाकर वहाँ से सटक गयी।

राकेश ने कहा, "अमित! उम्र में तुम मुझसे दो-तीन साल छोटे ही होगे, इसीलिए तुम्हें तुम कह कर बुलाता हूँ। बुरा तो नहीं लगता?"

''बिलकुल नहीं! बुरा लगने की क्या बात है! आप बड़े भाई की तरह भी हैं, और मेरे मालिक भी।''

राकेश ने दोनों हाथ ऊपर को उठाकर बड़े इतमीनान से अँगड़ाई लेते हुए कहा, ''जानते हो, तुम्हें यहाँ पाकर ही मेरे मन से बोझ उतर-सा गया है। राहुल ने तुम्हारे विषय में बहुत ही प्यारा पत्र लिखा है। पढ़कर तबीयत ख़ुश हो गयी। अब तुमसे कुछ पूछताछ करने की ज़रूरत महसूस नहीं करते।''

''मैं जानता हूँ कि राहुल ने मेरे विषय में क्या कुछ लिखा होगा। उसे मुझसे बहुत ज़्यादा मुहब्बत है, इतनी ज़्यादा कि जिसके क़ाबिल मैं नहीं हूँ। अब मेरी समस्या यह है कि जो कुछ उसने आपको लिखा है, मैं उस कसौटी पर पूरा आ सकूँ। अगर मेरी वजह से आपको ज़रा-सी भी निराशा हुई तो राहुल के मन को बहुत दुःख होगा, और मैं भी अपने आपको माफ़ नहीं कर सकूँगा।''

''सब ठीक हो जायेगा। जहाँ नीयत ठीक होती है, वहाँ सभी कुछ ठीक हो जाता है।''

''इतना ज़रूर है कि मैं आपके काम के बारे में बिलकुल कुछ नहीं जानता। यही बात मैंने राहुल से भी कह दी थी।''

''उसने तुम्हें बताया होगा कि मुझे काम में एक्सपर्ट की ज़रूरत नहीं, वरन् ईमानदार आदमी की ज़रूरत है।''

''यह तो समय ही बतायेगा कि मैं आपको कहाँ तक सन्तुष्ट कर पाता हूँ।''

''हाँ! अभी दो-एक दिन तुम शिमले में ही रहोगे। उसके बाद मेरे साथ सभी फार्मों के दौरे पर चलोगे।''

''ऐसी स्थिति में अगर आप कहें तो मैं आज ही, या कल सुबह अपना सामान लेकर बहन के घर चला जाऊँ।''

''नहीं, बिलकुल नहीं। मैं चाहता हूँ कि अब तुम चौबीस घण्टों मेरे साथ रहो। तुम्हें कोई आपत्ति तो नहीं है?''

''बिलकुल नहीं। मैं आपकी ख़ातिर आपके ही पास आया हूँ। मैं यहाँ रहकर मनोरंजन नहीं, वरन् काम करना चाहता हूँ।''

''वेरी गुड! वैसे अगले दो दिनों में जब जी चाहे, बहन से मिल आना।''

''वह कोई ज़रूरी काम नहीं है। जब फ़ुर्सत होगी, तभी जाऊँगा।''

''अगले दो दिन तो फ़ुर्सत-ही-फ़ुर्सत होगी। बेशक घूमो-फिरो, या सिनेमा देखो। लेकिन तुम्हारा सामान यहीं पर रहना चाहिए। सामान यहाँ रहेगा तो मुझे यूँ लगेगा जैसे तुम भी यहीं पर मौज़ूद हो।''

अमित मुस्करा दिया।

राकेश ने फिर कहना शुरू किया, ''अपने इस कारोबार की पृष्ठभूमि संक्षेप में यही है कि पिता जी ही इसकी देखभाल करते रहे। मैं मौज मारता रहा, हालाँकि मैं इस कारोबार के ऊँच-नीच को अच्छी तरह समझता हूँ।''

"इतना कुछ तो राहुल ने भी मुझे बता दिया था।"

"उसने अच्छा ही किया। इस तरह उसने तुम्हारे मन को अच्छी तरह इस काम के लिए तैयार करके कहाँ भेजा।"

कॉफी की चुस्की भरते समय पल-दो-पल को वे दोनों ही चुप हो जाते। दूर पहाड़ों की चोटियों पर नज़र जमाते हुए राकेश ने फिर कहना शुरू किया, "पढ़े-लिखे लोग जब फार्म के बारे में सोचते हैं तो वे यही समझते हैं कि यह आदर्श व्यवसाय है। मगर वास्तव में ऐसा है नहीं। इसकी समस्याएँ अपनी जगह जटिल हैं। मसलन फल ट्रान्सपोर्ट करने का काम ही काफ़ी मेहनत और सतर्कता चाहता है। रातों-रात फलों की पेटियों में कील जड़ दिये जाते हैं। प्रातः काल ये पेटियाँ सड़क के किनारे लगा दी जाती हैं ताकि उन्हें ट्रकों पर लादा जा सके—ख़ैर! ये सारी बातें धीरे-धीरे समझ में आ जायेंगी। तुम्हें तो मैं जनरल मैनेजर बना दूँगा। जीप तुम्हारे पास रहेगी और एक ड्राइवर भी। तुम्हें जीप चालानी आती है क्या?"

"जी नहीं।"

"कोई बात नहीं। ड्राइवर तो हमेशा साथ रहेगा, लेकिन फिर भी जीप चलाना सीख लेना। न जाने कब किसी मौक़े पर ख़ुद तुम्हीं को काम करना पड़ जाय। हाँ, तो इस कारोबार के सभी पहलू धीरे-धीरे तुम्हारे सामने आ जायेंगे और तुम बड़ी आसानी से इन्हें समझ भी लोगे। ज़रूरत केवल सदा सावधान रहने की है। सभी कर्मचारियों को यह महसूस हो कि तुम हर समय उनके सिर पर मँडरा रहे हो और उनकी हर हरकत को देख रहे हो। मेहनती कर्मचारियों को उनकी ईमानदारी और मेहनत का फल ज़रूर मिलना चाहिए। बिलकुल नाकारा व्यक्तियों को निकाल बाहर करना भी उतना ही आवश्यक है। अगर कर्मचारी यह महसूस करें कि मेहनत करने या न करने में कोई अन्तर ही नहीं है तो फिर वे मेहनत करना छोड़ देते हैं—मेरी बातों से बोर तो नहीं हो रहे हो?"

"जी नहीं, मैं हर बात को ग़ौर से सुन रहा हूँ।"

यह भी याद रखने की बात है कि इस इलाक़े में केवल हमारे फार्म नहीं हैं, दूसरे के फार्म भी हैं। आजकल आपस में कम्पटीशन बहुत तेज़ हो रहा है। जो आदमी अपना काम ठीक से निबाह ले जाय, "जीत उसी की होगी।"

इस तरह राकेश और अमित देर तक इस विषय पर बातचीत करते रहे। यहाँ तक कि ख़बर मिली की खाना तैयार हो गया है।

●

जब दरवाज़े पर खट-खट की आवाज़ सुनायी दी तो अमित की आँख खुल गयी। उसने देखा कि सुबह हो चुकी थी और खिड़की के शीशों में से धूप छन-छनकर आ रही थी।

दरवाज़े पर फिर खट-खट सुनायी दी तो वह बोला, ''कौन है?''

इस पर एकदम दरवाज़ा खुला और आशा दरवाज़े के भीतर पाँव पटककर बोली, ''मैं हूँ।''

''अरे अरे! सुबह-ही-सुबह इतना गुस्सा?''

''इन्सान गुस्सा न करे तो क्या करे?'' इतनी देर से दरवाज़ा खटखटा रही हूँ, मगर कोई बोलता ही नहीं।''

''दरवाज़ा तो खुला था, भीतर चली आतीं।''

''वाह! भले इन्सान का फ़र्ज़ है कि किसी के कमरे में जाने से पहले...?''

''ओ हो! समझा! तो तुम अपने आपको भला इन्सान समझती हो?''

''और नहीं तो क्या, लगता है कि बड़े भैया ने मेरे ख़िलाफ़ आपके कान ख़ूब भरे हैं!''

''चिन्ता मत करो! उन्होंने मेरे कान जितने भी भरे थे, वह तुमने सब चिल्ला-चिल्ला खाली कर दिये।''

बनवाटी गुस्से से मुँह फुला कर आशा बोली, ''तो मैं लौट जाऊँ?''

''नहीं भई! तुम्हारे हाथ में तो ट्रे है जिसमें कुछ खाने-पीने का सामान दिखायी दे रहा है। ऐसी स्थिति में मैं तुम्हें लौट जाने की बात कैसे कह सकता हूँ।''

आशा ने लपक कर चाय का प्याला और दो प्लेटें सिरहाने के निकट पड़ी तिपाई पर रख दी और पूछा, ''अब जाऊँ?''

इतनी देर में अमित उठ कर बैठ गया। उसने पाँव समेट लिये और पायँती की ओर इशारा करते हुए बोला, "बैठ जाओ आशा! गुस्सा थूक दो।"

"थूक दिया।" कह कर आशा मुस्करा दी।

अमित ने तिपाई की ओर इशारा करते हुए पूछा, "यह क्या है?"

"आँखें नहीं हैं क्या! बेड-टी है।"

"अभी तो मैंने कुल्ला भी नहीं किया।"

"बेड-टी के लिए कुल्ला करने की क्या ज़रूरत है। लेकिन करना ही है तो सामने जग पड़ा है पानी से भरा..."

इतने में आशा की नज़र खिड़की की ओर गयी, बोल उठी, "ओ हो। खिड़की भी बन्द है। अभी खोले देती हूँ। खिड़की में ही मुँह बाहर करके कुल्ला कर डालिये। आँखों पर दो छींटे भी मारिये।"

यह कह कर उसने खिड़की के पट खोल दिये। "वाह-वाह! क्या सुहाना दृश्य है।" सोने के लिए मुझे यह कमरा सबसे पसन्द है। ऊपर की मंज़िल पर किसी प्रकार का शोर भी नहीं पहुँचता। सुबह खिड़की में से सामने का दृश्य देखकर बस दिल नाच उठता है। मगर आप मैदान के रहनेवाले लोग इन बातों को क्या समझें!

अमित बोला, "कुमारी जी! मैं पानी का जग लिये कभी का खड़ा हूँ। अगर आपका भाषण समाप्त हो गया हो तो मैं कुल्ला कर लूँ और मुँह पर दो छींटें भी मारूँ।"

आशा फ़ौरन खिड़की के आगे से हटकर पलँग की पायँती पर जा बैठी।

तौलिये से चेहरा पोंछते हुए अमित भी अपनी रज़ाई में घुस गया। तिपाई पर नज़र डालते हुए बोला, "बेड-टी के साथ यह काजू, पिस्ता, किशमिश आदि की क्या ज़रूरत थी!"

"मैंने सोचा कि शायद खाली पेट बेड-टी लेने की आदत न हो तो..."

"तुम कितनी समझदार हो...लेकिन देखने में—"

बात काट कर आशा चमक उठी, "तो क्या देखने में मैं बिलकुल ही उल्लू नज़र आती हूँ"

"बिलकुल तो नहीं..."

बिगड़ कर आशा उठ खड़ी हुई, मगर अमित ने जल्दी से हाथ बढ़ाकर उसका बाज़ू थाम लिया, "नहीं आशा, मेरी बात का बुरा न मानो। बैठ जाओ। अब मैं ऐसी कोई बात नहीं कहूँगा। हाँ, यह तो बताओ कि भैया कहाँ हैं?"

"भैया? वह तो चले गये।"

अब अमित को याद आया कि रात खाने के बाद राकेश ने बताया था कि वह सुबह जल्दी ही एक काम से निकल जायेगा। पूछा, "मेरे लिये तो कुछ नहीं कह गये न?"

"बस यही कि अब खाने के समय पर मुलाक़ात होगी। मगर उन्होंने यह भी कहा था कि अगर आपको कहीं और जाना हो तो जा सकते हैं।"

"हाँ आशा, जाना तो है।"

"तो क्या आप भी इसी वक़्त निकल जायेंगे?"

"क्यों, क्या बेड-टी पर ही टरका देने का इरादा है?"

"अजी नहीं, अभी तो साढ़े-नौ दस बजे तक आपको फर्स्ट-क्लास ब्रेक-फास्ट दिया जायेगा..."

"थैंक्यू! लेकिन खाने के समय तक मैं लौट नहीं पाऊँगा। भैया आयें तो उनसे कह देना कि आज रात के खाने पर ही मुलाक़ात होगी। घबराओ नहीं, इस विषय में मेरी उनकी बातचीत हो चुकी है।"

"ऑल राइट! मगर रात का भोजन यहीं पर होगा। ऐसा न हो कि मैं अच्छी-अच्छी चीज़ें तैयार करूँ और आप खाना-खाने ही न आयें।"

"नहीं, ऐसा नहीं होगा।"

चाय का प्याला खाली हो चुका था। आशा उठी और बर्तन समेट कर ट्रे पर रखती हुई बोली, "आपको जिस समय नहाना हो बता दीजियेगा, ताकि गर्म पानी का प्रबन्ध कर दिया जाये।"

"अब मैं शेव करके नहा ही लूँगा।"

"पानी बिजली से गर्म होगा, इसमें देर नहीं लगेगी।"

इतना कहकर आशा कमरे के बाहर निकल गयी।

अमित कुछ देर तक खुली खिड़की के सामने खड़ा बाहर का दृश्य देखता रहा। आशा एक बार फिर शेव के लिए गर्म पानी का मग देने आयी।

शेव, स्नान और कपड़े बदलने के बाद अमित घर के सब लोगों के साथ नाश्ता करने के लिए नीचे की मंज़िल पर डाइनिंग-रूम में पहुँच गया।

नाश्ता क़रीब आधे-घण्टे में समाप्त हुआ। इस दौरान घर के छोटे-बड़े सब हँसते-बोलते रहे।

थोड़ी देर बाद जब अमित जाखू की ऊँचाई से नीचे उतर रहा था तो फिर उसे पहले रिज का समतल मैदान दिखायी दिया, और फिर उसकी नज़र उसी बेंच पर टिक गयी जहाँ शशि से पहली मुलाक़ात हुई थी। जब वह मैदान में पहुँचा तो बेंच के निकट थोड़ी देर रुक़कर उसे खोयी-खोयी नजरों से देखता रहा। फिर वह आगे बढ़ा। लाजपत राय के बुत से लम्बा उतरकर वह लोअर बाज़ार में पहुँचा। इस तरह वह अपनी बहन के घर में जा घुसा।

बड़ी बहन अचानक ही उसे वहाँ देखकर चकित रह गयी। बेइख़्तियार ही बोल उठी, "अरे अमित तुम यहाँ? कोई पत्र भी नहीं लिखा।"

"मैं ख़ुद ही आ गया। पत्र की ज़रूरत भी क्या है।"

"आओ आओ, बैठो। तुम्हारा सामान कहाँ है?"

"सामान नहीं है। दरअसल मैं कल का आया हुआ हूँ। सामान दूसरी जगह रखा है।"

बहन चिन्तित होकर बोली, "क्यों?"

"बैठो दीदी! मैं सब-कुछ बताता हूँ।"

वे दोनों कमरे के भीतर पलँग पर जा बैठे। अमित ने संक्षेप में सारी बात बतायी। शशि के विषय में कुछ नहीं कहा। बहन बोली, ''तुमने अच्छा ही किया जो नौकरी कर ली। माता जी के पत्रों से लगता था कि पिता जी कितने परेशान हैं।''

''चिन्ता न करो दीदी! मुझे विश्वास है कि अब उन्हें कोई परेशानी नहीं रहेगी।''

''तुम ऐसे समय आये जब न बच्चे घर में हैं और न तुम्हारे जीजा जी।''

''तो क्या हुआ! अब तो मैं शिमले में ही रहूँगा। अक्सर मिलता रहूँगा।''

''शुक्र है भगवान् का। तुम्हें नौकरी भी मिली तो हमारे इतनी नज़दीक। बच्चे सुनेंगे तो बहुत ख़ुश होंगे। उन्हें अपने मामा का चाव तो हर समय ही रहता है।''

अमित मुस्कराकर बोला, ''अब तक तो मामा बेचारा ख़ुद ही बेकार था। लेकिन अब मैं उनके लिए कुछ-न-कुछ लाया करूँगा।''

बहन पलँग से उठते हुए बोली, ''अच्छा अमित, अब मैं तुम्हारे भोजन का कुछ प्रबन्ध करूँ।''

अमित बहन का हाथ थामते हुए बोला, ''नहीं, दीदी! मैं जानता था कि आपके यहाँ भोजन बहुत जल्दी तैयार हो जाता है, क्योंकि बच्चों को स्कूल जाना होता है और जीजा जी को काम पर जाना होता है।''

''तो क्या हुआ?''

''मान जाइये। ख़ूब पेट भरकर नाश्ता कर आया हूँ। अब मेरा इरादा है कि साढ़े तीन बजे का कोई सिनेमा देखूँ और रात का भोजन तो राकेश जी के यहाँ ही करना होगा। चिन्ता मत कीजिये। ज़रूरत हुई तो सिनेमा जाने से पहले चाय के साथ एक-दो नमकीन पराठे खा लूँगा। आपके पराठों का कोई जवाब नहीं दीदी।''

बहन फिर बैठते हुए बोली, ''अच्छा, जैसे तुम्हारी मर्ज़ी।''

''दीदी। मैं तो यहाँ तुमसे गप्पें हाँकने के लिए आया हूँ।''

''हाँ रे? तू तो सचमुच बड़ा गपबाज़ हो गया है।''

''वह कैसे?''

''तूने उस लड़की का चक्कर ख़ूब चलाया है।''

''दीदी, आपने भी कमाल कर दिया। आपने सीधे मम्मी को ही इसके विषय में लिख दिया। वह मेरे पीछे पड़ गयीं।''

''हाँ, उन्होंने मुझे लिखा है कि वह लड़की कुँवारी नहीं बल्कि शादी-शुदा है। तुम्हारे किसी मित्र की पत्नी है।''

''हाँ, मैंने उन्हें यही बताया था।''

लेकिन असलियत क्या है?''

''असलियत को छोड़ो दीदी।''

''क्यों छोड़ दूँ?''

"यह बड़ा उलझा हुआ मामला है। मैं इसके विषय में सोचना भी नहीं चाहता। अब तो मेरी यही ख़्वाहिश है कि अपना काम इतनी लगन से करूँ कि मुझे और सब बातें भूल जायें।"

"लेकिन वह तुम्हें सब-कुछ भूलने भी देगी?"

"वह कौन?"

"बेकार में भोले बनते हो। वही लड़की।"

"वह क्या करेगी? उसका तो पता ही नहीं कि वह है कहाँ।"

"वाह? छोटे भैया। दीदी को इतना ही मूर्ख समझता है।"

"मेरी समझ में तो यही नहीं आ रहा कि आप कहना क्या चाहती हैं?"

"और मेरी समझ में यह नहीं आ रहा कि तुम छिपाना क्या चाहते हो?"

"मैं कुछ नहीं छिपा रहा हूँ।"

"लेकिन मैं यही समझती हूँ कि नौकरी के साथ-साथ तू इसी लड़की की ख़ातिर यहाँ आया है। देख! लगता यह है कि तूने मम्मी से पीछा छुड़ाने के लिए कह दिया कि वह लड़की शादीशुदा है। बोल! यह सच है?"

"सच का तो ख़ुद मुझे भी कुछ पता नहीं है।"

"तुम्हें हर बात अपनी बहन से खुलकर करनी चाहिए। अगर वह वास्तव में शादी-शुदा है और तेरे किसी दोस्त की पत्नी है तो फिर उससे तेरा कोई मतलब ही नहीं होना चाहिए। लेकिन अगर वह कुँवारी है तो फिर शादी की बात चलनी चाहिए।"

"आप उस लड़की को भूल जाइये दीदी।"

"मैं तो भूल ही गयी थी, लेकिन जानते हो पड़ोसवाली सरदारनी क्या कह रही थी?"

"क्या कह रही थी?"

"उसने फिर उसी लड़की को देखा है।"

अमित के दिल में ज़ोर-ज़ोर से धक-धक होने लगी। पूछा, "कब देखा था उसे?"

"कल ही की बात है। इसलिए तो मुझे शक हुआ कि तू उसकी ख़ातिर ही यहाँ आया है।"

"नहीं दीदी, तुम्हारी क़सम, मुझे तो यह भी नहीं मालूम कि वह यहाँ पर है। बल्कि मेरा ख़्याल है कि सरदारनी जी को ज़रूर धोखा हुआ होगा।"

इसी प्रकार की बातों में काफ़ी समय गुज़र गया। आख़िर अमित ने चाय के साथ दो पराठे खाये और साढ़े-तीन बजे का शो देखने के लिए सिनेमा हॉल की ओर चल दिया।

सिनेमा हॉल की ड्योढ़ी में खिड़की के सामने क्यू लगनी शुरू हुई तो अमित भी लपक कर वहाँ जा पहुँचा और चौथे नम्बर पर खड़ा हो गया। अचानक ही भीड़ में उसे एक युवक दिखायी दिया जिसकी शक्ल जानी-पहचानी-सी लगती थी। काफ़ी सोचने के बाद अमित को याद आया कि वह चड्ढा साहब का छोटा भाई उमेश था।

●

उस समय तक क्यू बहुत लम्बी हो चुकी थी। उमेश कुछ परेशान-सा दिखायी देता था। उसके साथ एक नौज़वान लड़की भी थी। उस लड़की को उसने पहले कभी नहीं देखा था।

उमेश उसी परेशानी में चारों ओर नज़र दौड़ा रहा था कि एकाएक ही दोनों की आँखें मिलीं। सम्भवतः उसने अमित को पहचान लिया क्योंकि वह फ़ौरन ही उसके पास चला आया।

अब अमित ने कहा, ''हलो!''

''हलो!''

अमित ने पूछा, ''क्या आप भी पिक्चर देखने आये हैं?''

''हाँ, आये तो इसी ख़्याल से थे, लेकिन यहाँ तो इतनी लम्बी क्यू लगी हुई है कि टिकट मिलने की कुछ उम्मीद ही नहीं।''

अमित ने पूछा, ''आख़िर आपको कितनी टिकटें चाहिए?''

''केवल दो—आप कितनी टिकटें ले रहे हैं?''

''मैं तो एक ही ले रहा हूँ।''

''तब तो तीन टिकटें आसानी से मिल जायेंगी।''

''मिल सकती हैं तो ले ही लूँगा।''

''उमेश ने दस रुपये का नोट बढ़ा दिया। अमित ने हाथ हिलाते हुए कहा, ''पहले मुझे टिकट तो लेने दीजिये। पैसे देने की आपको इतनी जल्दी क्या है?''

बुकिंग शुरू हुई तो शीघ्र ही अमित को तीनों टिकटें मिल गयीं। टिकटों पर सीट नम्बर थे। इसका मतलब यह था कि उन्हें एक साथ ही बैठना होगा। टिकट पाकर

उमेश और उसके साथ की लड़की दोनों बहुत ही ख़ुश हुए। वे तीनों बालकनी में पहुँचने के लिए जीने की ओर चल पड़े। उमेश की बाँछें खिली जा रही थीं। जीने पर चढ़ते समय बोला, ''इतनी भीड़ देखकर हम तो बिलकुल ही निराश हो गये थे। सौभाग्य से आप पर नज़र जा पड़ी।''

अमित को लड़की के विषय में अब तक कुछ पता नहीं चल पाया था। उमेश को ख़ुद ही इस बात का ख़्याल आ गया, बोला, ''अमित जी, यह मेरी छोटी बहन शीला है...और शीला यह मेरे मित्र अमित हैं।''

उन दोनों ने एक-दूसरे को नमस्ते की। चूँकि उनकी सीटें एक किनारे की नहीं थीं, इसलिए शीला को बीच में बैठाकर वे दोनों उसके दायें-बायें बैठ गये।

तब उमेश ने जेब से फिर दस रुपये का नोट निकालकर अमित की ओर बढ़ाया। इस दौरान अमित मन-ही-मन निश्चय कर चुका था कि वह टिकट के पैसे स्वीकार नहीं करेगा। उसने सोचा कि उनके साथ गहरे सम्बन्ध बनाने का यह बहुत अच्छा मौक़ा था। इन्कार करते हुए बोला, ''यह नोट अपनी जेब में रख लीजिये।''

''नहीं अमित जी, यह अच्छा नहीं लगता।''

''इसमें बुरा लगने की भी क्या बात है? छोटी-छोटी बातों का ख़्याल नहीं किया करते।''

इस तरह उमेश के बहुत कुछ कहने-सुनने पर भी अमित ने पैसे नहीं लिये। भाई-बहन को इस बात का भी आभार मानना पड़ा।

पिक्चर शुरू होने में कुछ देर थी। सभी लोग आपस में गप हाँक रहे थे। अमित ने उमेश से पूछा, ''कहिये, आपके भाई साहब मिस्टर चड्ढा अच्छी तरह से हैं न!''

''जी हाँ।''

''आशा है कि भाभी जी भी ठीक-ठाक होंगी।''

''जी हाँ, वह भी ठीक हैं।''

अमित ने महसूस किया कि शीला चुपचाप बैठी हुई थी, क्योंकि उसकी ओर वे दोनों ध्यान नहीं दे रहे थे। अतः उसने पूछा, ''शीला, आप तो अभी पढ़ती होंगी।''

''जी हाँ।''

''यहाँ की पढ़ाई का स्तर कैसा है?''

''शिमले में अच्छे-अच्छे कॉलेज मौज़ूद हैं जिनमें पढ़ाई का स्तर काफ़ी ऊँचा है।''

''पढ़ाई पूरी करने के बाद क्या सर्विस वगैरह का विचार है?''

''कोई ख़ास तो नहीं, लेकिन अगर मौक़ा मिला तो मैं टीचिंग लाइन में जाना पसन्द करूँगी।''

''मेरे विचार में भी महिलाओं के लिए टीचिंग-लाइन ही अच्छी रहती है।''

इतने में हॉल में बैठी शीला की किसी सखी ने उसे देख लिया और अपना हाथ उठा कर हवा में हिलाना शुरू कर दिया।

शीला धीरे से बोली, "माफ़ कीजिये, मैं अभी आती हूँ।"

वह उठकर सहेली के पास चली गयी तो मानो मौक़ा पाकर उमेश ने कहा, "कहिये अमित जी, वह फिर कभी मिली आपको?"

अमित ने ख़ामुख़ाह अनजान बन कर पूछा, "वह कौन?"

"वही लड़की?"

"मैं समझा नहीं।"

"आप भी बड़े भुलक्कड़ हैं। अजी मैं उस लड़की का ज़िक्र कर रहा हूँ जो आपको रिज पर मिली थी।"

"आपका मतलब शशि से है?"

यह नाम सुनकर उमेश ने आश्चर्य से पल-दो-पल अमित की ओर देखा, फिर बोला, "हाँ-हाँ, मेरा इशारा उसी लड़की की ओर है जो आपको रिज पर मिली थी।"

"मैं भी तो उसी की बात कर रहा हूँ। मेरा मतलब भी शशि से ही है।"

"हाँ तो, उससे फिर कभी आपकी मुलाक़ात हुई या नहीं?"

"जी नहीं, वह मेरी पहली और अन्तिम मुलाक़ात थी।"

"आश्चर्य!"

"इसमें आश्चर्य की क्या बात है। इसे तो इत्तफ़ाक़ की बात कहिये।"

"हाँ इत्तफ़ाक़ भी कह सकते हैं।"

"क्या वह आजकल शिमले में ही है?"

उमेश ने सिर हिलाते हुए कहा, "कुछ मालूम नहीं।"

"आश्चर्य!"

"वह क्यों?"

"आप ही ने कहा था कि वह आपकी दूर से कुछ रिश्तेदार भी है।"

"मैंने?"

"शायद आपकी भाभी जी ने कहा था।"

"सम्भव है कि उन्होंने ही कहा हो।"

"इसीलिए तो, आप जानते ही होंगे कि वह यहाँ है या नहीं।"

उमेश इस दुविधा में ही था कि वह क्या कहे या क्या न कहे कि इतने में शीला लौट आयी। उसके आने पर इस विषय पर उन दोनों की बातचीत जहाँ-की-तहाँ रह गयी।

पिक्चर शुरू हुई तो वे चुपचाप पर्दे की ओर देखने लगे।

मध्यान्तर में अमित उठ कर बाथरूम को गया तो उमेश ने बहन का बाज़ू टटोल कर उसका ध्यान अपनी ओर आकर्षित करते हुए धीरे से कहा, "हम तो बेकार में उस पर शक करते रहे।"

"किस पर?"

"यही अमित पर।"

"कैसा शक?"

"तुम्हें अब तक याद नहीं आया?"

"याद तो आ गया है।"

"वही तो मैं बता रहा हूँ कि वह उसका असली नाम भी नहीं जानता।"

"अच्छा!"

"यह उसे शशि कहता है।"

"तुम्हें कैसे मालूम?"

"अभी जब तुम अपनी सहेली से बातें करने चली गयी थीं तो मैंने उसे टटोलने की कोशिश की। वह तो अच्छा-खासा बुद्धू नज़र आता है।"

"कई लोग बुद्धू बनने में भी उस्ताद होते हैं।"

"तब तो उसे असली का पता होना चाहिए था।"

"शायद वह असली नाम जानता ही हो। सम्भव है कि तुम्हें ही वह बुद्धू बना रहा हो।"

"अच्छा तो एक बात कहें।"

"कहो।"

"शो समाप्त हो जाने के बाद हम तीनों किसी रेस्टोरेण्ट में बैठकर चाय पीने का प्रोग्राम बनायें।"

"उससे क्या होगा?"

"बुद्धू कहीं की। पहले दूसरे की बात तो सुन लिया करो।"

"अच्छा, बोलो!"

"जब हम रेस्टोरेण्ट की ओर बढ़ेंगे तो मैं रास्ते में ही बहाना बताऊँगा कि मुझे एक दोस्त दिखायी दे गया है। मैं लपककर उधर को चला जाऊँगा, और तुम दोनों सीधे रेस्टोरेण्ट में चले जाना।"

"क्या तुम अपना कोई और प्रोग्राम बताओगे?"

"मेरा कोई और प्रोग्राम नहीं होगा। मैं तो कुछ देर बाद तुम लोगों के पास ही पहुँच जाऊँगा।"

"उसका फ़ायदा क्या?"

"तुम समझी नहीं?"

"नहीं।"

"मेरा मतलब यह है कि तुम उससे फ्रेण्डशिप गाँठ लेना।"

"लगता है कि इसे लड़कियों से चुहलबाजी करने का बड़ा शौक है।"

"तो तुम्हारा भी उसके विषय में यही ख़्याल है।"

"मेरा अपना तो कोई ख़्याल है नहीं, लेकिन मैंने तो आज उसे पहली बार देखा है। अगर तुम्हारी बातचीत से मैं इस नतीजे पर पहुँची हूँ कि वह ज़रूर दिलफेंक आदमी है।"

"अच्छा ही तो है। जितनी देर में मैं पहुँचूँगा, इतनी देर में तुम उससे दो-चार अच्छी बातें कर लेना। बल्कि कल को फिर मिलने का प्रोग्राम बना लेना। यह भी कह देना कि तुम उससे अकेली ही मिलोगी।"

"न बाबा। अकेले में तो मुझे डर लगेगा।"

"डरने की कोई बात नहीं। उसने ज़रा भी ग़लत हरकत की तो मार-मार कर मैं उसका भूसा कर दूँगा।"

"लेकिन जब मैं घर से अकेली निकलने लगूँगी तो क्या अम्मी पूछेंगी नहीं कि कहाँ जा रही हो।"

"घर से अकेले निकलने की ज़रूरत ही क्या है?"

"तो फिर तुम्हारा यह नाटक चलेगा कैसे?"

"मेरा मतलब है कि घर से मैं ख़ुद तुम्हें अपने साथ लेकर चलूँगा। बाहर निकल कर तुम निश्चित स्थान पर उससे मिल लेना। इसके बाद बेशक एक-डेढ़ घण्टा उसी के साथ व्यतीत करना। तब मैं तुम्हें घर छोड़ आऊँगा।"

"अगर किसी जान-पहचान वाले ने मुझे अमित के साथ अकेले घूमते-फिरते देख लिया तो?"

"वह सब भी मैंने सोच लिया है। अगर कभी ऐसा प्रश्न उठा तो मैं कह दूँगा कि मैं भी निकट ही खड़ा अपने एक मित्र से बातचीत कर रहा था।"

"अच्छा तो उससे मिल कर मुझे क्या कहना होगा?"

"कहना-वहना कुछ नहीं। यूँ ही उस पर डोरे डालो। वह समझे कि तुम उस पर लट्टू हो रही हो। इसके बाद अगला प्रोग्राम मैं बाद में बताऊँगा। जैसी स्थिति होगी, वैसा ही क़दम उठाया जायेगा।"

"तो गोया, मुझे तुम्हारी ख़ातिर जासूसी करनी पड़ेगी।"

"हाँ, अपने भाई की ख़ातिर, और अपनी होनेवाली भाभी की ख़ातिर।"

इतने में ही अमित लौट आया। वे तीनों फिर पिक्चर देखने लगे। पिक्चर ख़तम होने के बाद शीला के कहने पर रेस्टोरेण्ट जाने का प्रोग्राम बनाया गया।

वे कुछ दूर तक एक-साथ चले। फिर उमेश जान-बूझकर उँगली से एक ओर को इशारा करते हुए बोला, "अरे वह मेरा एक दोस्त जा रहा है। मैं अभी उससे मिल कर आता हूँ—बेहतर तो यही होगा कि आप दोनों रेस्टोरेण्ट में चलें, मैं वहीं पर पहुँच जाऊँगा।"

उमेश तो वहाँ से खिसक गया, और शीला अमित से बोली, "बहुत मना करती हूँ, मगर भैया ने तो ना जाने कितने दोस्त बना रखे हैं। जब भी हम लोग घर से बाहर निकलते हैं तो इनके कम-से-कम आधा दर्जन दोस्त तो मिल जाते हैं।"

अमित मुस्कराकर बोला, "अपने-अपने स्वभाव की बात है। कई लोग बहुत पापुलर होते हैं। मेरे ख़्याल में उमेश जी के चाहनेवालों की संख्या भी काफ़ी बड़ी होगी।"

"चलिये, हम लोग रेस्टोरेण्ट को चलते हैं। वहाँ हम ख़ूब खाये-पियेंगे। जब भैया वहाँ पहुँचेगा तो ख़ुद ही बिल भरेगा।

अमित चुपचाप उसके साथ हो लिया। रास्ते में यूँ ही इधर-उधर की छिट-पुट बातें होती रहीं। मगर उसे इतना ज़रूर महसूस हुआ कि शीला काफ़ी मिलनसार लड़की थी। उसका व्यवहार बिलकुल अपनों जैसा ही था।

अमित भी ख़ुश था। वह सोच रहा था कि अगर शीला से उसका घनिष्ठ सम्बन्ध हो गया तो उसके द्वारा शशि के विषय में काफ़ी जानकारी प्राप्त हो सकेगी।

●

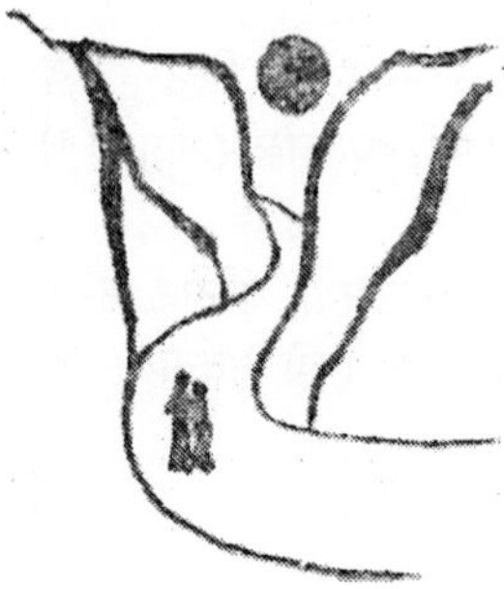

उस रात अमित जब लौट कर अपने मेज़बान के घर पहुँचा तो राकेश पहले से ही वहाँ पर मौजूद था। उसे देख कर आशा भी बहुत ख़ुश हुई, क्योंकि आज पूरा खाना उसी ने तैयार किया था।

भोजन निश्चय ही बहुत स्वादिष्ट था, इसीलिए अमित ज़रूरत से ज़्यादा ही खा भी गया। भोजन के बाद राकेश के साथ वह फिर बालकनी में जा बैठा। राकेश बोला, ''अमित, कल मुझे अपने एक फार्म में जाना पड़ेगा। वैसे वहाँ अभी तुम्हारी आवश्यकता तो नहीं है, लेकिन अगर तुम्हारा और कोई प्रोग्राम न हो तो मेरे साथ चलो। एक तरह से मनोरंजन ही हो जायेगा। खाना फार्म पर ही खायेंगे और दिन ढले तक शिमले लौट आयेंगे।''

''ठीक है।''

''चल सकोगे न?''

''क्यों नहीं। आख़िर मैं इसी काम से ही तो यहाँ आया हूँ। बेकार रह कर मैं ख़ुद तंग आ गया हूँ।''

''मेरा मतलब यह है कि अगर तुमने पहले से ही कोई प्रोग्राम बना रखा हो तो मैं तुम्हें अपने साथ जाने के लिए मजबूर नहीं करूँगा।''

''विश्वास कीजिये कि मेरा और कोई प्रोग्राम नहीं है।''

थोड़ी देर इधर-उधर की बातचीत के बाद राकेश ने कहा, ''मैं आज कुछ थक गया हूँ। सोचता हूँ कि बिस्तर में लेट जाऊँ। अगर हो सके तो तुम भी जल्दी सो जाना, क्योंकि कल प्रातः काल ही हमको यहाँ से चलना पड़ेगा।''

"बहुत अच्छा।"

अमित उसी कमरे में चला गया जहाँ वह पिछली रात सोया था। अभी उसे नींद नहीं आयी थी, लेकिन फिर भी वह राकेश के सुझाव को सम्मुख रखते हुए जल्दी ही सो जाना चाहता था। जब तक सोया नहीं तब तक सन्ध्या की घटना उसके दिमाग़ में घूमती रही।

फिल्म का शो देखने के बाद वह शीला के साथ रेस्टोरेण्ट में जा बैठा तो उनकी आपस में मीठी-मीठी बातें शुरू हो गयीं। शीला की बातें कुछ ज़्यादा ही मीठी थीं। अमित को यूँ लगा जैसे वह अभिनय कर रही थी। उसकी हरकतों में अमित को बनावट दिखायी दी। न जाने क्यों वह महसूस करने लगा कि इन दोनों भाई-बहन ने आपस में कुछ साज़िश की थी। शीला के अनाड़ीपन के कारण ही अमित सावधान हो गया। शीला ने यह सुझाव भी पेश किया कि वे अगले दिन किसी-न-किसी जगह बिलकुल अकेले में मिलें। मगर अमित ने बहाना बनाते हुए इन्कार कर दिया, बोला, "शीला जी, कल तो हमारी मुलाक़ात सम्भव नहीं हो सकेगी।"

"तो परले दिन सही..."

"मैं आपसे वायदा नहीं कर सकता। दरअसल शिमले में मैं निजी काम से आया हूँ। बल्कि कहना चाहिए कि मेरी बड़ी बहन ने ही मुझे यहाँ बुलाया है।"

शीला बनावटी ढंग से रूठते हुए बोली, "जाइये! मुझे तो लगता है कि आप जान-बूझकर मुझसे मिलना पसन्द ही नहीं करते।"

"नहीं, ऐसी कोई बात नहीं है।"

"तो फिर क्या बात है?"

अमित अभी यह नहीं चाहता था कि शीला उसके हाथ से ही निकल जाये। वह ख़ुद उसके ख़ानदान के द्वारा शशि के बारे में अधिक-से-अधिक जानकारी प्राप्त करना चाहता था। लेकिन इसके साथ ही वह यह भी जानना चाहता था कि शीला पहली ही मुलाक़ात में उसमें इतनी गहरी दिलचस्पी क्यों ले रही थी। अगर वह ओवर एक्टिंग न कर जाती तो उसे उस पर कोई शक न होता। अब वह उनसे सम्बन्ध तो बढ़ाना चाहता था लेकिन उनके जाल में नहीं फँसना चाहता था। सारी स्थिति को समझने के लिए उसे भी कुछ समय की ज़रूरत थी। इन्हीं सब बातों को सोच कर वह बोला, "शीला जी, आप मेरे बारे में कोई ग़लत बात न सोचियेगा। अभी दो-चार दिन मैं काफ़ी व्यस्त रहूँगा। मैं नहीं चाहता कि मैं आपको वचन देकर मिल भी न पाऊँ। इससे आपको भी दुःख होगा और मुझको भी।"

जिस दौरान उसके मुँह से ये शब्द निकल रहे थे, शीला लगातार उसके चेहरे को देखे जा रही थी। उसका इस अन्दाज़ से देखना भी अमित को अजीब-सा लगा। फिर एकाएक ही उसने पूछा, "आपके घर में टेलीफ़ोन तो होगा?"

"है तो।"

"तो ठीक है। मैं टेलीफ़ोन पर आपसे मिलने का समय तय कर लूँगा। इस तरह न आपको मुझसे निराश होना पड़ेगा, और न मुझ पर क्रोध करना पड़ेगा।"

जेब से नोटबुक और डॉटपेन निकालकर अमित ने उसका टेलीफ़ोन नम्बर लिख लिया। शीला ने सन्देह व्यक्त करते हुए कहा, "अगर किसी और ने टेलीफ़ोन उठा लिया तो क्या होगा?"

"मैं रात को, मेरा मतलब है कि किसी भी रात को पूरे साढ़े आठ बजे आपको फ़ोन करूँगा। इसलिए आप साढ़े आठ बजे के आसपास सावधान रहा करें।"

यह सुनकर शीला ख़ुश हो गयी और फिर उसके हाथ को छूते हुए बोली, "आपको मेरी क़सम, टेलीफ़ोन करने में देर न कीजियेगा।"

"अमित को फिर लगा जैसे शीला ख़ामुख़ाह अभिनय कर रही थी। उसने महसूस किया उसे फूँक-फूँक कर क़दम उठाना होगा।"

इन दोनों की बातचीत यहीं तक हुई थी कि उमेश भी वहाँ पहुँच आया। चूँकि अमित सावधान हो चुका था इसलिए उसने यह बात भी देख ली कि भाई-बहन चुपके से आँखों-ही-आँखों में एक-दूसरे को इशारे कर रहे थे...

बिस्तर पर लेटे-लेटे और इसी प्रकार की बातें सोचते-सोचते न जाने अमित को किस समय नींद आ गयी।

अगले रोज़ प्रातःकाल ही दरवाज़े पर खट-खट हुई। अमित यूँ चौंक कर जागा जैसे अभी आधी रात ही गुज़री हो। उसने ऊँचे स्वर में पूछा, "कौन है?"

"बेड-टी।" यह आशा की आवाज़ थी।

आशा ने भीतर क़दम रखा और दरवाज़े के निकट लगे बटन को दबाकर बत्ती जला दी। उसके हाथ में चाय की छोटी ट्रे थी।

दोनों की आँखें मिली तो आशा मुस्कराते हुए बोली, "आपको बहुत जल्दी जगा दिया मैंने?"

"अरे! कोई बात नहीं।"

"क्या करती! बड़े भैया का आदेश था।"

"उनका आदेश सिर आँखों पर। आख़िर वह मेरे मालिक हैं।"

आशा ने ट्रे तिपाई पर रख दी। फिर गरम पानी की लुटिया अमित की ओर बढ़ाते हुए बोली, "लीजिये, कुल्ला करके मुँह-हाथ धो लीजिये। तब चाय पियेंगे तो नींद की सुस्ती दूर हो जायेगी। इसके बाद जल्दी से नीचे आ जाइये। मेरा मतलब है कि शेव वगैरह करके और दूसरे कामों से फ़ुर्सत पाकर। अगर नहाना भी हो तो बता दें।"

"मेरे ख़्याल में नहाने का तो समय ही नहीं मिलेगा।"

"आप का ख़्याल ठीक है। जब आप नीचे पहुँचेंगे तो भरपूर नाश्ता तैयार मिलेगा। नाश्ता भरपूर इसलिए है कि न जाने आपको दिन का भोजन किस समय मिल पाये!"

अभी सूरज की पहली किरण धरती पर पड़ी थी कि अमित और राकेश जीप पर बैठ कर अपनी मंज़िल की ओर चल दिये। रास्ते के दृश्य बहुत सुन्दर थे। मौसम सुहाना था।

राकेश उसे फार्मों के बारे में बताता रहा। बोला, "जिस फार्म पर अब हम जा रहे हैं, उसका सारा काम मैंने जिस शख़्स को सौंप रखा है, उसका नाम सुन्दरलाल है। अधेड़ उम्र का सीधा-सादा व्यक्ति है। बेचारा विशेष पढ़ा-लिखा भी नहीं। सीधा इतना है कि कारोबारी दाँव-पेंच भी नहीं समझ पाया। मगर बहुत ईमानदार है। घर का-सा आदमी है। पिता जी ने जब यह सब काम शुरू किये तभी से वह हमारे यहाँ मौजूद है। इतनी बातें तो शायद मैं पहले भी बता चुका हूँ। अब फिर से इसलिए बता रहा हूँ कि सबसे पहले इसी से वास्ता पड़ेगा। मैं इसी फार्म पर तुम्हें छोड़ूँगा। फार्म के बारे में बहुत कुछ तुम्हें सुन्दरलाल बता देगा, और इससे भी अधिक तुम अपनी बुद्धि से समझ लोगे। मैं यह भी चाहता हूँ कि जीप चलाना भी तुम इसी जगह सीख लेना। जैसा कि पहले मैंने कहा था कि जीप की ड्राइविंग तुम्हें ज़रूर आनी चाहिए। न जाने कब कैसा मौक़ा पड़ जाये। वैसे तो जीप के साथ एक ड्राइवर का प्रबन्ध भी है। मेरी बात समझ रहे हो न?"

"जी हाँ, मैं पूरे ध्यान से सुन रहा हूँ।"

"हाँ, एक बात कहने में अब तक मुझे ज़रा संकोच-सा लग रहा था। मगर कहना भी ज़रूरी है। बात मामूली है।"

अमित ने नज़र उठाकर राकेश के चेहरे पर डाली। अचानक ये लफ़्ज़ सुनकर वह चौंक पड़ा। न जाने राकेश क्या कहने जा रहा था। कहीं राहुल ने उसे शशि के बारे में तो नहीं लिख दिया। राहुल को ऐसा करना नहीं चाहिए था। आख़िर राकेश को उसकी निजी समस्या से क्या मतलब!

राकेश ने फिर कहना शुरू किया, "मैं तुमसे लड़कियों के विषय में कुछ कहना चाहता हूँ।"

अब तो अमित के कान खड़े हो गये। उसके मुँह से एक शब्द तक नहीं निकल पाया।

राकेश ने अपनी बात जारी रखी, "वास्तव में इस इलाक़े के लोग बड़े सीधे-सादे, ईमानदार और भोले-भाले हैं। तुम यह भी देखोगे कि यहाँ के देहात में अच्छी सुन्दर लड़कियाँ पायी जाती हैं। जिन दिनों अंग्रेज़ यहाँ पर थे तो उन्होंने यहाँ के लोगों की सुन्दरता, अल्हड़पन और विशेष कर उनकी ग़रीबी का बहुत नाजायज़ फ़ायदा उठाया।"

अमित की समझ में नहीं आया कि राकेश यह सब उसे क्यों बता रहा था। लेकिन अभी राकेश का बयान समाप्त नहीं हुआ था। वह बोलता चला गया, "अब जो कुछ मैं कहने जा रहा हूँ, उसका बुरा नहीं मानना। तुम नवयुवक हो, ख़ूबसूरत हो, और मेरे मित्र राहुल की अमानत हो। अपने काम के दौरान तुम अक्सर बड़ी ख़ूबसूरत लड़कियों के सम्पर्क में भी आओगे। उनके साथ तुम्हारा व्यवहार हमेशा उचित होना चाहिए। इसका कारण ऊपर बता भी चुका हूँ। तुम यहाँ मालिक की तरह रहोगे। मालिक की इज़्ज़त और उसका रोब और दबदबा तभी क़ायम रह सकता है, जबकि वह अपने व्यवहार में बिलकुल साफ़-सुथरा रहे। मेरी इन बातों से तुम यह न समझना कि मेरी

नज़र में तुम चरित्रहीन व्यक्ति हो। मैंने तो ऐसी बातों का ज़िक्र कर दिया जिनका ज्ञान शायद तुम्हें पहले से प्राप्त न हुआ हो। मुझे विश्वास है कि मेरी इन बातों से तुम्हारे मन में कोई ग़लतफ़हमी पैदा नहीं होगी।''

अमित के मन से बहुत बड़ा बोझ उतर गया क्योंकि राकेश की ज़बान पर शशि का नाम तक नहीं आया था। उसे पूर्ण विश्वास था कि राहुल ने शशि के बारे में राकेश को कुछ नहीं लिखा होगा। आखिर उसका वह दोस्त काफ़ी गम्भीर और ज़िम्मेदार इन्सान था।

राकेश फिर बोला, ''तुम चुप क्यों रह गये अमित?''

अमित चौंक पड़ा। वह अपने विचारों में ऐसा खोया था कि उसने राकेश की बात का उत्तर भी नहीं दिया था। जल्दी से बोला, ''माफ़ कीजिये, मेरा ध्यान कुछ और बातों की ओर चला गया था। आपने बहुत अच्छा किया जो मुझे ये सब बातें बता दीं। यह ठीक है कि मैं शिमले कई बार आ चुका हूँ, मगर आसपास के देहाती इलाक़े के बारे में मेरा ज्ञान बहुत ही सीमित है। आख़िर मुझे अब इसी इलाक़े में काम करना है, और यहीं के लोगों के सम्पर्क में रहना है, इसलिए यह मेरी ड्यूटी है कि मैं यहाँ के बारे में जितनी भी जानकारी हो सके, प्राप्त करूँ।''

राकेश ने इतमीनान से सिर हिलाते हुए कहा, ''यह बड़ी ख़ुशी की बात है कि तुमने मेरी बातों को ग़लत ढंग से नहीं समझा। हाँ तो, अभी तुम्हारा हेडक्वार्टर यहीं रहेगा, क्योंकि यहाँ कुछ सुविधायें भी हैं। सुन्दरलाल जैसा आदमी अपने परिवार सहित यहाँ रहता है। इसलिए तुम्हें बहुत सुविधा होगी। तुम्हारे रहने की जगह बेशक अलग होगी, लेकिन तुम्हारा नाश्ता, चाय, भोजन आदि सभी कुछ सुन्दरलाल के घर से तैयार होकर आया करेगा। इसके अलावा तुम्हारे कपड़े धोने और उन्हें इस्तरी करने की ज़िम्मेदारी भी सुन्दरलाल की पत्नी अपने सिर ले लेगी। बाक़ी इधर-उधर के छोटे-मोटे कामों के लिए तुम्हारे पास बहुत से साधन होंगे। इस मामले में सुन्दरलाल के बच्चे भी मदद कर सकते हैं, वरना फार्म में काम करनेवाले लड़के और लड़कियाँ तुम्हारा हर काम करने के लिए मौज़ूद रहेंगी। एक तरह से तुम यहाँ पर छोटे-मोटे राजा की तरह रहोगे। नशा हर प्रकाश का बुरा होता है। ताक़त और अधिकार का नशा भी।''

''अभी तो मैं केवल इतना ही कह सकता हूँ कि आप मेरे मामले में बिलकुल निश्चित रहें।''

इस तरह बीच-बीच में गप-शप भी चलती रही, कारोबारी बातें भी होती रहीं, किसी चुटकुले पर क़हक़हे भी उड़े...इस तरह उनका सफ़र कट गया। पहाड़ियों की घाटी के बीच दूर से ही इशारा करके राकेश ने कहा, ''वह रहा हमारा फार्म।''

●

जब उनकी जीप फार्म के भीतर घुसी तो सड़क पर से कई मुर्गियाँ पर फड़फड़ाती हुई इधर-उधर भागीं। पेट खुजाते हुए बच्चे इकट्ठे हो गये। बेकार कुत्ते हवा में भौंकने लगे। यह शोर-गुल सुन कर सुन्दरलाल भी दौड़ा हुआ आया क्योंकि वह समझ गया कि मालिक आये होंगे।

सुन्दरलाल ने दोनों हाथ जोड़ कर नमस्ते की तो रमेश ने जीप में बैठे-बैठे सुन्दरलाल से कहा, ''अभी तो हम सीधे कॉटेज को ही जायेंगे। हमारे भोजन के लिए घर में ही कह दीजियेगा।''

''जी बहुत अच्छा।''

''थोड़ी देर में आप ख़ुद भी चले आइयेगा।''

''मैं कपड़े बदल कर अभी आता हूँ।''

जीप आगे बढ़ गयी, और कुछ दूर जाकर ऊँचे टीले पर बनी एक कॉटेज के सामने जा रुकी। कॉटेज में दो बड़े कमरे थे, दो छोटे स्टोररूम, बाथरूम और किचन अलग। कॉटेज के आसपास काफ़ी जगह छूटी हुई थी। दूर कोने में कुछ कोठरियाँ बनी हुई थीं जिसमें ड्राइवर, माली और चपरासी वगैरह रहते थे।

जब राकेश चाभी से कॉटेज के दरवाज़े में लगा ताला खोल रहा था, उस समय अमित आसपास की चीज़ों का जायज़ा लेने लगा।

भीतर से भी उसे कॉटेज पसन्द आयी। वहाँ बिस्तर, कुछ कपड़े, बर्तन, क्राकरी आदि ज़रूरत का छोटा-मोटा सामान हमेशा पड़ा रहता।

सब नौकरों ने आकर बड़े साहब को सलाम किया। सुन्दरलाल आया तो राकेश ने अमित से कहा, ''हम दोनों तो ज़रा कारोबारी बातें करेंगे। तुम चाहो तो फार्म की सैर कर लो। डेढ़-दो घण्टे तक लंच के लिए लौट आना।''

अमित बाहर निकल गया। बाग़ में सैर की तो कई मज़दूर लड़कियाँ और लड़के दिखायी दिये। बड़ी उम्र के काम करनेवाले भी मौज़ूद थे। घूमता-फिरता वह सुन्दरलाल के मकान तक पहुँचा तो उसकी पत्नी और बच्चों से भेंट हुई। वे सभी उसे देखकर बहुत ख़ुश हुए। इधर-उधर की बातों के बाद अमित आगे बढ़ गया। आख़िर डेढ़ घण्टे बाद जब वह वापस कॉटेज को लौटा तो देखा कि राकेश अपने काम से फ़ुर्सत पा चुका था। थोड़ी देर में सुन्दरलाल के घर से खाना भी आ गया। दोनों ने एक साथ भोजन किया। फिर कॉटेज के बाहर बरामदे में आरामकुर्सियों पर अधलेटे से होकर सुस्ताने लगे। राकेश ने पूछा, ''कहो, कैसी जगह लगी यह?''

''मैं तो मुग्ध हो गया। जी चाहता है कि कम-से-कम चार-छह दिन यहीं टिका रहूँ। शिमला वापस जाने का मन नहीं हो रहा है। काश, यह सम्भव होता कि किसी-न-किसी तरह मेरे कपड़े यहीं पहुँच जाते।''

राकेश बोल उठा, ''तो इसमें क्या मुश्किल है। मैं ड्राइवर को साथ ले जाता हूँ और कल सुबह वह तुम्हारा सूटकेस लेकर चला आयेगा। मेरा प्रोग्राम यह है कि आज रात पौने बारह बजे के क़रीब कालका मेल में सवार होकर दिल्ली पहुँच जाऊँ। मुझे तीन-चार दिन वहाँ गुज़ारने होंगे। तुम भी इतने दिन यहीं रहो। शिमले वापस आकर मैं तुम्हें जब सूचित करूँ तो तुम भी वहाँ आ जाना।''

अमित ने ख़ुश होकर कहा, ''यह तो आपने मेरे मन की बात कही। मुझे मंजूर है।''

कुछ देर आराम करने के बाद राकेश ड्राइवर सहित शिमले को लौट पड़ा। वह वहाँ शीघ्र-से-शीघ्र पहुँच जाना चाहता था क्योंकि उसी रात गाड़ी पकड़ने के लिए उसे कालका भी पहुँचना था।

अपने घर से सामान लेकर वह टैक्सी द्वारा कालका को रवाना हो गया। उसने ड्राइवर को समझा दिया कि अगले दिन घर से अमित का सूटकेस जीप में रखकर फार्म तक पहुँचा दे।

उस रात राकेश ठीक टाइम पर कालका पहुँच गया और उसे गाड़ी भी मिल गयी। अगली सुबह वह दिल्ली जा पहुँचा।

दिल्ली में उसे चार दिन लग गये, और चौथे दिन रात को वह फिर कालका जानेवाली गाड़ी पर सवार हो गया। अगली सुबह टैक्सी से शिमले जा पहुँचा।

नहा-धोकर भोजन करने बैठा तो उसकी अनुपस्थिति में जो पत्र आये थे, वह आशा ने उसके सामने रख दिये।

सब पत्र कारोबारी ही थे। मगर एक लिफ़ाफ़ा खोला तो वह चौंका। कारण यह कि उस पत्र में न तो भेजनेवाले का पता था और न उसके हस्ताक्षर। केवल इतना लिखा था :

''आज बृहस्पतिवार के दिन नीलम रेस्टोरेण्ट के पिछवाड़ेवाले कमरे में तीन बजे, जबकि वहाँ बहुत कम ग्राहक होते हैं, मरजीना आपका इन्तज़ार करेगी।''

मरजीना!

राकेश उसे भूला नहीं था। यह भी नहीं कि उसकी याद उसे सता रही थी। बल्कि उसकी याद उसके मन की गहराइयों में ऊँघ रही थी। मगर यह रुक़्क़ा पढ़ते ही मानो बिजली का एक करेण्ट उसकी नस-नस में दौड़ गया।

नीलम रेस्टोरेण्ट, बृहस्पति, दिन के तीन बजे!

आज ही बृहस्पति था और उसने जल्दी से घड़ी पर नज़र डाली तो देखा कि दो बज कर चालीस मिनट हो चुके थे।

वह एकदम हड़बड़ा कर उठा। घर के जो सदस्य आसपास बैठे थे, उन्होंने फ़ौरन भाँप लिया कि उस विशेष रुक़्क़े में ही कोई ख़ास बात थी जिसके कारण वह एकदम उठ कर खड़ा हो गया। उसने महसूस किया कि अब उसके पास इतना समय भी नहीं था कि वह दूसरे कपड़े पहनकर अच्छी तरह तैयार हो सके। फिर एकदम जो ख़्याल आया तो मेज़ पर ही रखे मरजीना के रुक़्क़े को जेब में डाल लिया। अपने कमरे में जाकर जो पतलून दिखायी दी सो ही पहन ली, जो कोट दिखायी दिया वही पहन लिया, और टाई लगाने की तो उसे मोहलत ही नहीं मिल सकी। जल्दी से मफलर गले में लपेटा और रेस्टोरेण्ट की तरफ़ चल दिया।

वह बार-बार घड़ी पर नज़र डाल रहा था। रिज पर पहुँचते-पहुँचते तीन बज गये। उसे डर था कि कहीं निराश होकर मरजीना तीन बजे रेस्टोरेण्ट से चल न दी हो।

रेस्टोरेण्ट में पहुँचने तक तीन बजकर आठ-नौ मिनट हो गये। दरवाज़े में घुसकर लम्बे-लम्बे डग मारता हुआ पिछवाड़ेवाले कमरे में पहुँचा। वहाँ दो-तीन महिलायें और कुछ पुरुष अलग-अलग टेबिल पर बैठे हुए थे, मगर मरजीना नहीं थी। वह वापस काउण्टर के पास आया और मैनेजर से पूछा, ''यहाँ कोई लड़की आयी थी?''

''लड़की?'' मैनेज़र ने आश्चर्य से पूछा।

अब राकेश को अपनी मूर्खता का एहसास हुआ, बोला, ''मेरा मतलब है कि जीन्स और जैकेट पहने हुए कुछ खुलते हुए साँवले रंग की लम्बी-सी लड़की।''

मैनेजर ने पल-भर को छत पर नज़र जमा दी, जैसे वह किसी ऐसी लड़की के बारे में सोचने की कोशिश कर रहा हो। आख़िर इन्कार में सिर हिलाते हुए बोला, ''जी नहीं, ऐसी लड़की यहाँ नहीं आयी।''

''आप यहाँ कब से बैठे हैं?''

''मेरी ड्यूटी दस से चार बजे शाम तक होती है।''

''वह लड़की ढाई-से-तीन बजे के बीच यहाँ पहुँचनेवाली थी।''

''तब तो मैं पूरे विश्वास से कह सकता हूँ कि पिछले आध-पौन घण्टे के दौरान यहाँ ऐसी कोई लड़की नहीं आयी।''

निराश होकर राकेश बाहर की ओर देखने लगा और अपनी उँगलियों से काउण्टर पर मानो हलके-हलके तबला-सा बजाने लगा। उसने सोचा कि बेचारी मरजीना ज़रूर

किसी और काम में उलझ गयी होगी या कोई अड़चन पड़ गयी होगी। वह अभी तक नहीं पहुँची तो भला अब क्या आयेगी।

राकेश ने मैनेजर की ओर देखते हुए कहा, "इस बात की आशा तो नहीं है कि अब वह लड़की यहाँ आये, लेकिन अगर आ जाये तो आप उसे इन्तज़ार करने को कहियेगा। उसे यह भी बता दीजियेगा कि जिससे मिलना है वह पन्द्रह-बीस मिनट तक फिर आयेगा। मैं साढ़े तीन बजे तक एक चक्कर और लगाऊँगा!"

"बहुत अच्छा!"

राकेश ने बाहर जाने के लिए क़दम उठाया ही था कि भीतर से एक बैरा लपकता हुआ आया और एक प्लेट उसके आगे बढ़ा दी।

प्लेट में सफ़ेद काग़ज़ का छोटा-सा टुकड़ा रखा था, जिस पर लिखा था : हलो, अलीबाबा।

राकेश चकित-सा रह गया। उसने मुड़ कर देखा तो रुक्क़ा लानेवाला बैरा बोला, "हॉल में नहीं, पिछवाड़ेवाले कमरे में।"

राकेश लम्बे-लम्बे डग भरता हुआ पिछवाड़े के कमरे में पहुँचा। सोच रहा था कि मरजीना भीतर कैसे आ गयी। खड्ड की ओर से उड़ कर खिड़की में से भीतर तो पहुँच नहीं सकती थी। बाहरवाले दरवाज़े पर वह ख़ुद खड़ा था...

उसने चारों ओर नज़र दौड़ायी तो वहाँ वे ही लोग बैठे थे। जिन्हें वह कुछ ही मिनट पहले देख चुका था। इतने में बायें हाथ से दीवार की निकटवाली सीट पर बैठी महिला पर नज़र पड़ी। उसने साड़ी पहन रखी थी, हलका-सा घूँघट निकाल रखा था, और उसके कन्धों पर बहुत बढ़िया और क़ीमती काश्मीरी-शॉल थी। उसने उस महिला को पहले भी देखा था। वह मरजीना नहीं हो सकती थी...

"पधारिये अलीबाबा!"

वही महिला बोल रही थी। अचम्भे में आ राकेश महिला के सामनेवाली कुर्सी पर बैठ गया। अब भी पल-भर को वह पहचान नहीं सका कि यह वही मरजीना थी जो जीन्स और जैकेट पहने सड़क के मोड़ पर खड़ी अँगूठा दिखा रही थी।

उसे पहचान लेने के बाद राकेश को वह महिला की बजाय मरजीना नज़र आने लगी। ख़ुश होकर बोला, "कमाल है। इन कपड़ों में तुम्हारा हुलिया ही बदल गया है। कहाँ वह टॉम-बॉय वाला हुलिया और कहाँ यह घरेलू टाइप की पतिव्रता स्त्री का रूप।"

मरजीना ने अपनी मस्त आँखों से एक नज़र उस पर डालते हुए कहा, "बहुरूप जो भी हो, भीतर से तो मैं वही आपकी मरजीना हूँ।"

"कैसी हो?"

"बस मर-मर के जी रही हूँ।"

"क्या कहती हो! मरें तुम्हारे दुश्मन।"

मीठी हँसी हँसते हुए मरजीना बोली, "और जीते रहें आप।"

''तुम्हारे बिना?''

''इसीलिए तो...''

''मैं तो समझा था कि तुम शायद शिमले से कहीं और चली गयी हो।''

''चली तो जाती लेकिन इसीलिए तो...''

''यह ''इसीलिए तो'' का क्या अर्थ है?''

''अर्थ यह है कि आपकी ख़ातिर नहीं गयी।''

''कभी आप कभी तुम?''

''यही अपना स्टाइल है।''

''कभी जीन्स व जैकेट में और कभी साड़ी और ब्लाउज में।''

''यह भी अपना स्टाइल है।''

''इतने स्टाइल अख़्तियार करने का मतलब क्या है?''

''मतलब यह कि न जाने कौन-सा स्टाइल पिया के मन को भा जाये''

इस लड़की के हुस्न और व्यक्तित्व तथा बातचीत के अन्दाज़ ने उस पर जादू-सा कर दिया था, लेकिन वह कुछ सँभल कर मन-ही-मन सोचने लगा कि आख़िर इस लड़की की असलियत क्या है। यूँ तो ऐसी चुहलबाजी आजकल की माडर्न लड़कियों में भी पायी जाती है, लेकिन कहीं यह आवारा टाइप की लड़की तो नहीं है। इसकी असलियत का पता लगाये बिना इसके चंगुल में फँसना उचित नहीं होगा। मगर दिल था कि उस जादूगरनी की मुहब्बत में फँसता ही जा रहा था। आख़िर राकेश ने पूछा, ''क्या तुम अपनी असलियत पर से पर्दा नहीं उठाओगी?''

''अवश्य उठाऊँगी।''

''तो बताओ न कि तुम कौन हो!''

''मैं जोगन हूँ।''

''फिर मज़ाक?''

''पहले मैं जो कुछ भी रही हूँ, लेकिन अब किसी की मुहब्बत में जोगन बन गयी हूँ।''

''वह ख़ुशक़िस्मत शायद मैं तो नहीं हो सकता।''

''नहीं।''

''तो वह ख़ुशक़िस्मत कौन है?''

''इस मेहरबानी का बहुत-बहुत शुक्रिया।''

''अरे बाबा! मेरी जैसी जोगन तुम पर क्या मेहरबानी कर सकेगी।''

''अगर तुम मुझसे न मिलतीं और शिमले से चुपचाप चली जातीं तो तुम्हारी याद जीवन भर मुझे सताती रहती।''

''मरजीना अलीबाबा को उदास नहीं देख सकती। वह समझ गयी थी कि अगर वह चुपचाप चली गयी तो उसका अलीबाबा मजनूँ बनकर जंगलों को निकल जायेगा।''

उसकी ऐसी प्यारी-प्यारी बातें सुनकर राकेश अपने दिल को काबू में नहीं रख सका, बोला, ‘‘अपने अलीबाबा को कब तक उँगलियों पर नचाती रहोगी?’’

‘‘जब तक अलीबाबा चाहेगा।’’

‘‘अलीबाबा तो यह चाहता है कि तुम्हें अपने हृदय के सिंहासन पर हुस्न की देवी बना कर बिठा दे।’’

मरजीना ने कनखियों से उसकी ओर देखते हुए कहा, ‘‘बड़ा शुभ विचार है।’’

‘‘मैं तो यह भी चाहता हूँ कि तुम्हें इसी रूप में घर ले जाऊँ, ताकि परिवार के सभी लोग मेरे दिल की रानी को देख सकें।’’

‘‘अति शुभ!’’

‘‘लेकिन अब तो अपना असली नाम बता दो!’’

‘‘रूना!’’

●

"रूना, बड़ा प्यारा नाम है।" राकेश बोला।

"और ख़ुद रूना?" रूना ने शरारत-भरे स्वर में पूछा।

"तुम्हारा मतलब रूना की शक्ल-सूरत से है?"

"अजीब इश्क़ मारता है, इतनी-सी बात भी नहीं समझता?"

"समझ तो गया, "लेकिन रूना की शक्ल-सूरत के विषय में कुछ कहना मुश्किल है।"

"क्यों?"

"इसलिए कि रूना के हुस्न का वर्णन शब्दों में हो ही नहीं सकता।"

रूना ने क़हक़हा लगाया। हलका-सा प्यारा क़हक़हा।

इतने में बैरा आर्डर लेने के लिए आ गया। रूना बोली, "आर्डर साहब से लो।"

राकेश ने रूना से कहा, "मेरा सुझाव यह है कि घर चलें और नाश्ते-चाय आदि का प्रोग्राम भी वहीं किया जाये। इस तरह तुम मेरे घर के सदस्यों से भी मिल लोगी। बोलो मंजूर है।"

"मंजूर।"

राकेश ने एक रुपये का नोट बैरे की हथेली पर रखते हुए कहा, "लो, तुम तो अपना टिप ले लो। यहाँ चाय हम किसी और दिन पी लेंगे।"

बैरे ने सलाम मारा और वे दोनों रेस्टोरेण्ट से बाहर चले आये। माल रोड से रिज तक पहुँचे, और रिज से जाखू की चढ़ाई चढ़ने लगे।

बातें करते-करते राकेश एकदम रुका और उसने पूछा, "रूना, तुम्हारी मेरी पहली मुलाक़ात तो इत्तफ़ाक़ से हो गयी थी, लेकिन पत्र भेजने के लिए तुम्हें मेरा पता कहाँ से मिला?"

"ढूँढ़नेवाले तो उसको भी ढूँढ़ लेते हैं जो सारी सृष्टि का भगवान् है तुम तो केवल मेरे भगवान् हो।"

फिर राकेश ने सोचा कि वह ख़ुद तो शिमले का जाना-माना व्यक्ति है? इसलिए उसका पता हासिल करना किसी के लिए भी ऐसा कठिन काम तो नहीं था।

घर में सबसे पहले आशा ने उन दोनों को आते देखा। उसने दौड़-भाग कर सारे घर में ढिंढोरा पीट दिया, "भैया आ गये। भैया आ गये।"

उसकी माँ बोली, "भैया तो रोज़ ही आता है तुम्हारा। इसमें शोर करने की बात क्या है?"

"आज भैया के साथ कोई लड़की भी आ रही है।"

यह समाचार गोया घर में सबके लिए आसाधारण ही था। अभी तक राकेश ने कभी किसी लड़की में दिलचस्पी नहीं ली थी। वाक़ई बड़ी आश्चर्यजनक बात थी कि वह किसी लड़की को अपने साथ ला रहा था। इसीलिए तो घर के सब लोग ड्राइंग-रूम से निकलकर बरामदे में पहुँच गये।

जब रूना राकेश के साथ बरामदे के सामने पहुँची तो उसे यूँ लगा जैसे सारा परिवार स्वागत करने के लिए बरामदे में आ गया था।

रूना की सुन्दरता देखकर घर का हर छोटा-बड़ा मानो चकित रह गया। उनकी आँखें गोया चुँधिया गयीं।

सबको बरामदे में पाकर राकेश को भी प्रसन्नता हुई। हाथ के एक ही इशारे से उसने सारे परिवार से मेहमान का परिचय कराते हुए केवल इतना कहा, "इनसे मिलिये, इनका नाम रूना है।"

तब राकेश ने हर सदस्य का अलग-अलग परिचय कराया। वे सब ड्राइंग-रूम में चले गये। नाश्ते का प्रबन्ध होने लगा। ड्राइंग-रूम में गप-शप चलती रही। डाइनिंग-रूम में चाय और नाश्ते का सामान लग गया। उन सबने मिलजुल कर नाश्ता किया।

मन-ही-मन रूना के बारे में सबको उत्सुकता तो हो ही रही थी, लेकिन उसके विषय में सीधे उसी से कुछ पूछने का किसी को साहस नहीं हो सका।

सबके मन की बात मन में रह गयी। यहाँ तक कि वे दोनों फिर घर से बाहर निकल गये। तब घरवालों में बहस होने लगी। इस बात पर तो सभी सहमत थे कि लड़की हसीन भी थी और उसकी पर्सनेलिटी भी बहुत अच्छी थी। मगर उन दोनों का सम्बन्ध क्या था। रूना को घरवालों से मिलाने का तो एक ही मतलब हो सकता था कि राकेश चाहता था कि घरवाले उसे पसन्द कर लें। अगर उसके मन में कोई ऐसी भावना न होती तो वह रूना को अपने साथ घर कभी न लाता।

इसके बाद यह सवाल उठता था कि रूना कौन थी? कहाँ रहती थी? कौन ख़ानदान था? बाप क्या करता था?...इसी प्रकार के और बीसियों प्रश्न सबके मन में उभर रहे थे। वे इस प्रतीक्षा में थे कि राकेश जब घर लौटे तो उससे पूरी जानकारी प्राप्त की जाये।

उधर फार्म में अमित के दिन भी बहुत अच्छे ढंग से बीत रहे थे। सुन्दरलाल के घरवालों से उसका मन अच्छी तरह भींग गया था। सुन्दरलाल को मालिक का यह संकेत मिल चुका था कि अमित सब फार्मों का जनरल मैनेजर बननेवाला था, इसलिए वे पति-पत्नी और भी ज़्यादा स्नेहपूर्ण ढंग से अमित की ख़ातिर-तवज़्जह कर रहे थे। उनके बच्चे भी अमित से बहुत हिल-मिल गये थे।

चौथे दिन चमनलाल नाम का एक व्यक्ति सुन्दरलाल के घर आया। सुन्दरलाल ने अपने उस मेहमान का परिचय देते हुए कहा, "इन्होंने अपना सारा जीवन जनता की सेवा के लिए अर्पण कर दिया है। ऐसे निःस्वार्थ जनता के सेवक बहुत मुश्किल से ही मिलते हैं।"

चमनलाल के बातचीत करने पर अमित को पता चला कि वह उस इलाक़े में घूम-फिर कर छोटी-छोटी पाठशालाएँ खोल रहा है। अभी तक सरकार से उसे कोई आर्थिक सहायता नहीं मिली थी और वह केवल सामान्य व्यक्तियों से चन्दा जमा करके अपना काम चला रहा था।

अमित की दिलचस्पी बढ़ी तो सुन्दरलाल ने सुझाव दिया, "आप दो-तीन दिन के लिए इनके साथ चले जायें तो इनके इलाक़े की सुन्दरता देखकर आपका मन गद्गद हो उठेगा।"

अमित बोला, "यह सुझाव तो अच्छा है। न जाने राकेश जी दिल्ली से लौट कर शिमले पहुँचे भी या नहीं। अगर पहुँच गये होते तो मुझे ज़रूर सूचित करते।"

सुन्दरलाल फिर बोला, "आप अगर दो-तीन दिन के लिए चमनलाल जी के साथ चले जायेंगे तो कोई हर्ज़ की बात नहीं है। अभी तो आपने बाकायदा ड्यूटी भी नहीं सँभाली।"

अमित मुस्कराकर बोला, "यदि राकेश जी ने इस पर कोई आपत्ति उठायी तो इसकी ज़िम्मेदारी आप ही पर होगी।"

सुन्दरलाल ने भी हलके मूड में कह दिया, "मैं मालिक को अच्छी तरह जानता हूँ। वह ऐसी कोई आपत्ति नहीं उठायेंगे।"

उस सलाह-मशविरा के बाद अमित चमनलाल के साथ चला गया जो कि एक छोटे-से कस्बे में रहता था। उसका यह कस्बा चारों ओर से हरी-भरी पहाड़ियों से घिरा हुआ था। उसकी पाठशाला कस्बे से लगभग एक मील परे ऊँचे से टीले पर बनी हुई थी। इसके पिछवाड़े से ही घना जंगल शुरू हो जाता था, परन्तु इस जंगल में कोई ख़तरनाक जानवर नहीं रहता था। विद्यार्थी सीधे-सादे और स्वस्थ बच्चे थे।

आसपास घूमने पर अमित को यूँ महसूस हुआ जैसे वह जीते जी स्वर्ग में पहुँच गया है, लेकिन उसके मन की गहराई में अब भी शशि की याद की चुभन महसूस होती थी। पाठशाला से कुछ दूरी पर एक छोटा-सा पहाड़ी नाला था जिस पर ऊबड़-खाबड़ लकड़ियों का पुल बना हुआ था। वह दोनों कोहनियाँ जंगले पर टेक कर नीचे बहते

हुए पानी को देखता रहता। उज्ज्वल पानी की वह धारा छोटे-छोटे पत्थरों से टकराती हुई आगे-ही-आगे को बहती चली जाती। वह न जाने कितनी-कितनी देर तक उसी में खोया रहता। आसपास के पेड़ों पर चहचहाती चिड़ियों का संगीत उसके कानों में गूँजता रहता।

तीन दिन बाद वापस फार्म में लौट आया। उसने मन में तय कर लिया कि जब कभी उसके पास क़ाफी रुपया आया तो वह मास्टर चमनलाल की आर्थिक सहायता ज़रूर करेगा।

फार्म में पहुँचने पर सुन्दरलाल ने उसे बताया कि उसी सुबह शिमले से राकेश जी का सन्देश आया था कि वह शिमले पहुँच चुके हैं।

अमित बोला, ''चलो, यह भी अच्छा हुआ कि उनका सन्देश आज सुबह ही पहुँचा। कल सुबह मैं शिमले के लिए चल दूँगा।''

फार्म पर रह कर अमित ने थोड़ी-थोड़ी ड्राइविंग भी सीख ली, लेकिन अभी वह इस क़ाबिल नहीं हुआ था कि जीप को ख़ुद ही चलाकर शिमले तक पहुँच सके। पहाड़ी रास्ते यूँ भी बड़े चक्करदार होते हैं, उन पर गाड़ी चलाने के लिए ज़्यादा अभ्यास की ज़रूरत होती है।

दूसरे दिन अमित का सामान जीप पर रख दिया गया और वह ड्राइवर सहित शिमले के लिए रवाना हो गया।

शिमले में पहुँच कर राकेश से मुलाक़ात हुई तो वह बहुत ख़ुश दिखायी देता था। अमित की समझ में नहीं आया कि उसका मूड इतना अच्छा क्यों हो रहा था।

राकेश ने एक बन्द लिफ़ाफ़ा अमित की ओर सरकाते हुए कहा, ''ऊपर की मोहर से लगता है कि यह पत्र गाजियाबाद से आया है। शायद तुम्हारे पिता जी ने ही भेजा है।''

अमित ने लिफ़ाफ़ा खोला। पत्र उसकी माँ का था। लिखा था :

प्रिय बेटे अमित,

चिरंजीव रहो!

आशा है कि तुमने शिमले में अपना काम ठीक ढंग से शुरू कर दिया होगा। ज्यों ही तुम्हारी नौकरी की बात यहाँ फैली त्यों ही तुम्हारे रिश्ते के बारे में भी लोग पूछताछ करने लगे।

चिन्ता मत करो, मैं अभी तुम्हारे विषय में नहीं लिख रही हूँ। मैं जानती हूँ कि अभी तुम अपनी शादी के बारे में सोचना भी नहीं चाहते। बात इस वक़्त सीमा की है।

लड़की जवान हो चुकी है। लोग अक्सर पूछते ही रहते हैं। अचानक ही मुझे कल सीमा की एक सहेली की ज़बानी पता चला कि एक ख़ास लड़के को सीमा से गहरी दिलचस्पी है। मतलब वास्तव में यह है कि सीमा भी उसी से शादी करना चाहती है। वह लड़का जानते हो कौन है? राहुल।

राहुल तो शुरू से ही हमारे घर आ-जा रहा है। सीमा और राहुल भी आपस में काफ़ी बेतकल्लुफ़ी से बोलते-चालते थे। चूँकि राहुल को हमने हमेशा घर के सदस्य की तरह माना, इसलिए कभी यह ख़्याल नहीं आया कि उन दोनों की बेतकल्लुफ़ी के पीछे कोई और भी भावना है।

अब इस सिलसिले में तुम्हारी राय जानना चाहती हूँ। तुम्हारे पिता जी से बात नहीं हुई, लेकिन मुझे विश्वास है कि उन्हें इस पर कोई आपत्ति नहीं होगी। मेरी दृष्टि में राहुल भी वैसा ही है जैसा कि तुम। आपत्तिजनक बात केवल यही थी कि अभी तक वह अपना कोई रोज़गार नहीं बना सका था। सो अब उसने वह भी शुरू कर दिया है।

तुम चूँकि गंगटोक में उसके पास रहकर आये हो, इसलिए तुम बेहतर बता सकते हो कि उसका काम कैसा चल रहा है। तुम्हारी बड़ी बहन भी शिमले में है। अभी मैंने उसे कुछ नहीं लिखा। सोचा कि चाहे हो वह बड़ी बहन, लेकिन लड़के तो तुम्हीं हो। तुम्हारी राय ज़्यादा महत्त्वपूर्ण है। वैसे अपनी बहन और जीजा जी से मशविरा ज़रूर कर लेना। जो भी राय हो सो लिखना।

तुम्हारी माँ
माया देवी।

जब अमित यह पत्र पढ़ रहा था तो राकेश उसके पास ही बैठा हुआ फाइलें देख रहा था। उसके पत्र समाप्त कर लेने पर राकेश ने पूछा, ‘‘सब कुशल-मंगल है न?’’

‘‘जी हाँ, सब ठीक-ठाक है।’’

‘‘अच्छा तो अमित, कल से हम दौरे पर रवाना हो जायेंगे। हमारा यह दौरा जीप पर ही होगा। तुम इसके लिए तैयार रहना।’’

‘‘बहुत अच्छा!...अब मैं ज़रा दीदी से मिलने जा रहा हूँ।’’

‘‘अवश्य।’’

अमित वहाँ से चल कर सीधा बहन के पास पहुँचा। उसने माँ वाला पत्र दीदी के हाथ में रख दिया। वह पत्र पढ़ चुकी तो बोली, ‘‘अमित! इस विषय में मैं क्या राय दे सकती हूँ। राहुल को मैं कई बार देख चुकी हूँ। अच्छा लड़का है। शक्ल, स्वास्थ्य, बातचीत आदि हर लिहाज़ से उसमें कोई बुराई नहीं है। अगर सीमा और राहुल एक-दूसरे से प्यार करते हैं तो यह और भी अच्छा है। जो बात मम्मी ने लिखी है उसके विषय में तुम ही बता सकते हो। मेरा मतलब है कि राहुल के कारोबार के बारे में तुम्हीं जानते हो।’’

अमित बोला, ‘‘मेरे ख़्याल में वह अपने कारोबार में सफल रहेगा। सबसे बड़ी बात यह है कि उसे कोई भी बुरी आदत नहीं है। पैसा ख़र्च करने में वह कंजूस तो नहीं है, लेकिन फिजूल ख़र्च भी नहीं है। मेहनती बहुत है। मेरे ख़्याल में ऐसे ही लोग दुनिया में सफल होते हैं। जब शादी हो जायेगी तो राहुल और ज़्यादा ज़िम्मेदारी से अपना काम करेगा।’’

"बस तो फिर यह रिश्ता तय ही समझना चाहिए।"

"जीजा जी की राय लेनी भी तो ज़रूरी है।"

"बेशक राय लेनी आवश्यक तो है, लेकिन यह तो यूँ ही फार्मेलिटी है। तुम तो जानते ही हो कि उनका स्वभाव कैसा है। वह यही कहेंगे कि अगर सभी को लड़का पसन्द है तो हमें आशीर्वाद देने में क्या आपत्ति हो सकती है।"

अमित हँसने लगा, फिर बोला, "अच्छा दीदी, अब मैं चलता हूँ।"

"क्यों, बैठोगे नहीं?"

"नहीं, राकेश जी ने कहा है कि कल हमें सारे फार्मों का दौरा करना होगा। अब मैं जाकर उनसे कुछ और बातें भी करना चाहता हूँ।"

"तो फिर मम्मी को इस बारे में तुम चिट्ठी लिख दोगे न?"

"मैं तो लिख ही दूँगा, लेकिन बेहतर यही होगा कि आप आज ही उन्हें पत्र भेज दें और लिख दें कि हमें यह रिश्ता मंजूर है। मैं शायद दो-चार दिन बाद ही लिख सकूँ। मैं ज़रा विस्तार से लिखूँगा जिससे कि उन्हें पूरा इतमीनान हो जाये।"

इतनी बातचीत के बाद अमित वापस चला आया।

●

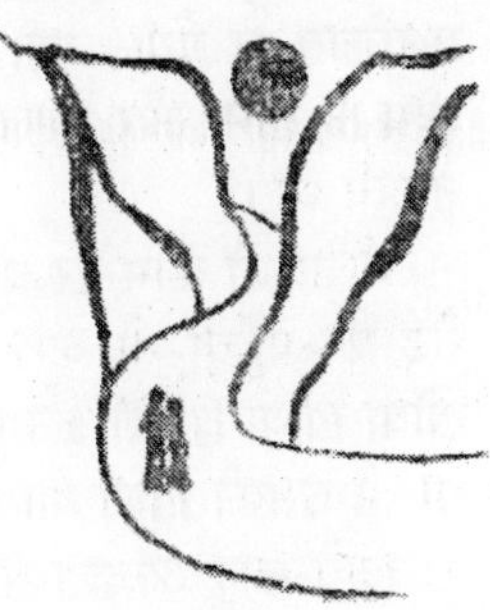

इसके दूसरे ही दिन अमित राकेश के साथ दौरे पर रवाना हो गया। उन दोनों ने सभी फार्मों का चक्कर लगाया और छोटे-बड़े सब कर्मचारियों को पता चल गया कि अमित जनरल मैनेजर बन गया था और मालिक के बाद वह दूसरे दर्जे पर था।

एक महीने से ऊपर बीत गया। इस दौरान अमित ने दिन-रात एक करके अपने इस नये काम में दिलचस्पी ली और इसके ऊँच-नीच को समझने की कोशिश करता रहा। कई बातें ऐसी थीं जो काफ़ी तजरुबे के बाद ही समझ में आ सकती थीं। लेकिन फिर भी अमित ने पूरी कोशिश से जितनी जानकारी सम्भव थी प्राप्त कर ली। अब उसे अपने आप पर भरोसा भी हो गया था कि वह उस कारोबार को सँभाल ले जायेगा। अब वह जीप चलाना भी सीख गया था, और धीरे-धीरे पहाड़ी रास्तों पर भी जीप चलाने का अभ्यास करने लगा था।

दिन-रात काम में जुटे रहने के बाद जब वह दोबारा शिमले आया तो उसे वह जगह जरा नयी-नयी-सी लगी। कारण यह कि इतने दिन क़रीब-क़रीब देहाती इलाक़े में ही गुज़रे थे। राकेश ने ख़ुद ही उसे शिमले बुला लिया और कहा कि वह थोड़ा बहुत हिसाब-किताब का काम भी चेक कर ले, और साथ ही चार-पाँच दिन आराम भी कर ले। वास्तव में हिसाब-किताब का काम केवल नाम-मात्र को ही था, बाक़ी तो सारा दिन उसे फ़ुर्सत ही रहती थी। उसका कहीं आने-जाने को जी नहीं चाहता था। वह राकेश के घर में टिका रहता और उसका अधिकतर समय आशा से गप करने व ताश खेलने में ही गुज़रता। घर के बाक़ी लोग भी उसे अपने से ही लगते थे। उनके साथ समय काटना कठिन नहीं था। एक बार वे सब सिनेमा देखने भी गये थे।

चौथे दिन सुबह के समय नाश्ता करने से पहले उसका जी चाहा कि अपनी दीदी से मिल आये। उसने राकेश की माँ से यह बात कह दी और उन्हें यह भी बता दिया कि आज का ब्रेकफास्ट और लंच वह बाहर ही करेगा।

चूँकि वह काफ़ी जल्दी बहन के घर पहुँचा गया था इसलिए जीजा जी से भी मुलाक़ात हो गयी। वही घरेलू टाइप की बातें होती रहीं। यह भी तय हुआ कि अब शीघ्र ही सीमा और राहुल की मँगनी कर दी जाये। साल-भर रुक कर शादी भी की जा सकती थी।

जीजा जी काम पर चले गये तो अमित गुरुद्वारे की ओर उतर गया। जब वह कोर्ट रोड पर पहुँचा तो कुछ महीने पहले की घटना स्मरण हो आयी। उस समय वह खोया-खोया था, लेकिन उस समय जब वह गुरुद्वारे के सामने से शशि के साथ गुज़रा था तो उसकी ख़ुशी का कोई ठिकाना नहीं था।

खोये-खोये अन्दाज़ से वह कोर्ट रोड पर चल निकला। चलते-चलते उसे याद आया कि एक जगह शशि भी रुकी थी जहाँ के बारे में उसने बताया था कि बचपन में वह वहाँ के एक क्वार्टर में रहा करती थी।

अमित कुछ देर उसी जगह खड़ा रहा। मानो वहीं से किसी पेड़ की ओट से शशि हँसती हुई बाहर निकल आयेगी।

आख़िर वह छोटे शिमले की ओर बढ़ गया। वहाँ उसने उसी रेस्टोरेण्ट में बैठकर चाय पी जिसमें शशि के साथ पी थी।

वहाँ से उठा तो सोचने लगा कि अब कहाँ जाऊँ। अब या तो वह जिस रास्ते से आया था, उसी रास्ते से वापस जा सकता था, या उस रोज़ की तरह संजौली होता हुआ रिज भी लौट सकता था। उसे वापस जाने की जल्दी नहीं थी, अतः वह संजौली की ओर ही चल दिया।

कुछ महीने पहले जब वह शशि के साथ उस सड़क से गुज़रा था तो वे दोनों अच्छे दृश्यों को देखते हुई कई जगह रुकते हुए गये थे। उसे वह सभी जगहें अब तक याद थीं। हर जगह रुक कर वह उस भूले हुए स्वप्न को फिर से याद करता रहा।

इतने में उसने देखा कि आकाश पर काफ़ी बादल छाने लगे थे। वे बादल पानी से बोझिल दिखायी देते थे। बारिश होने की पूरी-पूरी सम्भावना थी। वह अपने साथ छाता भी नहीं लाया था।

एकाएक उसे याद आया कि जब वह शशि के साथ था तो भी इसी जगह बादल घिर आये थे। उसे उस गुफा की भी याद आ गयी जिसमें घुस कर वे बारिश से बचे रहे थे। अब वह सोचने लगा कि वह जगह कहाँ थी। अब अगर बारिश आ गयी तो उसे कहीं घुसकर अपना बचाव करना पड़ेगा।

हलकी-हलकी बूदें भी पड़ने लगीं। अब वह बड़ी उत्सुकता से क़दम बढ़ाने लगा, क्योंकि उसे याद आया कि गुफा अभी कुछ दूरी पर थी। बूँदें कुछ तेज़ हुईं तो वह भी

लपक-लपक कर लम्बे डग भरने लगा। वह चाहता था कि मूसलाधार बारिश शुरू होने से पहले ही वह गुफा में घुस जाय।

आख़िर वह वहाँ पहुँच गया। बायें हाथ को मुड़ा तो एकाएक पता चला कि गुफा में तो पहले से ही कोई घुसा हुआ था। वह उसका चेहरा नहीं देख पाया, क्योंकि उस व्यक्ति ने भूरे रंग की चादर लपेट रखी थी और अपना चेहरा दोनों घुटनों में छिपा रखा था।

यह ठीक था कि आपस में सटकर दो व्यक्ति उस तंग जगह में बैठ सकते थे, लेकिन वह किसी अजनबी के साथ बैठने की जुर्रत भी कैसे कर सकता था। निश्चय ही अब सिर छिपाने के लिए उसे कोई और जगह ढूँढ़नी पड़ेगी।

यह सब सोचकर उसने क़दम पीछे हटाया तो गुफा में बैठे व्यक्ति ने शायद कुछ शोर सुनकर ही अपना सिर ऊपर को उठाया...

अब अमित को पता चला कि वह व्यक्ति पुरुष नहीं, वरन् कोई औरत थी। मगर दूसरे ही क्षण उसका कलेजा जोरों से धड़क कर रह गया...क्योंकि वह औरत नहीं, लड़की थी...वह कोई अपरिचित लड़की भी नहीं थी, बल्कि वह तो...

अमित जहाँ-का-तहाँ खड़ा रह गया। लड़की से कुछ कहने में उसे संकोच हो रहा था। उधर लड़की भी उसकी ओर टकटकी बाँधे देखे जा रही थी। उसकी इस हरकत से अमित को कुछ साहस हुआ और उसके काँपते हुए होंठों से निकला, **"शशि"** !...

**इसके** बाद एक बहुत ही धीमी और काँपती हुई-सी आवाज़ हवा की लहरों पर तैरती हुई उसके कानों तक पहुँची, "अमित"

अमित का जिस्म सिर से पाँव तक झनझना उठा। यही वह लड़की थी जिसे उसने गंगटोक के बाज़ार में देखा था। मगर वहाँ इस लड़की ने उसे पहचानने से इन्कार कर दिया था। या फिर सचमुच ही वह लड़की कोई और ही रही होगी। कहीं ऐसा तो नहीं कि वे दोनों जुड़वाँ बहनें हों। मगर नहीं, ऐसी बातें तो फिल्मों में ही देखने को मिलती हैं।

ख़ैर! असलियत चाहे जो कुछ भी हो, कम-से-कम इस समय तो लड़की ने उसे पहचान ही लिया था। वह झिझकते हुए उस गुफा की ओर बढ़ा तो लड़की ने एक किनारे को सिमटकर गोया उसके बैठने के लिए जगह छोड़ दी।

घुटन और निराशा की जो काली घटा अमित की आत्मा पर इतने समय से छायी हुई थी, धीरे-धीरे छँटने लगी तो उसके शरीर का रोयाँ-रोयाँ काँप उठा। वह धीरे से झुककर शशि के पहलू में बैठ गया। उनके जिस्म एक-दूसरे से चिपके हुए थे, और पहलू-ब-पहलू बैठने के बावजूद अमित यूँ महसूस कर रहा था जैसे शशि के जिस्म की गर्मी धीरे-धीरे उसके जिस्म में फैलती जा रही है। वह शशि की ओर सन्देह भरी नज़र से देखते हुए धीरे से कहने लगा, "मैं कुछ समय पहले गंगटोक में था। जानती हो कि गंगटोक सिक्किम की राजधानी है। वहाँ के बाज़ार में एक रोज़ मुझे एक लड़की

दिखायी दी जिसकी सूरत हू-ब-हू तुमसे मिलती थी। तुम्हें इतने लम्बे अर्से के बा अपने सामने पाकर मैंने धीरे से तुम्हारा नाम लेकर उसे पुकारा। उसने इस बात इन्कार कर दिया कि उसका नाम शशि था। तुम्हें यहाँ पाकर मुझे तुमको शशि कह में बड़ा संकोच हो रहा था। डरता था कि कहीं तुम भी शशि होने से इन्कार न क दो। जब उस लड़की ने शशि होने से इन्कार किया था तो मेरा दिल टुकड़े-टुकड़े ह गया था। जी चाहता था कि अपने आपको किसी गहरे खड्ड में गिरा कर आत्म-हत्य कर लूँ। फिर सोचा कि शायद सचमुच ही वह कोई और लड़की थी। आज तुम फि मिल गयी हो तो मैं तुमसे पूछना चाहता हूँ कि क्या उस दिन गंगटोक के बाज़ार तुम्हीं से मेरी मुलाक़ात हुई थी?''

शशि की आँखें डबडबा आयीं, थरथराती आवाज़ में बोली, ''हाँ मैं ही थी।''

''तो शशि, तुमने मुझ पर इतना बड़ा ज़ुल्म क्यों किया? तुमने यह क्यों कहा वि तुम्हारा नाम शशि नहीं था?''

''यह मैंने इसलिए कहा क्योंकि सचमुच ही मेरा नाम शशि नहीं है।''

''मुझे भी सन्देह हो रहा था कि तुम्हारा यह असली नाम नहीं है। पहले मैं इस धोर में रहा कि तुम गाजियाबादवाले डॉ. कपूर की पत्नी हो लेकिन जब तुम्हारी कोई सूचन न पाकर मैं डॉ. कपूर के घर गया तो उनकी पत्नी कोई और ही महिला निकलीं। बेचारी बहुत अच्छी तरह पेश आयीं। उन्होंने यह भी बताया कि शशि नाम की कोई भी लड़की न तो उनके रिश्तेदारों में थी, और न अड़ोस-पड़ोस में या उनके जाननेवालों में थी इसका मतलब है कि तुमने शिमले की मुलाक़ात में मुझे अपना असली नाम नहीं बताया।''

''इसका कुछ कारण था।''

''क्या वह कारण मुझे नहीं बताओगी?''

''शिमले में हमारे एक दूर के रिश्तेदार रहते हैं। मैंने सोचा कि अगर किसी साधन से उन्हें पता चल गया कि हम तुम एक-दूसरे के इतने निकट हैं तो हम दोनों के लिए ही ठीक नहीं होगा। अगर तुम उनसे यह कहोगे कि जिस लड़की को तुम जानते हो उसका नाम शशि है तो वे निश्चय ही यह महसूस करेंगे कि जब यह उस लड़की का असली नाम तक नहीं जानता तो इसे उस लड़की के बहुत निकट रहने का अवसर नहीं मिला। वे यह भी सोच सकते थे कि शायद उन्हें ग़लत सूचना दी गयी है, और तुम्हारा लगाव शशि नाम की किसी और ही लड़की से है।''

''यह तो तुमने वाक़ई बहुत दूर की बात सोची। लेकिन गंगटोक में तुमने शशि होने से इन्कार कर दिया, सो तो ठीक किया, पर तुम यह तो कह सकती थीं कि मैं वही लड़की हूँ।''

''नहीं, यह कहने का भी मौक़ा नहीं था मेरे पास।''

"ओह! समझा। तुम्हारे साथ कोई आदमी और भी था जिसकी उपस्थिति में तुम ह स्वीकार नहीं करना चाहती थीं कि हम एक-दूसरे को प्यार करते हैं।"

"हाँ, उस समय मुझे यह स्वीकार नहीं करना चाहिए था। लेकिन वह आदमी मेरा ाई था। सगा नहीं, लेकिन सगी मौसी का लड़का था।"

"पिछली बार शिमले में जो हमारी आख़िरी मुलाक़ात हुई तो उसके बाद तुम गंगटोक ली गयीं?"

"एकदम तो नहीं, लेकिन कुछ दिनों बाद गयी थीं।"

"लेकिन इस दौरान तुमने मुझे अपना अता-पता नहीं लिखा।"

"उचित नहीं था।"

"कम-से-कम अपना कुशल-मंगल तो लिखा होता।"

"उसका भी मौक़ा नहीं मिला।"

"लेकिन गंगटोक की सैर करने का मौक़ा मिल गया?"

"मैं वहाँ सैर करने के लिए नहीं गयी थीं।"

"तो फिर क्यों गयी थी?"

"मजबूरी से जाना पड़ा। मुझे वहाँ जाने के लिए विवश कर दिया गया।"

"लेकिन जो रुक़्क़ा तुमने मुझे भिजवाया था क्या वह तुम्हारा ही लिखा हुआ था?"

"हाँ।"

"क्या तुम्हारे लिये यह सम्भव नहीं था कि तुम गंगटोक में ही थोड़ी देर के लिए मुझसे कहीं मिल लेतीं?"

"मेरे लिये ऐसा करना असम्भव तो नहीं था, लेकिन बहुत कठिन था। मैं नहीं ाहती थी कि भैया को इस बात का पता चले। इसके अलावा तुम्हें किसी ग़ैर लड़की के साथ देख कर मुझे काफ़ी दुःख हुआ था।"

"उस लड़की से मेरी मुलाक़ात उसी दिन हुई थी। यह मुलाक़ात लगभग चौबीस घण्टों तक रही। मैंने तुम्हारा रुक़्क़ा पाकर अपने मेज़बान मित्र से मशविरा लिया तो उसने भी वापस चले जाने की राय दी।"

सामने सड़क पर अब ख़ूब ज़ोर-शोर से पानी की बूदें गिर रही थीं और उनका शोर ारों तरफ़ गूँज रहा था।

वे दोनों ख़ामोश थे।

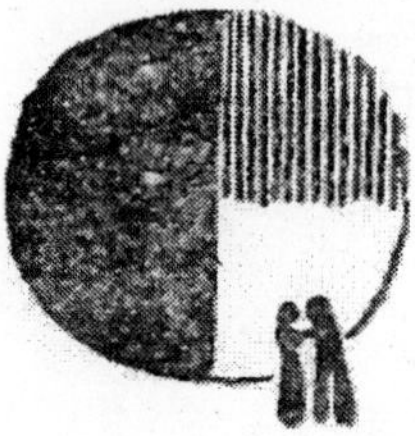

बैठे-बैठे अमित के मन में कुछ ख़्याल आया। उसने कनखियों से शशि पर एक नज़र डाली। वह सिकुड़ी-सी बैठी थी और कितनी भोली, दीन और बेसहारा-सी दिखायी दे रही थी। उसने पूछा, ''तुम्हें सर्दी लग रही है, क्यों?''

शशि कुछ नहीं बोली, वह चुपचाप सामने की ओर गिरती हुई बूँदों को देख रही थी। अमित ने अपना कोट उतार कर उसके कन्धों पर डाल दिया। लड़की को लगा जैसे उसके प्रेमी ने उसे अपनी गोद में लेकर बाजुओं में जकड़ लिया है।

अमित ने पूछा, ''यहाँ तुम अकेली कैसे चली आयी?''

''कोई दो सप्ताह पहले मैं सोलन पहुँच गयी थी। शिमले में मेरी एक सहेली भी रहती है। जब मुझे मौक़ा मिलता है मैं उसके पास आ जाती हूँ। जब उसके पास हूँ, यानी शिमले में होती हूँ तो इस जगह ज़रूर आती हूँ। इसी खोह में थोड़ी देर बैठती हूँ। कुछ देर बाद वापस चली जाती हूँ।''

''यहाँ क्यों बैठती हो?''

''बैठती हूँ तो आँखें मूँद लेती हूँ। जब आँखें मूँद लेती हूँ तो लगता है कि तुम मेरी बग़ल में बैठे हो। लेकिन जब आँखें खोलती हूँ तो तुम दिखायी नहीं देते। दिल में हौल उठता है, और मैं घर को चल देती हूँ।''

इन शब्दों का अमित के दिल पर गहरा प्रभाव पड़ा, पूछा ''आज कैसा लगा?''

''आज भी मैं आँखें मूँदे बैठी थी। काफ़ी देर बैठी रही। बारिश शुरू हो गयी। सोच रही थी कि आँखें खोलने पर जब तुम्हें अपने पास नहीं पाऊँगी तो क्या करूँगी। रहने को जी नहीं चाहेगा, और बारिश के कारण यहाँ से निकल भी नहीं पाऊँगी। लेकिन

आख़िर जब आँखें खोलीं तो तुम्हें अपने सामने पाया। लगा कि स्वप्न देख रही हूँ। सुहाना स्वप्न! नहीं, यह स्वप्न नहीं था, हक़ीक़त थी। पहले तो मन को विश्वास नहीं हुआ कि हक़ीक़त इतनी सुहानी भी हो सकती है।''

बारिश पहले से कुछ धीमी पड़ गयी।

शशि फिर बोली, ''इस कोट को तो हम दोनों ओढ़ सकते हैं। तुम ख़ामुख़ाह क्यों ठिठुर रहे हो?''

यह कहते-कहते उसने कोट का दाहिना पल्लू उठाकर अमित की पीठ पर डाल दिया। अब उन दोनों के बदन एक-दूसरे से छू रहे थे। दोनों को यूँ लग रहा था जैसे ज्वाला में झुलसे हुए उन दोनों के जिस्मों को मानो सुख का आभास हो रहा था।

धीमे पड़ते-पड़ते आख़िर बारिश बन्द हो गयी। हाँ, पेड़ों के पत्तों से कुछ बूँदें भी टपक रही थीं।

अमित ने पूछा, ''क्या अब चलें?''

''कैसे कहूँ!''

''जी तो मेरा भी नहीं चाहता, लेकिन...''

''लेकिन चलना ही पड़ेगा।'' शशि ने उसके वाक्य को पूरा करते हुए कहा।

पहले अमित उठा। फिर उसने हाथ का सहारा देकर शशि को उठाया। इस बार वह लड़खड़ायी नहीं और न दोनों के होंठ मिलने की नौबत आयी।

गुफा से निकल कर वे सड़क पर धीरे-धीरे चल पड़े।

अमित ने कहा, ''अब तो अपना असली नाम बता दो।''

''क्या मेरा असली नाम जानना ज़रूरी है?''

''हाँ, बहुत ज़रूरी है।''

क्षण-भर ख़ामोश रहने के बाद शशि ने जवाब दिया, ''मेरा असली नाम कल्पना है।''

''तुम्हारा नाम कल्पना है, लेकिन मेरे लिये तो तुम सचमुच कल्पना ही बनकर रह गयी हो। बोलो। अब इस तरह मुझे छोड़कर कहीं खो तो नहीं जाओगी?''

''लेकिन इससे भी पहले प्रश्न यह है कि हम एक-दूसरे को पा भी सकेंगे या नहीं?''

''क्या तुमने मुझे परेशान करने की क़सम खा रखी है?''

कल्पना ने उसका बाज़ू थाम कर अपना सिर उसके कन्धे पर रखते हुए कहा, ''क्या तुम अपनी कल्पना से इस बात की आशा रख सकते हो?''

''तो फिर तुम ऐसी बात ही क्यों कहती हो?''

''मैं यह कहना चाहती हूँ कि हम ऐसी परिस्थितियों में गिरफ्तार हैं कि मुक्ति का कोई रास्ता दिखायी नहीं देता।''

''जब तक तुम यह न बताओ कि वास्तव में समस्या क्या है, तब तक कोई भी समाधान नहीं सूझ सकता।''

कल्पना ख़ामोश रही।

"देखा न! तुम चुप हो गयीं।"

"मैं चुप नहीं हूँ, वरन् कुछ सोच रही हूँ।"

"तुम क्या सोच रही हो, क्या यह जानने का मुझे कोई अधिकार नहीं है?"

"अधिकार तो है, लेकिन मैं निराशा के अन्धकार में खोयी जा रही हूँ।"

"तुम्हारे इन शब्दों से मेरी परेशानी और बढ़ गयी है।"

"हमारा उससे बड़ा दुर्भाग्य यह है कि हम दोनों एक-दूसरे से प्यार करने लगे हैं।"

"दुर्भाग्य क्यों?"

"इसलिए कि हमारा मिलन शायद कभी नहीं हो सकता।"

"मगर इस मुहब्बत की शुरुआत तुम्हीं ने की थी। मैंने तो गाजियाबाद में तुम्हारी केवल एक झलक ही देखी थी। तुम दोबारा न मिलतीं तो वह झलक केवल एक सुहानी याद बन कर रह जाती। अब प्रश्न उठता है कि यह जानते हुए भी कि हमारा मिलन असम्भव है, तुमने इश्क़ के सोते हुए देवता को जगाया क्यों?"

"उस समय तक उसके विषय में ख़ुद मुझे नहीं मालूम था।"

"ऐसी स्थिति में तो बेहतर यही है कि तुम मुझे सब-कुछ बता दो। सम्भव है मुझे ही कोई रास्ता सूझ जाये।"

कल्पना कुछ देर अपने विचारों में डूबी रही। फिर बोली, "दूर की रिश्तेदारी से एक व्यक्ति है जो हाथ धोकर मेरे पीछे पड़ गया है।"

"कौन है वह?"

"वही उमेश। जिसके बारे में पहले भी बात हो चुकी है।"

"वह तो तुम्हारे बचपन का साथी रह चुका है न।"

"हाँ।"

"तुम लोगों का तो एक-दूसरे से काफ़ी लगाव रहा होगा?"

"हाँ, लेकिन लगाव का मतलब शादी तो नहीं है।"

"शायद वह छुटपन से ही तुम पर अपना अधिकार समझता होगा?"

"शायद!"

"क्या तुम्हें मालूम नहीं था कि वह तुमसे शादी करना चाहता है?"

"नहीं।"

"फिर तुम्हें कब पता चला?"

"जिस रोज़ मैं तुमसे विदा होकर सोलन पहुँची, उसके दूसरे दिन मुझे इसका पता चला। कारण यह कि उमेश ने मुझे तुम्हारे साथ देख लिया था। टेलीफ़ोन पर यह बात मेरे पिता जी के कानों तक पहुँचा दी गयी।"

"तुम्हारे पिता जी ने तो मुझे उसी दिन देख लिया था जब पहली बार रिज पर खड़े हम एक-दूसरे से बातें करते रहे थे।"

"हाँ, उन्हें मुझ पर विश्वास है। वह समझते हैं कि मैं कभी कोई ग़लत रास्ता अख़्तियार नहीं करूँगी। इसलिए किसी से भी मेरे मेल-जोल को उन्होंने कभी शक की नज़र से नहीं देखा। तुम्हारे मेरे बारे में उनके कानों तक शिकायत पहुँचानेवालों को शायद यह नहीं मालूम था कि मेरे पिता जी हम दोनों को एक साथ बातचीत करते पहले से ही देख चुके थे।"

"जबकि उन्हें कोई आपत्ति नहीं थी तो फिर तुम्हारे लिये यह एक समस्या कैसे बन गयी?"

"उस समय मेरे माता-पिता को पहली बार इस बात का पता चला कि उमेश मुझसे शादी करना चाहता है। यह सुझाव ख़ुद उनके लिए बड़ा अनोखा था। घबराहट में उन्होंने मुझे मेरे रिश्तेदारों के पास गंगटोक भेज दिया। जैसा कि मैंने पहले बताया कि मेरे माँ-बाप चाहते थे कि उमेश के घरवालों को मेरा कुछ पता न चले और इसी दौरान वह मुझे बचाने की कोई योजना बना लें।"

"अब चूँकि तुम्हारे पिता जी ने तुम्हें वापस बुला लिया है तो उससे यही बात स्पष्ट होती है कि उन्हें निश्चय ही कोई समाधान सूझ गया होगा।"

"नहीं, हुआ यह कि उमेश के ख़ानदानवालों को किसी-न-किसी तरह पता चल गया था कि मैं गंगटोक में हूँ। पिता जी ने यह सोचकर कि ऐसी स्थिति में मेरा वहाँ रहना बेकार था मुझे वापस बुला लिया।"

"लेकिन कल्पना, जबकि तुम्हारे माता-पिता ख़ुद ही उमेश का तुमसे रिश्ता पसन्द नहीं करते तो फिर तुम बेकार में क्यों परेशान हो रही हो?"

कल्पना ने आँखें उठाकर एक नज़र अमित पर डाली, और फिर नज़र झुकाते हुए बोली, "यह रहस्य मेरी समझ में भी नहीं आया अमित। मेरे माता-पिता उमेश को पसन्द नहीं करते। मैं अच्छी तरह जानती हूँ कि वे मेरी पसन्द को अपनी पसन्द बनाने के लिए तैयार हैं..."

यह सुन कर अमित के चेहरे पर कुछ रौनक आ गयी और वह उसका हाथ थाम कर बोला, "तो फिर कल्पना, क्यों मुझे नर्क की आग में जला रही हो और ख़ुद भी व्याकुल रहती हो?"

कल्पना गम्भीर स्वर में बोली, "अमित तुम ज़रा हिम्मत से काम लो तो इस रहस्य पर से पर्दा उठ सकता है। मुझे यूँ लगता है कि मेरे पिता श्री चड्ढा ख़ानदान से कुछ भयभीत हैं।"

"भयभीत?"

"या यूँ समझो कि उन लोगों का मेरे पिता जी पर कोई दबाव है। किस प्रकार का दबाव है यह मैं ख़ुद नहीं जानती। लड़की होने के नाते मैं अपने पिता जी से इस विषय पर खुलकर बात भी नहीं कर सकती। लेकिन अगर तुम मेरी सहायता करो तो शायद इसका कुछ नतीजा निकल आये। एक बार इस बात का पता लग जाये कि वे चड्ढा लोगों से क्यों डरते हैं तो शायद इसका कोई समाधान भी निकल आये।"

''डार्लिंग! वही तो मैं भी कह रहा था कि जब तक तुम अपनी समस्या नहीं बताओगी, उसका हल कैसे निकलेगा।''

''समस्या मेरी नहीं, पिता जी की ग़लती है।''

''चलो वही सही। लेकिन उनकी समस्या तुम्हारी समस्या बन गयी है, और तुम्हारी समस्या मेरी समस्या बन गयी है। अच्छा, यह बताओ कि मैं इस सिलसिले में तुम्हारी क्या सहायता कर सकता हूँ?''

''सहायता नहीं सहयोग।''

''इन शब्दों को भाड़ में झोंको डार्लिंग, तुम केवल यह बताओ कि मैं कर क्या सकता हूँ।''

''तुम मेरे पिता जी से मिलो।''

''बड़ा संकोच लगता है, लेकिन मिल लूँगा। इसके बाद?''

''तुम उनसे सच-सच कह दो कि तुम मुझसे शादी करना चाहते हो।''

''बाप रे।''

''और। उनसे यह भी कह दो कि कल्पना भी मुझसे शादी करना चाहती है। चाहें तो उसे बुला कर पूछ लें।''

''हाँ! अब बात बनी कुछ।''

''उन्होंने हम दोनों को एक साथ देखा तो है ही। वह फ़ौरन असलियत भाँप जायेंगे।''

''वह मुझे डाँट तो नहीं पिलायेंगे?''

''नहीं, वह ऐसे आदमी नहीं हैं। लेकिन यह हो सकता है कि वह तुम्हें टरकाने की कोशिश करें।''

''हाँ, तो अगर उन्होंने टरकाने की कोशिश की तो मैं क्या करूँगा?''

''तुम हरगिज़ मत टरकना।'' यह कहते-कहते कल्पना की होंठों पर मुस्कराहट खेल गयी।

अमित भी मुस्कराये बग़ैर नहीं रह सका, बोला, ''तुम्हारा मतलब है कि उनके टरकाने पर भी मैं अड़ा रहूँ, तुम्हारे घर में धरना देकर बैठा रहूँ।''

''हाँ, यही नहीं, तुम उनके पाँव पकड़ लेना, टाँगों से चिपट जाना—मेरा मतलब है कि जो कुछ बेचारे आशिक़ लोग करते हैं, सो तुम करना।''

''मेरी ऐसी हरकतों का कोई अच्छा परिणाम निकलेगा?''

''वह कम-से-कम इतना तो समझ जायेंगे कि तुम मेरे बिना जिन्दा नहीं रह सकते। अगर वह यह बात सरलता से न समझें तो चाहे किसी तरह से भी उन्हें विश्वास दिला दो कि अगर तुम्हारा मेरा मिलना न हुआ तो हम दोनों आत्म-हत्या कर लेंगे।''

''हे भगवान्! फिर क्या होगा?''

''तुम उनसे कारण पूछना—कि क्या कारण है कि वह हम दोनों की शादी के लिए तैयार नहीं हैं। तब वह तुम्हें निश्चय ही वह राज़ बता देंगे। एक बार जब हमें पता

चल जायेगा कि पिता जी पर चड्ढा ख़ानदान का क्या दबाव है तो फिर हम इसका समाधान भी सोच लेंगे।''

अमित रुक गया। कल्पना भी रुक कर उसके निकट खड़ी हो गयी। अमित बोला, ''देखो, कल्पना, इतनी-सी बातचीत से मुझे यूँ लगता है मानो मेरे दिल पर से पत्थर की भारी सिल हट गयी है। अब मेरे मन में फिर से जीने की उमंग उत्पन्न हो रही है।''

अमित ने सड़क के आगे पीछे नज़र दौड़ाते हुए फिर कहा, ''अब हम संजौली के बिलकुल निकट आ गये हैं। इस समय आसपास कोई नहीं है...''

यह कहते-कहते अमित ने बाज़ू फैला दिये और कल्पना ने शरमा कर अपनी बाँहें उसके गले में डाल दीं।

थोड़ी देर बाद वे संजौली की ओर बढ़े जा रहे थे। वे उसी रेस्टोरेण्ट में घुस गये जिसमें पहले एक बार बैठे थे। चाय और बिस्कुटों का आर्डर देकर अमित ने पूछा, ''अब कहाँ, किस दिन, किस समय मिलोगी?''

''कल उसी गुफा में, इसी समय मिलूँगी।''

चाय पीते समय अमित ने पूछा, ''हाँ, तुमने यह तो बताया ही नहीं कि तुम गाजियाबाद में डॉ. कपूर के यहाँ कैसे पहुँचीं? विशेष कर जबकि तुम्हारी उनसे कोई रिश्तेदारी भी नहीं है!''

''मैं वहाँ उसी तरह पहुँची, जैसे तुम पहुँचे थे। मेरी एक सहेली जो उनकी परिचित थी, मुझे भी अपने साथ ले गयी। भगवान् को तुम्हारा-मेरा परिचय कराना था न! इसी को संजोग कहते हैं।''

चाय पीकर वे बाहर निकले और एक बार फिर साइकिल किराये पर लेकर वे दोनों रिज की ओर चल दिये। लक्कड़ बाज़ार के कुछ इधर ही कल्पना बोली, ''मुझे यहीं उतार दो। अब हम अलग-अलग चलेंगे, ताकि कोई हमें एक साथ न देख ले।''

अमित ने साइकिल रोककर कल्पना को नीचे उतारा तो एकदम ही वह बोल उठी, ''हाँ एक बात और याद आयी। यहाँ पर कोई और भी लड़का है। मुझे मेरी शिमलेवाली सहेली ने बताया है कि वह बहुत ही अमीर ख़ानदान का है। लड़के की माँ ने मुझे कहीं देख लिया। मैं उन्हें बहुत पसन्द आ गयी...''

''अब यह नया लड़का कौन है?''

''मैंने उसे कभी नहीं देखा। मेरी सहेली बता रही थी कि उसका नाम राकेश है।''

●

इतना कह कर कल्पना वहाँ से रिज की ओर चल दी। अमित जहाँ-का-तहाँ खड़ा रह गया। उसने सोचा कि कल्पना राकेशवाले मामले को कोई विशेष महत्त्व नहीं दे रही है, और वह यह भी नहीं जानती कि अगर कहीं राकेश ने उसे देखकर पसन्द कर लिया तो फिर स्थिति कितनी गम्भीर हो जायेगी। इतना उसे विश्वास था कि अभी तक राकेश ने कल्पना को नहीं देखा था। अगर देखा होता तो इस सिलसिले में वह उसे कुछ-न-कुछ ज़रूर बताता। उसने केवल एक ही लड़की का ज़िक्र किया था जिसे जीप पर लिफ़्ट दी थी और उससे फिर भी मिलती रही थी। जो थोड़ा बहुत हुलिया उसने उस लड़की का बताया था, कल्पना उस हुलिये के बिलकुल विपरीत थी। इससे यह नतीजा निकाला जा सकता था कि अभी तक कल्पना पर राकेश की नज़र तक नहीं पड़ी थी। मगर प्रश्न यह था कि अब क्या होगा? राकेश की माता जी ने कल्पना को पसन्द कर लिया था। इस बात की सम्भावना भी है कि माता जी राकेश और कल्पना की मुलाक़ात करा दें, या कम-से-कम किसी-न-किसी तरीक़े से राकेश को कल्पना की शक्ल दिखा दें। ऐसी स्थिति में कल्पना का राकेश को पसन्द आ जाना अनिवार्य होगा। तब बड़ी भयंकर और उलझी हुई समस्या का सामना करना पड़ेगा।

अमित ने साइकिल दुकान पर जमा की और इन्हीं विचारों में खोया हुआ धीरे-धीरे रिज तक पहुँचा, और फिर वहाँ से थके-थके अन्दाज़ में जाखू की चढ़ाई चढ़ने लगा। राकेश के मकान के भीतर पहुँच कर वह अपने कमरे की ओर बढ़ रहा था कि इतने में राकेश ऊपर की मंज़िल से नीचे उतरता दिखायी दिया। दोनों की नज़रें मिलीं तो राकेश जीने में ही रुककर ऊँचे स्वर में बोल उठा, ''आओ अमित, बड़े अच्छे समय पर आये हो।''

अमित ने केवल मुस्कराने की कोशिश की।

"अपने कमरे में जा रहे हो? नहीं भई, पहले इधर आओ।"

अमित जीने पर चढ़ता हुआ उसके निकट पहुँचा तो राकेश बोला, "चलो, आज तुम्हें उस लड़की से मिला दूँ, जिसका इतनी बार ज़िक्र हो चुका है।"

अमित की दृष्टि में राकेश मित्र से ज़्यादा उसका मालिक था। वह उसकी बात को ऐसे नहीं टाल सकता था जैसे किसी दोस्त की बात को टाला जाता है। मूड उदास होने के बावजूद वह चुपचाप राकेश के साथ हो लिया।

जीना चढ़ते समय राकेश ने कहा, "मेरी बड़ी इच्छा थी कि तुम उस लड़की को देख लो। तुम केवल मेरे बिजनेस के ही जनरल मैनेजर नहीं हो, वरन् मेरे व्यक्तिगत जीवन के भी मैनेजर हो।"

यह कहकर राकेश ने ऊँचा क़हक़हा लगाया। अमित केवल मुस्कराकर रह गया। फिर एकाएक उसके मन में ख़्याल आया कि उसे राकेश के इस मामले में गहरी दिलचस्पी लेनी चाहिए। अगर राकेश उस लड़की को अपनी पत्नी बनाना चाहता है तो क्यों न उसको प्रोत्साहन दिया जाय। एक बार अगर राकेश ने उस लड़की से शादी का निश्चय कर लिया तो कम-से-कम कल्पना इस झंझट से बच जायेगी।

ऊपर पहुँच कर राकेश ने हाथ से संकेत करते हुए धीरे से कहा, "उधर बालकनी में बैठी है वह।"

दोनों बालकनी की ओर बढ़े। दूर से ही अमित ने देखा कि एक लम्बे क़द की साँवली-सी लड़की ख़ूबसूरत साड़ी पहने आराम से कुर्सी पर पसरी हुई है। बिलकुल निकट पहुँचे, तब अमित ने पहचाना कि वह लड़की तो रूना थी।

वह कुछ कह भी नहीं पाया क्योंकि राकेश उन दोनों का इन शब्दों में परिचय करा रहा था, "अमित, इससे मिलो। यह मरजीना, अर्थात् रूना है। इसके बारे में मैं बता ही चुका हूँ।"

उधर रूना ने यूँ जल्दी-जल्दी आँखें झपकाते हुए अमित की ओर देखा जैसे कि उन दोनों की पहली मुलाक़ात हो रही है।

राकेश ने रूना को सम्बोधित करते हुए कहा, "और रूना! यह हैं मेरे सारे कारोबार के जनरल मैनेजर। केवल इतना ही नहीं, यह मेरे व्यक्तिगत जीवन के भी मैनेजर हैं।"

अमित ने दोनों हाथ जोड़ दिये। उधर रूना ने भी बड़ी अदा से आँखें झुकाकर हाथ जोड़ दिये। रूना का यह व्यवहार देख कर अमित को भी ऐसा अभिनय करना पड़ा जैसे उसने उसे पहले कभी नहीं देखा था।

इतने में ही रूना ने मानो बम का गोला छोड़ते हुए कहा, "आपके जनरल मैनेजर का क्या कहना! कितना हसीन है यह! आपका जनरल मैनेजर होने के अतिरिक्त इसे कम-से-कम शिमले की सबसे हसीन लड़कियों के दिलों का भी जनरल मैनेजर होना चाहिए।"

कुर्सी पर बैठते-बैठते अमित का कलेजा धक से होकर रह गया। उसे डर लगा कि कहीं रूना की ऐसी हरकतों के कारण राकेश का मन खट्टा न हो जाये और कहीं वह उससे शादी करने का विचार ही न छोड़ दे।

लेकिन ऐसा हुआ नहीं। राकेश कुर्सी पर बैठते-बैठते सिर पीछे को फेंककर ज़ोर से हँसा और बोला, ''अमित मरजीना की इन बातों से घबराना नहीं—बड़ी चुलबुली तबीयत है इसकी। इसीलिए तो मुझे इसको मरजीना कहना अच्छा लगता है। मर-मर के जीना।''

अपने व्यवहार से तो रूना अपरिचित बनी रही, लेकिन बात करते समय जान-बूझकर बड़ी ही भयंकर शरारत कर जाती। शायद जान-बूझकर ही उसने नया ढेला चला दिया, ''क्यों अमित साहब! क्या आपने अभी तक कहीं इश्क़ नहीं मारा?''

अपने मालिक के सामने अमित कुछ हड़बड़ा-सा गया। फिर ज़रा सोचकर बोला, ''नहीं रूना जी! मैं यहाँ इश्क़ मारने के लिए नहीं आया हूँ, मेरी ड्यूटी तो राकेश साहब का काम-काज सँभालना है।''

यह कहते-कहते अमित ने महसूस किया कि शब्द कुछ कठोर थे, या कम-से-कम उसने उत्तर ठीक ढंग से नहीं दिया था। वह राकेश के चेहरे पर अपने इन शब्दों की प्रतिक्रिया देखने की कोशिश में था, लेकिन रूना ने इसका मौक़ा ही न देते हुए फिर कहा, ''अरे भई, यह क्या लफड़ा है! आपको फ़ुर्सत नहीं मिला तो क्या किसी लड़की ने भी आपसे इश्क़ नहीं मारा?''

बाप रे! अमित सोचने लगा कि रूना जान-बूझकर पहली ही मुलाक़ात में कितनी ऊट-पटाँग बातें कर रही थी। कम-से-कम इसे कुछ तो ख़्याल करना चाहिए। वह टालते हुए बोला, ''हम ग़रीबों को छोड़िये। कहिये, आप शिमले में कब से हैं, यहाँ पर आपने क्या-क्या देखा, क्या-क्या किया?''

''मैं आपके शिमले में काफ़ी दिनों से हूँ। देखने को बहुत कुछ था यहाँ, लेकिन अब लगता है कि शिमले भर में हमने एक ही चीज़ देखा। वह थे आपके मालिक जी। तब हमने ज़रा भी टाइम ख़राब नहीं किया, फ़ौरन उनको इश्क़ मारा। बस! यह हमारी आत्मकथा।''

उसकी बातें सुनकर अमित को बड़े ज़ोर की हँसी छूटी। मगर उसने रूमाल मुँह पर रख लिया। उसे गंगटोक का वह समय याद आया जो उसने रूना के साथ व्यतीत किया था। अगर राकेश को बता दिया जाता कि वे दोनों पहले भी मिल चुके थे तो रूना की इन बातों से किसी प्रकार की परेशानी की सम्भावना न होती। मगर राकेश ऐसी बातें सुनकर कहीं रूना के विषय में अपनी राय बदल ही न दे, अगर ऐसा हुआ तो फिर बेचारी कल्पना पर मुसीबत आ सकती थी।

अमित समझ नहीं पा रहा था कि यह रूना को कैसे रोके या कौन-सी तरकीब लगाये कि जिससे राकेश के मन पर उसकी बातों का उलटा-सीधा प्रभाव न पड़े—मगर

राकेश तो हँसे जा रहा था। वह उलटे अमित को समझाने लगा, ''इसकी बातों से घबराना नहीं। पहले-पहल मुझे भी कुछ उलझन-सी लगी। बाद में पता चला कि यह इसका स्टाइल है। वास्तव में यह बड़ी गम्भीर और व्यवहार कुशल लड़की है।''

रूना ने अपनी टाँग अड़ायी, ''राकेश साहब ने ठीक ही बोला। इश्क़ मारने से मनुष्य का पद ऊँचा उठता है।''

वे तीनों इसी तरह हँस-बोल रहे थे कि नौकर ने आकर बताया कि नीचे राकेश का कोई मिलनेवाला आया था।

राकेश ने रूना से कहा, ''क्षमा करना! मैं थोड़ी देर में आता हूँ।''

राकेश चला गया तो अमित ने कहा, ''मुझे तुमसे मिल कर बड़ी ख़ुशी हुई। ऐसी उम्मीद नहीं कि इतनी जल्दी मुलाक़ात हो जायेगी। लेकिन तुमने यह तो बताया ही नहीं कि तुम्हारा शिमले आने का भी इरादा है और वह भी इतनी जल्दी।''

''मैंने सोचा कि अपना यार शिमले में उदास और परेशान हो रहा होगा। इसीलिए चली आयी।''

''तुम्हें तो यहाँ आये महीने भर से ऊपर हो चुका है। जिस रोज़ राकेश जी ने तुमको जीप में लिफ़्ट दिया था उसी दिन उन्होंने मुझे भी बता दिया था। उसके बाद लगातार तुम्हारे विषय में कुछ-न-कुछ बताते रहे। मुझे ज़रा शक भी नहीं हुआ कि ख़ुद तुम ही यहाँ पहुँच गयी हो। लेकिन तुम्हें तो मालूम था कि मैं यहाँ हूँ। तुमने मुझसे सम्पर्क क्यों नहीं स्थापित किया?''

''यार, हमने सोचा कि ख़ामुख़ाह राकेश को शक न हो। इतना हमें पता चल गया था कि तुम ठीक-ठाक हो। हमको तसल्ली हो गया। सोचा कि किसी रोज़ राकेश के द्वारा ही मुलाक़ात हो जायेगी तो अच्छा रहेगा।''

''तुमने यह अपना हुलिया तो बिलकुल ही बदल डाला?''

रूना ने अपनी साड़ी पर नज़र दौड़ायी और जवाब दिया, ''स्टाइल बदल दिया। जब हमने राकेश को इश्क़ मारा तो महसूस किया कि वह पहलावाला स्टाइल नहीं चलेगा।''

''तुमने तो इश्क़ मारा, लेकिन क्या राकेश जी ने भी इश्क़ मारा था या नहीं?''

''मारा...बरोबर मारा। लेकिन यार, कुछ शशि के बारे में भी बताओ।''

''गंगटोक से मेरे चले आने के बाद क्या शशि मिली थी कभी?''

''नहीं। लेकिन तुमको यहाँ मिली कि नहीं?''

''कल तक नहीं मिली थी, लेकिन आज ही मिली।''

''तब तो ख़ुशी की बात है। लेकिन कोई और लफड़ा तो नहीं है?''

''लफड़ा तो है, इसलिए हम दोनों बहुत परेशान हैं।''

इसके बाद अमित ने संक्षेप में सारी बात बता डाली। तब रूना ने कहा, ''तो अब तुम शशि अर्थात् कल्पना के पिता जी से मिलने जाओगे।''

"हाँ, सो तो जाना ही पड़ेगा। वैसे कल मैं फिर कल्पना से मिल रहा हूँ।"

"अगर तुम उचित समझो तो मैं भी उससे मिल लूँ।"

"इसमें कोई हर्ज़ नहीं। बल्कि कल ही मेरे साथ चलो। गंगटोक में उसने हम दोनों को एक साथ देखा तो उसके मन में कुछ सन्देह पैदा हुआ। वैसे तो मैंने उसे समझा दिया था, लेकिन अगर तुम भी मिल लो तो और अच्छा होगा।"

"दो से तीन भले। कल हम तीनों मिलकर इस समस्या पर ग़ौर करेंगे। जहाँ कहीं मेरी सहायता की ज़रूरत होगी तो मैं निश्चय ही करूँगी।"

"बिलकुल ठीक।"

इसके बाद उन दोनों ने समय निश्चित कर लिया कि कैसे वे इकट्ठे कल्पना से मिलने जायेंगे।

अमित को इतना तो पता चल गया था कि राकेश और रूना एक-दूसरे के काफ़ी निकट आ चुके थे, मगर अभी यह कहना मुश्किल था कि उनका सम्बन्ध रोमांस तक ही सीमित रहेगा या वे शादी भी कर लेंगे। रूना के मन को टटोलने के लिए उसने फिर कहा, "यार, यह तो बताओ कि तुम दोनों का इरादा क्या है?"

"कैसा इरादा?"

"मेरा मतलब है कि तुम दोनों का यह सम्बन्ध केवल मित्रता की सीमा तक ही रहेगा या शादी का भी इरादा है।"

इतने में जीने पर से राकेश के ऊपर चढ़ने की आवाज़ सुनायी दी। रूना कुछ कहते-कहते रुक गयी।

ऊपर पहुँच कर राकेश बोला, "रूना डियर, माफ़ करना। मैंने ज़्यादा देर तो नहीं लगायी?"

रूना बोली, "जहाँ जुदाई का एक पल साल भर से कम न महसूस हो वहाँ इतने मिनटों की जुदाई का हिसाब ख़ुद ही लगा लो।"

यह सुन कर राकेश ख़ुश हुआ, और इसके बाद वे तीनों फिर गप-शप करने लगे।

●

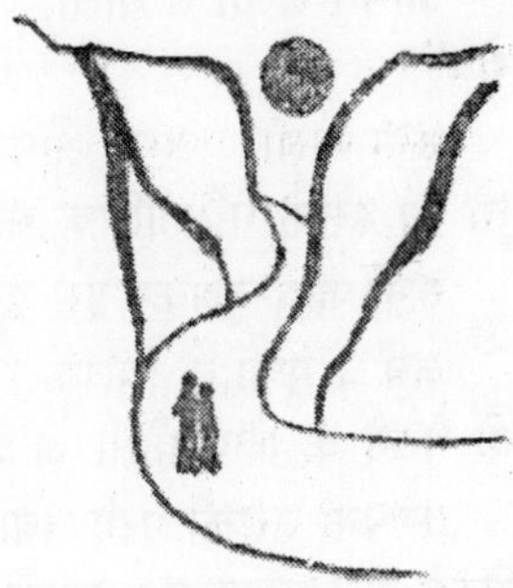

दूसरे दिन अपने प्रोग्राम के अनुसार रूना और अमित रिज से निश्चित समय पर अपनी मंज़िल की ओर चल दिये। रास्ते भर इधर-उधर की बातें होती रहीं। जब वे गुफावाले स्थान से कुछ दूरी पर रह गये तो कल्पना दिखायी दी जो जंगले पर कोहनियाँ टेके खड्ड की ओर देख रही थी। अमित ने कहा, ''लो! वह पहले से ही खड़ी इन्तज़ार कर रही है।''

रूना ने शरारत से अपने सीने पर हाथ रखा और ठण्डी आह भरते हुए बोली, ''गोया वह रही तुम्हारी शशि...तुम्हारी कल्पना!''

''नहीं यार! अभी वह मेरी हुई कहाँ है। मेरा तो दिल अब भी डूब रहा है।''

वे दोनों आगे बढ़े तो कल्पना की नज़र भी उन पर पड़ी। जब ये दोनों उसके निकट पहुँचे तो अमित ने कहा, ''कल्पना, यही है न वह लड़की जिसे गंगटोक में तुमने मेरे साथ देखा था। आजकल यह यहाँ आयी हुई है।''

रूना दोनों हाथ जोड़कर नमस्ते करती हुई बोली, ''लेकिन कल्पना जी, मैं यहाँ अमित के चक्कर में नहीं आयी हूँ। इतना-सा विश्वास तो आपको मुझ पर करना ही पड़ेगा।''

कल्पना कुछ झेंप गयी। धीरे से बोली, ''आप पर विश्वास न करने का कोई कारण तो नहीं है।''

''यह सुनकर मुझे बड़ी प्रसन्नता हुई। मैं बस इतना ही कहना चाहूँगी कि अमित और मैं दो मित्रों की तरह हैं।''

कल्पना समझ गयी कि इस विषय में अमित ने ही उससे कहा होगा।

रूना ने उसके मन की स्थिति को भाँपते हुए बात का रुख़ बदल दिया, और अमित की ओर देखते हुए बोली, "यार, हमको वह ऐतिहासिक गुफा तो दिखाओ जिसमें तुम दोनों..."

अमित जल्दी से बोला, "हम बारिश से बचने के लिए केवल दो बार ही इसमें घुसे थे।"

रूना बोली, "अगर आप दोनों किसी भी कारण एक बार भी इस गुफा में घुसे होते तो भी इसके ऐतिहासिक महत्त्व से इन्कार नहीं किया जा सकता।"

रूना जान-बूझकर इस प्रकार की छेड़छाड़ करती रही।

जब वे गुफा के बिलकुल सामने पहुँच गये तो रूना बोली, "ओह गॉड! दो प्रेमियों के बैठने के लिए कैसी आदर्श जगह है!"

कल्पना उसकी ऐसी बेबाक बातों से शर्मायी जा रही थी। अमित ने रूना को ज़रा छेड़ने के लिए कहा, "छोड़ो जी, इस जगह को भला आदर्श कैसे कह सकते हैं?"

"क्यों नहीं कह सकते?" रूना ने आपत्ति उठायी।

अमित बोला, "न जाने किसने कंकड़-पत्थर या मिट्टी प्राप्त करने के लिए यह थोड़ी-सी जगह खोद डाली थी।"

"मैं इसे साइज के लिहाज़ से आदर्श मानती हूँ।"

"क्यों?"

"जगह इतनी तंग है कि इसमें प्रेमियों के सिवा कोई भी अन्य दो व्यक्ति नहीं बैठ सकते।"

अमित उसकी इस शरारत पर हँसा। कल्पना भी झेंप कर मुस्करा पड़ी।

अमित ने सोचा कि कहीं कल्पना को इस बात पर आपत्ति तो नहीं हो रही होगी कि मैं रूना को क्यों अपने साथ ले आया। वह उसके कन्धे पर हाथ रखकर चार क़दम परे ले गया। रूना जान-बूझकर दूर पहाड़ियों की ओर देखने लगी ताकि वे दोनों इतमीनान से आपस में बात कर सकें। अमित ने कल्पना के कान में फुसफुसाते हुए कहा, "कल जब मैं तुमसे अलग हुआ तो अचानक रूना से मुलाकात हो गयी।"

"कल? तुम्हारा मतलब है कि वह कल ही शिमले पहुँची है?"

"नहीं भई, शिमले में तो वह कई दिनों से है। लेकिन मैं यहाँ नहीं था।"

अमित ने महसूस किया कि अब भी कल्पना के मन में कुछ सन्देह था। उस सन्देह को हटाने के लिए ही तो उसने यह बातचीत शुरू की थी। बोला, "जानती हो कि इससे मेरी मुलाक़ात हुई कहाँ?"

"मुझे क्या मालूम?"

"हमारी मुलाक़ात राकेश के घर में हुई।"

"कौन राकेश?"

"वही जिसका तुमने कल ज़िक्र किया था।"

"तुम्हारा क्या मतलब है?"

"मैं उसके सारे कारोबार का जनरल मैनेजर हूँ।"

"कल तो तुमने कुछ नहीं बताया।"

"कल हम दूसरी ही बातों में इतना उलझे रहे कि मैं अपने बारे में यह नहीं बता सका कि मैंने यहाँ नौकरी कर ली है। तुमने राकेश का नाम भी उस वक़्त लिया, जब तुम बिदा हो रही थीं।"

अब कल्पना ने ख़ुद भी महसूस किया कि अगर पिछले रोज़ राकेश का ज़िक्र ज़रा पहले ही हो जाता तो अमित उसके बारे में निश्चय ही बता देता।

अमित फिर बोला, "तुमने यह नहीं पूछा कि राकेश और रूना का आपस में क्या सम्बन्ध है?"

"तो अब बता दो।"

"वे दोनों वास्तव में एक-दूसरे से प्रेम करते हैं।"

कल्पना की आँखों में आश्चर्य की झलक उत्पन्न हुई, बोली, "क्या सचमुच?"

"हाँ डार्लिंग, इस बात की भी सम्भावना है कि वे दोनों एक-दूसरे से शादी कर लें।"

यह सुनकर कल्पना को हार्दिक प्रसन्नता हुई।

उसके चेहरे पर ख़ुशी के चिह्न देखकर अमित ने फिर कहा, "अगर इन दोनों की शादी हो गयी तो समझ लो कि हम दोनों के रास्ते की एक बहुत बड़ी अड़चन दूर हो जायेगी।"

"इन दोनों का प्रेम शुरू कब हुआ? क्या वे बहुत पुराने प्रेमी हैं?"

"इस विषय में कुछ कहना मेरे लिये असम्भव है, क्योंकि इस बात को तो ख़ुद मैं नहीं जानता। कोई हर्ज़ नहीं। धीरे-धीरे इसका भी पता चल जायेगा।"

"पता चले या न चले, लेकिन अगर दोनों की शादी हो गयी तो यह हमारे हित में ही होगा।"

"वही तो मैं कहता हूँ। राकेश के व्यवहार से भी लगता है कि वह रूना को दिल से चाहता है। अगर उसने एक बार भी अपनी माँ से कह दिया कि वह रूना से शादी करना चाहता है तो उसकी माँ इसमें कोई बाधा नहीं डालेगी।"

"यह तो तुमने बड़ा ही शुभ समाचार सुनाया।"

"मैं इसे साथ लेता आया, क्योंकि इसे हम दोनों से ही गहरी सहानुभूति है। ज़रूरत पड़ने पर हमें इसकी सहायता भी मिल सकेगी।"

"चलो, यह तो अच्छा हुआ। लेकिन अमित, अब और अधिक देर तक रूना को अकेले छोड़ना बदतमीजी की बात होगी।"

"मैं तुमसे सहमत हूँ। हालाँकि रूना ने इस बात का बुरा नहीं माना होगा, क्योंकि वह भली-भाँति जानती है कि किस तरह दो प्रेमी अकेले में बातचीत करने के लिए व्याकुल रहते हैं।"

कल्पना ने यह सुनते ही झूठ-मूठ का क्रोध दिखाते हुए भागने के अन्दाज़ में हाथ ऊपर उठाकर...और फिर वे दोनों रूना की ओर बढ़ गये।

अब रूना ने सीटी बजानी शुरू कर दी थी। उसके सुर्ख होंठों में से निकलती हुई सीटी की आवाज़ बड़ी सुहानी लग रही थी।

निकट पहुँच कर अमित बोला, "माफ़ करना यार, हम दोनों को ज़रा कुछ निजी बातें करनी थीं।"

"चिन्ता मत करो यार, जब दो प्रेमी एक-दूसरे को इश्क़ मार रहे हों तो उनका जी चाहता है कि वे अकेले में बातें करते रहें।"

अमित बोला, "मिस रूना, अब हमें असली समस्या के बारे में सोचना होगा।"

रूना ने उत्तर दिया, "मैं हर सलाह-मशविरा देने को तैयार हूँ, और हर प्रकार का सहयोग देने को भी तैयार हूँ।"

इसके बाद सड़क पर टहलते-टहलते सारी समस्या के हर पहलू पर ग़ौर किया गया। अन्त में रूना बोली, "बहुत सोचने पर भी यह बात समझ में नहीं आयी कि के. सी. चड्ढा के पास ऐसा क्या दाँव है जिसने कल्पना के पिता जी को विवश कर रखा है। क्यों कल्पना, तुम इस विषय में कुछ भी नहीं बता सकतीं?"

कल्पना ने उत्तर दिया, "मैंने बहुत कुछ जानने की कोशिश की है लेकिन कुछ समझ में नहीं आया। यहाँ तक कि माता जी भी ठीक से कुछ नहीं जानतीं। पिता जी से इस विषय में कुछ भी पूछने का साहस नहीं होता।"

रूना बोली, "तुमने जो यह योजना बनायी है कि अमित तुम्हारे पिता जी से जाकर बात करे, लेकिन तुम विश्वास से कैसे कह सकती हो कि वह इसे अपना रहस्य बता देंगे?"

कल्पना ने उत्तर दिया, "विश्वास से तो मैं कुछ नहीं कह सकती, लेकिन इतना ज़रूर कह सकती हूँ कि जब अमित मेरी और अपनी समस्या उनके सामने रखेगा तो उन्हें कुछ तो बताना पड़ेगा।"

"लेकिन वह अमित को यह कहकर भी टाल सकते हैं कि वह तुमसे शादी करने का ख़्याल ही छोड़ दे।" रूना ने आपत्ति उठायी।

कल्पना बोली, "नहीं, ऐसा होने की कोई सम्भावना नहीं है। कारण यह कि ख़ुद पिता जी उमेश और उसके भाई को पसन्द नहीं करते और वह नहीं चाहते कि उमेश से मेरी शादी हो। पिता जी को यह भी मालूम है कि मैं ख़ुद उमेश से शादी नहीं करना चाहती। इसीलिए मैं सोचती हूँ कि अगर अमित ख़ुद उनसे बातचीत करेगा तो उसका कोई-न-कोई ठोस नतीज़ा जरूर निकलेगा।"

अमित ने कहा, "अभी तो हमारी समस्या केवल यह है कि उस रहस्य को जान सकें।"

इस तरह की बातें करते हुए वे संजौली के बाज़ार में जा पहुँचे। तब रूना जम्हाई लेकर बोली, "भई टहलते-टहलते तो थक गये। सुस्ती के कारण बदन टूट रहा है। अब तो कड़क चाय का एक-एक प्याला हो जाना चाहिए।"

"अवश्य!" अमित ने हामी भरी।

कल्पना ने राय दी, "यहाँ हमारी पसन्द का एक रेस्टोरेण्ट भी है।"

थोड़ी देर बाद वे रेस्टोरेण्ट में बैठे चाय पी रहे थे। इसी के दौरान रूना ने कल्पना से कहा, "आशा है कि तुम्हारे मन में हम दोनों के प्रति जो वहम था सो निकल गया होगा। मैं और अमित केवल मित्र हैं। अमित ने तुम्हें बताया होगा कि गंगटोक में हम दोनों की दोस्ती केवल चौबीस घण्टों तक सीमित रही।"

कल्पना ने रूना के हाथ-पर-हाथ रखकर कहा, "आप मुझे शर्मिन्दा न करें। इस विषय में अमित ने मुझे अच्छी तरह समझा दिया है।"

"मैंने यह बात केवल इसलिए कही कि इस प्रकार का वहम ज़हर से कम नहीं होता है। आपसी सम्बन्धों में बड़ी कड़वाहट आ जाती है। भविष्य में जब तुम्हारी शादी हो जायेगी तो इस प्रकार का कोई शक तुम दोनों के जीवन में ज़हर घोल सकता है। इसीलिए मुझे यह बात कहनी पड़ी कि हम दोनों का सम्बन्ध बिलकुल पवित्र है।"

"मुझे आप दोनों पर पूर्ण विश्वास है।" कल्पना ने उसे इतमीनान दिलाते हुए कहा।

अमित ने बात का रुख़ बदलते हुए कहा, "कल्पना, अब शीघ्र-से-शीघ्र हमें अगला क़दम उठाना चाहिए। मेरा मतलब है कि मैं जितनी भी जल्दी तुम्हारे पिता जी से मुलाक़ात कर लूँ, उतना ही अच्छा है। इस तरह हमारे मन का बोझ उतर जायेगा।"

रूना ने कहा, "मन का बोझ उतरने के अतिरिक्त हम उस समस्या का कोई समाधान भी तो तभी सोच सकेंगे। जब तक समस्या का पता न चले तब तक हम कुछ कर भी तो नहीं सकते।"

अमित ने कल्पना को सम्बोधित करते हुए पूछा, "हाँ, तो बताओ कि तुम्हारे पिता जी से किस रोज़ मिला जाय?"

"अगले इतवार को मिल लें तो ठीक रहेगा।"

"आज शुक्र है...तो गोया परसों मैं सोलन पहुँच जाऊँ। वहाँ से तुम्हारे घर तक कैसे पहुँचूँगा?"

"यूँ तो मोहन मीकिन्स एक मशहूर जगह है। कोई भी व्यक्ति वहाँ का रास्ता बता देगा। लेकिन फिर भी मैं बस के अड्डे पर तुम्हारा इन्तज़ार करूँगी। तुम बस से उतरोगे तो मैं तुम्हें अपने साथ ले चलूँगी। घर पहुँचने से पहले मैं तुमसे अलग हो जाऊँगी। तब तुम अकेले ही हमारे घर में जाना और पिता जी से मुलाक़ात कर लेना।"

"अगर तुम बस-अड्डे पर मिल जाओ तो क्या कहने? लेकिन तुम्हें कैसे पता चलेगा कि मैं किस बस से आ रहा हूँ?"

"तुम दस बजे की बस पकड़ लेना। जब वह सोलन पहुँचेगी तो मैं अड्डे पर मौज़ूद रहूँगी।"

रूना ने कल्पना से कहा, "इस बात का भी ख़्याल रखना कि कहीं तुम्हारे पिता जी उस समय किसी और काम से चले न जायें।"

"वह सब मैं कर लूँगी। चिन्ता की कोई बात नहीं। पिता जी बददिमाग इन्सान नहीं हैं। वह बहुत ही सभ्य हैं और ठण्डे स्वभाव के भी हैं। निन्यानबे प्रतिशत तो यही उम्मीद करती हूँ कि वह अमित को अपना रहस्य बता देंगे। अगर दुर्भाग्य से ऐसा न भी हुआ तो कोई गड़बड़ भी नहीं होगी।"

चाय पीने के बाद वे तीनों रेस्टोरेण्ट से बाहर निकल आये। अमित ने रूना को बताया कि वहाँ से किराये पर साइकिल मिल सकती है जिसको रिज से पहले ही लक्कड़ बाज़ार में इसी दुकान की शाखा पर छोड़ा जा सकता है। या अगर कहो तो सब लोग गप्पें हाँकते हुए पैदल ही चलें।

रूना बोली, "यदि कल्पना को कोई एतराज़ न हो तो मैं पैदल चलने को तैयार हूँ।"

कल्पना बोली, "मुझे इस पर कोई एतराज़ नहीं है। मैं भी पैदल चल सकती हूँ।"

यह तय हो जाने पर कि अब उनका अगला क़दम क्या होना चाहिए, अमित सीटी बजाते हुए और तीनों हँसते-बोलते रिज की ओर चल दिये।

●

जब बस सोलन के अड्डे की ओर बढ़ रही थी तो अमित ने चारों ओर नज़र दौड़ायी, लेकिन कल्पना उसे कहीं भी दिखायी नहीं दी। उसे उस बात की ज़्यादा चिन्ता भी नहीं हुई। उसके पास उनके घर का पता तो मौज़ूद ही था। उसने सोचा कि शायद किसी कारण से वह नहीं आ सकी।

यूँ तो नीले आकाश में बादलों के कई टुकड़े इधर-उधर बिखरे हुए थे मगर सूरज के आगे कोई बादल नहीं था। अतः बादलों के वे टुकड़े तेज़ धूप में ख़ूब चमक रहे थे। वह अपने साथ किसी प्रकार का भी सामान नहीं लाया था, इसीलिए वह अपने आपको हलका-फुलका भी महसूस कर रहा था।

जब वह बस पर से उतरा तो उसने सोचा कि एक प्याला गर्मा-गर्म चाय पीकर और ताजादम होकर उसे अपनी मंज़िल की ओर रवाना हो जाना चाहिए।

उसने टी-स्टाल की ओर क़दम बढ़ाया ही था कि पीछे से आवाज़ आयी, ‘‘हलो।’’

जानी-पहचानी आवाज़ सुनी तो अमित ने पलट कर पीछे की ओर देखा। वहाँ कल्पना खड़ी थी।

अमित ने भी हलो कहा, और फिर दोनों ने एक-दूसरे के हाथ को छूकर छोड़ दिया। अमित बोला, ‘‘मैं चाय पीने जा रहा था।’’

कल्पना हँस कर बोली, ‘‘इसका मतलब है कि मैं अच्छे मौक़े पर पहुँच गयी।’’

‘‘सो तो ठीक है, लेकिन ज़रा पहले क्यों नहीं आयीं?’’

‘‘आयी तो पहले ही थी, लेकिन बस के यहाँ पहुँचने का कोई पता ही नहीं चल रहा था। मैं टहलती हुई ज़रा उधर को चली गयी।’’

"वही मैं सोच रहा था कि कल्पना चूकनेवाली लड़की तो नहीं है...मगर शायद कोई अड़चन ही पड़ गयी हो।"

इतनी देर में वे टी-स्टॉल तक पहुँच चुके थे। अमित ने दो प्याले उठाये। एक प्याला कल्पना की ओर बढ़ाते हुए बोला, "कहो, घर का वातावरण कैसा है?"

"सामान्य है।"

"मेरा मतलब है कि मेरे लिये कोई ख़तरा तो नहीं है?"

"ख़तरा कैसा! पिता जी कोई शेर या भालू तो नहीं हैं जो तुम्हें नाखूनों से चीर डालेंगे।"

"तुम्हारी जुदाई में जिस दुःख के साथ दिन काटने पड़ते हैं उससे तो यही बेहतर है कि कोई जंगली जानवर ही मुझे..."

कल्पना ने झट से उसके मुँह पर अपना हाथ रखते हुए कहा, "बस-बस! जो मुँह में आता है, सो बक देते हो।"

चाय की हलकी-हलकी चुस्कियाँ लेते समय अमित को महसूस हुआ कि कल्पना वाक़ई उससे गहरी मुहब्बत करती थी, और वह उसके विषय में ऐसी-वैसी बात सुनना भी नहीं चाहती थी।

बस-अड्डे से कल्पना के घर तक का रास्ता बड़ा ही सुहावना था। लेकिन उस सुहावने मौसम के बावजूद दोनों प्रेमियों के मन पर अजीब क़िस्म का बोझ रखा हुआ था। वे महसूस करते थे कि न जाने उनकी मुहब्बत की यह नैया पार लगेगी या रास्ते में ही मुसीबतों की लहरें उन्हें मँझधार में डुबोकर रख देंगी।

रास्ते भर कल्पना एक बार फिर उसे ऊँच-नीच समझाती रही कि कैसे उसे पिता जी से बात करनी होगी।

अमित बोला, "तुम मुझे ज़्यादा समझाने की कोशिश मत करो, क्योंकि इस तरह मैं नर्वस हो जाऊँगा।"

मकान के निकट पहुँचकर कल्पना बोली, "लो! अब तुम्हें भगवान् के हवाले करती हूँ। भगवान् ही तुम्हारी सहायता करेंगे।"

चाहे कुछ दूरी पर ही सही, लेकिन मकान अमित की आँखों के सामने था। जब वह मकान के निकट पहुँचा तो उसे एक अधेड़ उम्र का व्यक्ति छोटे से बरामदे मे बेंत की कुर्सी पर बैठा दिखायी दिया। वह समाचार-पत्र पढ़ रहा था। भीतर जाने के लिए ढाई-तीन फुट चौड़ा छोटा-सा रास्ता था। मकान के बिलकुल सामने पहुँच कर उसने लकड़ी के छोटे पुराने फाटक को खोला और भीतर घुस गया। जब उसके जूतों के नीचे बजरी चरचराई तो बरामदे में बैठे व्यक्ति ने अपने चेहरे के आगे से समाचार-पत्र हटाते हुए उसकी ओर देखा।

आँखें मिलते ही अमित रुक गया। उस व्यक्ति ने पूछा, "कहिये! आपको किससे मिलना है?"

प्रश्न का उत्तर देने की बजाय अमित ने सवाल किया, ''क्या आप कल्पना के पिता जी हैं?''

''हाँ!''

अब फिर बरामदे की ओर क़दम बढ़ाते हुए वह बोला, ''मेरा नाम अमित है।''

वह दो जीने चढ़कर बरामदे में पहुँच गया।

कल्पना के पिता जी ने बेंत की एक और कुर्सी अमित की ओर ढकेलते हुए कहा, ''लगता है कि यह नाम मैंने पहले भी कभी सुना है।''

अमित कुछ नहीं बोला।

पिता जी ने फिर कहा, ''बैठ जाओ।''

अमित कुर्सी पर बैठ गया। यह देख कर कि कल्पना के पिता जी सरल स्वभाव के व्यक्ति थे और उनकी आँखों में अजीब प्रकार की नर्मी थी, अमित की परेशानी काफ़ी हद तक दूर हो गयी, और उसका साहस भी बढ़ गया। बोला, ''कल्पना और मैं एक-दूसरे को जानते हैं। शायद उसी से आपने मेरा नाम सुना होगा।''

''हो सकता है।'' पिता जी ने समाचार-पत्र तह करके निकट की कुर्सी पर रखते हुए कहा।

अब अमित की समझ में नहीं आ रहा था कि वह अपनी बात कैसे शुरू करे। उधर पिता जी भी चश्मे की आड़ में से उसका जायज़ा ले रहे थे। उन्हें अमित एक ख़ूबसूरत, मध्यम क़द का सीधा-सादा-सा युवक लगा। कुल मिलाकर उनके मन पर अमित का बहुत अच्छा प्रभाव पड़ा। धीरे से बोले, ''हाँ तो इधर कैसे आना हुआ? क्या कल्पना से मिलना चाहते हो?''

इस प्रश्न पर अमित ज़रा हड़बड़ा-सा गया, बोला, ''जी नहीं, मैं मिलने तो आप ही से आया था।''

''संकोच मत करो! बोलो! क्या कहना चाहते हो?''

अमित रुक-रुक कर बोला, ''असल में...कल्पना और मैं...मैं और कल्पना...''

''ओह! मैं तुम्हारा मतलब समझ गया।''

इतना कहकर पिता जी किसी गहरी सोच में खो गये। फिर उन्होंने आँखों पर से चश्मा उतारा, शीशों को रूमाल से साफ़ किया, और फिर चश्मा आँखों पर लगाते हुए बोले, ''मेरे ख़्याल में तुम कोई नौकरी-वौकरी करते होगे?''

''जी हाँ।''

''कोई बात नहीं। नौकरी तो मैं भी करता ही हूँ। लेकिन छोटी-मोटी नौकरी करनेवालों के पल्ले में कुछ होता नहीं।''

''आप ठीक कहते हैं। चीज़ों के दाम बढ़ते जाते हैं और वेतन ज्यों-का-त्यों रहता है।''

अब पिता जी पल-दो-पल छत की ओर देखते रहे। आख़िर कहने लगे, ''कल्पना समझदार लड़की है। मुझे उस पर विश्वास है। मैं जानता हूँ कि कोई भी व्यक्ति उसे

बहका कर ग़लत-मार्ग पर नहीं डाल सकता। इसीलिए मैंने उसे छूट दे रखी थी कि वह चाहे जहाँ जाये और जिस किसी से भी मिले। मेरी तरफ़ से कभी रोक-टोक नहीं रही। मैं ख़ुश हूँ कि मेरी बेटी ने मुझे भी कभी शिकायत का मौक़ा नहीं दिया। मैंने तो यहाँ तक कह दिया था कि वह अपना जीवन साथी चुनने में भी स्वतन्त्र है।''

अमित ने महसूस किया कि उसे भी कुछ कहना चाहिए। मगर क्या कहे, ''यह उसकी समझ में नहीं आ रहा था। फिर भी साहस से काम लेते हुए बोला, ''बहुत कम लड़कियों के पिता इतने स्वतन्त्र विचारों के होते हैं।''

अब पिता जी ने घर के भीतर की ओर मुँह करके नौकर को चाय लाने के लिए कहा और फिर बोले, ''लेकिन मुझे यह नहीं मालूम था कि ऐसा अवसर आने पर मैं इतना विवश हो जाऊँगा।''

अमित के मुँह से बेइख़्तियार ही निकल गया, ''क्या इसमें मिस्टर के. सी. चड्ढा का कुछ हाथ है?''

अब पिता जी ने ज़रा चौंक कर उसकी ओर देखा। अमित ने महसूस किया कि उसने जल्दबाज़ी से काम लिया है, उसे यह बात कहनी नहीं चाहिए थी।

पिता जी समझ गये कि अमित को इस मामले की कुछ-न-कुछ जानकारी तो है, चाहे उसे असली समस्या का ज्ञान न भी हो। बोले, ''तुम्हारा अनुमान ग़लत नहीं है। जो मामला तुम्हारे लिये एक रहस्य बना हुआ है वह एक ऐसा मामला है, जिसके बारे में किसी को भी कुछ कहना मैंने उचित नहीं समझा। मगर जिस उद्देश्य से तुम आये हो वह पूरा नहीं हो सकेगा। अगर मैंने इसका कारण न बताया तो तुम्हें और भी निराशा होगी।''

''मैं आपके व्यक्तिगत मामले में हस्तक्षेप नहीं करना चाहता था। लेकिन मैंने सोचा कि अगर मुझे असलियत का पता चल जाये तो शायद मैं उसका कोई समाधान निकाल सकूँ।''

''नहीं बेटा! इसका उपाय तुम्हारे पास भी नहीं है।''

''अगर अनुचित न समझें तो मुझे इसके विषय में बता तो दें।''

अमित के अनुरोध करने पर जो कहानी पिता जी ने सुनायी उसको संक्षेप में यूँ बताया जा सकता है कि मिस्टर के. सी. चड्ढा उनके दूर के रिश्तेदार हैं जिन पर इन्हें भरोसा था। चड्ढा के झाँसे में आकर उन्होंने नौकरी से छह महीने की छुट्टी ली और ठेकेदारी का एक काम किया। उन्हें घाटा हुआ और सारी उम्र की जमा पूँजी हाथ से निकल गई। केवल यही नहीं, चड्ढा ने कहा कि अस्सी हजार से ऊपर का उन्हें घाटा हुआ है। उन्होंने हिसाब-किताब में तिकड़म लगा कर पिता जी के हस्ताक्षर करवा लिये और अब उनसे यह रकम वसूल करना चाहते थे। पिता जी के लिए यह रकम वापस करना बिलकुल असम्भव था क्योंकि उनकी जमा पूँजी तो पहले ही उनके हाथ से निकल चुकी थी।

यह सब सुनकर अमित ने राय दी, ‘‘मेरे ख़्याल से यह सरासर धोखा है, बेईमानी है, चार सौ बीसी है।’’

‘‘वह सब तो ठीक है, लेकिन मुझे उन्होंने विवश कर दिया है। हर काग़ज़ पर मेरे हस्ताक्षर मौज़ूद हैं। उन्होंने उलटा मुझ ही पर धोखेबाजी का मुक़द्दमा चलाने की धमकी दी है।’’

इतने में पहाड़ी छोकरा चाय के दो प्याले ले आया।

अमित बोला, ‘‘यह समस्या तो बड़ी जटिल है, लेकिन इसका कल्पना की शादी से क्या सम्बन्ध है?’’

‘‘मैं इसी विषय पर बताने जा रहा था।’’

‘‘अगर आपका मतलब यह है कि ऐसी स्थिति में न तो आप दहेज दे सकते हैं, और न शादी का ख़र्चा बर्दाश्त कर सकते हैं, तो इस सिलसिले में मैं आपसे केवल इतना ही कहूँगा कि आप इन बातों की बिलकुल चिन्ता ही मत कीजिये। अगर यही आपकी समस्या है...मेरा मतलब है कि कल्पना की शादी के सिलसिले में...तो इसे आप समस्या समझिये ही नहीं।’’

निराशा से हाथ हिलाते हुए पिता जी ने कहा, ‘‘इस समस्या का एक बड़ा घिनौना पहलू भी है। चड्ढा कहता है कि अगर मैं उमेश से कल्पना की शादी करने को तैयार हो जाऊँ तो वह यह रकम मुझसे नहीं लेंगे, बल्कि वह सारे काग़ज़ जिनके आधार पर मेरे विरुद्ध अदालती कार्यवाही हो सकती है शादी हो जाने के बाद मुझे वापस कर दिये जायेंगे।’’

यह सुन कर अमित उत्तेजित हो उठा। कहने लगा, ‘‘मुझे नहीं मालूम था कि वे लोग इतने नीच हैं।’’

‘‘लेकिन बेटा, केवल क्रोध में आने से कुछ नहीं बनेगा।’’

‘‘तो फिर इसका उपाय क्या है?’’

‘‘क्या अभी तक उपाय तुम्हारी समझ में नहीं आया?’’

अमित ने पूछा, ‘‘आप यह कहना चाहते हैं कि या तो उन लोगों को चालीस हजार रुपये वापस कर दिये जायँ या...’’

‘‘तुम ठीक समझे। सच पूछो तो मेरे पास इस रकम का दसवाँ हिस्सा भी नहीं है। यह मेरा सीधापन था जिसके कारण इनके झाँसों में आकर मैंने वह कारोबार शुरू कर दिया और उसी में अपनी बेटी की शादी के लिए जमा की हुई रकम भी बह गयी। ख़ैर! मैं इस पर भी सब्र कर लेता, और शायद बिना रुपये के कल्पना की शादी भी हो जाती, लेकिन उनकी धमकी का मेरे पास कोई उपाय नहीं है।’’

अमित ने उन्हें तसल्ली देने के लिए कहा, ‘‘आप ज़्यादा परेशान न हों, मुमकिन है कि कोई उपाय निकल ही आये।’’

"अब तो भगवान् का ही आसरा है। उन्होंने उमेश और कल्पना को शादी की जो शर्त रखी है, वही मेरे मन में बुरी तरह चुभ रही है। जो लोग मन के इतने गन्दे हों, भला मैं उनको अपनी बेटी क्यों कर दे सकता हूँ?"

थोड़ी देर के लिए मौन छा गया। वे दोनों चुपचाप अपने-अपने प्याले की चाय की चुस्कियाँ लेते रहे। यहाँ तक कि प्याले खाली हो गये ।

पिता जी खोये-खोये अन्दाज़ में कहने लगे, "कल्पना भी उमेश को पसन्द नहीं करती। जहाँ तक मुझे मालूम हुआ है वह लड़का भी चरित्रहीन है।"

यूँ तो अमित भी बुरी तरह परेशान हो उठा था, "लेकिन वह यह नहीं चाहता था कि कल्पना के पिता जी इतने निराश हो जायें कि चड्ढा का यह सुझाव स्वीकार कर लें। अतः कुर्सी से उठ कर खड़े होते हुए अमित बोला, अब मुझे जाने की आज्ञा दीजिये। लेकिन जाने से पहले मैं यह ज़रूर कहना चाहूँगा कि आप इस बात की चिन्ता बिलकुल छोड़ दीजिये। भगवान् ने चाहा तो कोई-न-कोई उपाय निकल ही आयेगा।"

नमस्ते करके अमित बरामदे से नीचे उतरा। चन्द क़दम चलकर पुराना फाटकनुमा दरवाज़ा खोला और बाहर निकल आया।

जब मकान काफ़ी पीछे रह गया तो एकाएक ही उसने देखा कि आगे सड़क के किनारे कल्पना खड़ी उसका इन्तज़ार कर रही थी। उसे आश्चर्य नहीं हुआ क्योंकि वह जानता था कि कल्पना उसे ज़रूर मिलेगी। उसका उतरा हुआ चेहरा देख कर कल्पना भी व्याकुल हो उठी। जल्दी से आगे बढ़कर पूछा, "कहो अमित, कुछ पता चला?"

"हाँ।"

"पिता जी ठीक तरह से बोले?"

"वह बहुत अच्छे इन्सान हैं, और मुझसे तो बहुत ही प्रेम से मिले।"

"उन्होंने सारी बात बता दी?"

"हाँ, बता दी।"

"तो क्या वह सब मुझे नहीं बताओगे?"

अमित ने ठण्डी साँस भर कर उत्तर दिया, "क्यों नहीं..."

इसके बाद उसने कल्पना को सब-कुछ बता दिया।

कल्पना बड़े गम्भीर स्वर में बोली, "यह तो बड़ी टेढ़ी समस्या है।"

"हाँ।"

"तुम्हें कोई उपाय भी सूझा इसका?"

"अभी तक तो कुछ नहीं सूझा।"

"मैं सोचती हूँ कि इसका उपाय कुछ हो भी नहीं सकता। न जाने मेरे भाग्य में क्या लिखा है!"

"दुनिया में कोई ऐसी समस्या नहीं है जिसका समाधान न हो। मुझे इस सिलसिले में रूना से मशविरा लेना होगा। अगर रूना ने उचित समझा तो राकेश जी से भी मशविरा लिया जायेगा। सम्भव है कि उन दोनों में से किसी को कोई उपाय सूझ जाये।"

वे दोनों बस-अड्डे तक चुपचाप चलते गये। वे अपने-अपने विचारों में खोये हुए थे और अपने-अपने ढंग से सोच रहे थे।

इत्तफ़ाक़ से अड्डे पर शिमले जानेवाली एक बस तैयार खड़ी थी। कल्पना बोली, "अब देर करना ठीक नहीं। तुम लपककर बस में सवार हो जाओ।"

"बहुत अच्छा कल्पना, अब मैं चलता हूँ। तुम चिन्ता मत करना। कोई-न-कोई उपाय निकल ही आयेगा।"

यह कह कर वह बस की ओर लपका। ज्यों ही उसने पाँव ऊपर रखा, बस चलनी शुरू हो गयी।

जब तक बस आँखों से ओझल नहीं हो गयी तब तक कल्पना खड़ी हाथ हिलाती रही। जब बस नज़रों से ग़ायब हो गयी तो उसका चेहरा उतर गया। वह घर लौट पड़ी।

अमित के शब्द अब भी उसके कानों में गूँज रहे थे। वह जानती थी कि इस उलझी हुई समस्या का कोई हल हो ही नहीं सकता था। अमित ने जो कुछ भी उससे कहा था वह केवल उसे ढाढ़स बँधाने के लिए कहा था। चालीस हजार की रकम बहुत बड़ी रकम होती है। भला अमित इतनी बड़ी रकम का प्रबन्ध कहाँ से कर सकता था!

धीरे-धीरे वह अपने आपको इस मुसीबत के लिए तैयार करने लगी। जब तक उसे उस बात का ज्ञान नहीं हुआ था कि वास्तव में समस्या क्या थी, तब तक मन में आशा की एक किरण दमकती रही। अब जबकि उसे पता चल चुका था कि समस्या असल में कितनी जटिल है, तो वह बिलकुल ही निराश हो गयी। वह सोचने लगी कि अमित को पाने का विचार तक उसे मन से निकाल देना चाहिए। उसे पिता जी को मुक़द्दमेबाजी की मुसीबत से बचाने के लिए उमेश से शादी करनी ही पड़ेगी।

उधर अमित अपने विचारों में इतना ज़्यादा डूबा रहा कि उसे यूँ लगा जैसे घण्टों का सफ़र मिनटों में ख़त्म हो गया है। शिमले के अड्डे पर बस से उतरा तो उसके क़दम डगमगा रहे थे। जिस समस्या का अब उसे सामना करना पड़ रहा था, वह पहले कभी उसकी कल्पना में भी नहीं आयी थी। आज जीवन में पहली बार उसे रुपये के महत्त्व का आभास हो रहा था। आज उसकी प्रेमिका और ख़ुद उसमें केवल चालीस हजार रुपये का फ़ासला था। किसी धनी के लिए चालीस हजार रुपये की रकम शायद कुछ भी हैसियत नहीं रखती थी। मगर ख़ुद उसके लिए यह रकम ऐसे महासागर की तरह थी जिसे वह किसी तरह भी पार करके कल्पना तक नहीं पहुँच सकता था, जिसके बग़ैर ज़िन्दा रहना उसके लिए असम्भव था।

बस के अड्डे से वह राकेश के जाखूवाले मकान की ओर चल दिया। वहाँ पहुँचने के लिए माल रोड तथा रिज से गुज़रना अनिवार्य था। ये दोनों जगहें ऐसी थीं कि जहाँ शिमले का हर शौकीन व्यक्ति निश्चय ही मिल जाता था। चुनाँचे जब वह माल रोड पर बनी लाजपत राय की मूर्ति के निकट पहुँचा तो एकाएक ही उमेश और उसकी बहन शीला उसे वहाँ दिखायी दिये। उसका मन चाहा कि वह आँख बचाकर निकल जाये, लेकिन उन्होंने आगे बढ़ कर उसे दबोच ही लिया।

एक-दूसरे से नमस्ते हो चुकी तो उन दोनों ने राय दी कि किसी रेस्टोरेण्ट में बैठ कर गप-शप उड़ायी जाय। लेकिन अमित ने पीछा छुड़ाने के लिए बहाना बनाया "क्षमा कीजिये, इस समय मैं बहुत थका हुआ हूँ। मैं घर पहुँच कर आराम करना चाहता हूँ।"

शीला ने बड़ी उत्सुकता से पूछा, "आख़िर आप थक क्यों गये?"

"दरअसल मैं अभी बस से उतर कर इधर चला आ रहा हूँ।"

"तो गोया आप शिमले से कहीं बाहर गये थे?"

"हाँ!"

अब उमेश ने पूछा, "क्या आप सोलन गये थे?"

इस पर अमित एकदम चौंक उठा, लेकिन सँभलकर बोला, "आपसे किसने कह दिया कि मैं सोलन गया था?"

"कहा तो किसी ने नहीं, मैंने ख़ुद ही अनुमान लगाया कि शायद आप वहीं गये हों। आख़िर वह भी तो घूमने के लिए अच्छी जगह है।"

"सोलन तो मैंने आज तक देखा भी नहीं। कल एक काम से मैं चण्डीगढ़ गया था। आज लौट आया।"

अब शीला बोली, "चलिये भी न हमारे साथ। थोड़ी देर बैठकर गप हाँकेंगे। इतनी ख़ुशामद भगवान् की की जाये तो वह भी कहना मान जाये।"

विवश होकर अमित को उसके हाथ हो जाना पड़ा।

रेस्टोरेण्ट में उमेश अमित के बिलकुल सामनेवाली कुर्सी पर बैठ गया, लेकिन शीला उसके बायें मेज़ से कुर्सी सटाकर बैठ गयी।

यूँ तो उनकी बातचीत इधर-उधर की बातों की सीमा तक ही रही, लेकिन वास्तव में भाई-बहन दोनों उसके मन को कुरेदने के लिए कुछ नये प्रश्न भी उठाते रहे। उन प्रश्नों से अमित ने अनुमान लगाया कि वह बातों-ही-बातों में कल्पना और उसके घर-वालों के विषय में जानकारी प्राप्त करना चाहते थे। मगर अमित भी काफ़ी सावधान था। वह हर बार उन्हें बड़ी सफ़ाई से गच्चा दे जाता।

एक नयी बात जो अमित ने देखी वह यह थी कि शीला भाई की नज़र बचा कर मेज़ के नीचे से हाथ बढ़ाती और उसकी टाँग की चुटकी ले लेती। यह हरकत करने के बाद उसकी आँखों से शरारत झाँकने लगती।

पन्द्रह-बीस मिनट बाद अमित ने शीला से कहा, "अब तो मुझे जाने की इजाज़त दे ही दीजिये। सफ़र के कारण थक गया हूँ। रातभर आराम से सो लूँगा तो कल सुबह तक ताजादम हो जाऊँगा।"

शीला ने कहा, "आपको इस शर्त पर यहाँ से जाने की इजाज़त मिल सकती है कि अगर आप वचन दें कि कल आपसे फिर मुलाक़ात होगी।"

यह कहते-कहते शीला ने फिर चुपके से उसकी रान में चुटकी भरी।

आख़िर अमित ने शीला को वचन दे दिया कि कल सन्ध्या को वह इसी समय उससे मिलेगा।

जब वह उठकर चला गया तो उमेश बोला, "कल तुम अकेली ही इससे मुलाक़ात करना। मेरे विषय में पूछे तो कह देना कि मुझे किसी और मित्र के साथ जाना पड़ गया।"

भाई का यह सुझाव शीला ने फ़ौरन ही स्वीकार कर लिया, क्योंकि अमित से अकेले में बात करना उसे भी अच्छा लगता था।

जब अमित घर पर पहुँचा तो पता चला कि राकेश वहाँ मौज़ूद नहीं था। उसे आशा ने चुपके से बताया कि आजकल भैया अपना अधिकतर समय घरवालों से अलग अपनी कॉटेज में गुज़ारते हैं, क्योंकि वहाँ वह रूना से बिना खटके गप-शप हाँक सकते हैं।

आशा का खिला हुआ चेहरा देख कर अमित को भी मज़ाक सूझा, बोला, "सिर्फ़ गप-शप ही हाँकते हैं न?"

आशा की आँखों में चंचलता की चमक दिखायी दी, कहने लगी, "यह तो आप भैया लोग जानें, हम घर की चारदीवारी में बैठनेवाली बहनें क्या जानें।"

आशा की उम्र ही बेफिक्री की थी। बात-बात में हँसी, बात-बात में शरारत, बात-बात में चुहल, जो कोई उसके साथ बैठता, उसकी भी वही हालत हो जाती। ख़ुद अमित उसकी उपस्थिति में अपने दुःख को थोड़ी देर के लिए भूल जाता था।

जब घर के लोग भोजन करने के लिए बैठे तो उस समय तक राकेश नहीं लौटा था। अमित को दिन भर की थकान लगी थी। वह जल्दी से बिस्तर पर लेट जाना चाहता था। वह विश्वास से नहीं कह सकता था कि उसे नींद आयेगी भी या नहीं। अतः खाना-खाकर वह सीधे अपने कमरे में चला गया और रात के कपड़े पहन कर बिस्तर पर लेट गया। उसने बत्ती बुझा दी, ताकि राकेश घर लौटे तो उसके पास ही न चला आये। रात के अँधेरे में वह छत पर नज़रें गड़ाये हुए था, जहाँ बाहर की चाँदनी का धीमा-धीमा प्रकाश फैला हुआ था। थोड़ी देर हँस-बोल लेने के बाद अब वह फिर अपनी दुनिया में डूब गया।

दिन भर की घटनाएँ फ़िल्म के दृश्यों की तरह उसके दिमाग़ में आती रहीं। एकाएक उसे शीला का ख़्याल आया कि कैसे मेज़ के नीचे हाथ डाल कर वह अपने लम्बे नुकीले नाखूनोवाली उँगलियों से उसकी रानों पर चुटकियाँ लेती रही थी। आख़िर इस छेड़छाड़ का मतलब क्या था? क्या वह किसी गढ़ी-गढ़ायी योजना के अन्तर्गत ऐसी हरकत करती रही, या सच्चे दिल से उसे चाहने लगी थी! अगर शीला को उससे प्रेम हो गया था तो क्या इस प्रेम का कोई लाभ उठाया जा सकता था? क्या यह सम्भव था कि मुहब्बत का जवाब मुहब्बत से देकर वह उससे कहे कि वह अपने भाई उमेश को कल्पना के पिता पर मुक़द्दमा चलाने से रोक दे।

मगर इससे होगा क्या? अव्वल तो यह असम्भव था कि शीला उसके काबू में आ सके, क्योंकि सम्भवतः वह भाई-बहन एक प्रकार का अभिनय ही कर रहे थे। यदि शीला सचमुच ही उसके प्रेम के बन्धन में फँस जाये तो यह ज़रूरी नहीं था कि वह अपने घरवालों को मुक़द्दमा चलाने से रोक सके। अगर यह असम्भव बात भी सम्भव हो जाये तो भी उसे कल्पना नहीं मिल सकेगी, क्योंकि फिर शीला उस पर अपना हक़ जमा बैठेगी। बाद में अगर उसने शीला के चंगुल से निकलकर कल्पना को प्राप्त करने की कोशिश की तो चड्ढा लोग फिर वह पुरानी धमकी दे सकते थे।

इन्हीं विचारों में डूबा हुआ न जाने वह कब सो गया।

दूसरे दिन नाश्ते के मौक़े पर राकेश से मुलाक़ात हुई। राकेश ने बताया कि रूना अपनी किसी सहेली के साथ कसौली चली गयी थी। उसने सुन रखा था कि कसौली के प्राकृतिक दृश्य बहुत मनोहर थे, अतः वह इसीलिए वहाँ गयी थी। सन्ध्या तक या कल तक उसके लौट आने की सम्भावना थी।

वह सारा दिन राकेश के साथ कुछ कारोबारी हिसाब-किताब करने में गुज़र गया।

सन्ध्या के समय उसने शीला से भी मुलाक़ात की। वह अकेली ही आयी थी, और उसने बताया कि भैया किसी मित्र से मिलने गये हैं। इस बार भी शीला उससे कुछ छेड़छाड़ करती रही। अमित भी हँसता-बोलता रहा ताकि शीला यह न समझे कि वह उससे उदासीन रहता है। जब वह शीला से विदा होने लगा तो फिर अगले दिन मिलने का वायदा हुआ। अमित ने महसूस किया कि शीला सचमुच ही उस पर डोरे डालने की कोशिश कर रही थी।

उस रात भी राकेश खाने के समय घर नहीं पहुँचा। जब अमित सुबह जागा तो उसे पता चला कि राकेश पिछली रात दो बजे घर आया था और शायद अब वह नौ-दस बजे तक सोया ही रहे।

अमित का मन बुरी तरह ऊबा हुआ था। वह चाय का प्याला पीकर टहलने के लिए बाहर निकल गया। लगभग डेढ़ घण्टे तक पहाड़ों में घूमता रहा। वह रूना से मिल कर उसे सब-कुछ बताना चाहता था। मगर अभी तक उससे मुलाक़ात ही नहीं हो पायी थी।

इतने में उसे ख़्याल आया कि क्यों न वह राकेश की कॉटेज का चक्कर लगाये। उसे यह मालूम था कि कभी-कभी रूना ज़रूरत पड़ने पर रात वहाँ भी काट लेती थी। लेकिन इसका यह मतलब नहीं था कि राकेश और वह इकट्ठे भी कभी रात काटते थे। राकेश ने रूना को केवल कॉटेज की दूसरी चाबी दे रखी थी ताकि जब उसका जी चाहे वह कॉटेज में चली जाये।

यह ख़्याल आते ही वह कॉटेज की तरफ़ चल दिया। जब वह वहाँ पहुँचा तो दूर ही से कॉटेज का दरवाज़ा और खिड़कियाँ खुली नज़र आयीं। राकेश के वहाँ पहुँचने की कोई सम्भावना नहीं थी, क्योंकि उसे तो वह घर पर सोता छोड़ आया था। इसलिए ज़्यादा आशा इसी बात की थी कि रात किसी समय रूना ही वहाँ पहुँची होगी।

जब वह कॉटेज के दरवाज़े पर था तो भीतर से रूना की आवाज़ सुनायी दी, "हलो हैण्डसम!"

उसने भीतर क़दम रखा। वाक़ई रूना वहाँ अकेली ही थी। वह बोली, "माफ़ करना अमित, मैं एक सहेली के साथ कसौली चली गयी थी। लेकिन मैं तुम्हारी बात सुनने के लिए बहुत उत्सुक हूँ।"

अमित बेबाज़ू की एक कुर्सी पर बैठ गया और संक्षेप में सब-कुछ बता देने के बाद कहा, "अब मैं यह महसूस करने लगा हूँ कि हम दोनों के बीच में बड़ी रकम की जो खाई उत्पन्न हो गयी है उसे मैं कभी पार नहीं कर पाऊँगा, और न कभी कल्पना को अपना बना सकूँगा।"

उस समय रूना स्टोव पर कॉफी तैयार कर रही थी। उसके बाल खुले हुए थे। अभी तक सोने का लिबास पहने हुए थी। अमित के स्वर में गहरी पीड़ा का आभास हुआ तो वह अपना काम छोड़ कर उसके निकट चली आयी और दोनों हाथ उसके कन्धों पर रखते हुए बोली, "निराश क्यों होते हो! भगवान् पर भरोसा रखना चाहिए यार! अब हम मिल-जुल कर इन चड्ढा लोगों की शरारत को रोकने की कोशिश करेंगे।"

रूना ने अपनी आदत के अनुसार बेतकल्लुफ़ी से अमित के बाज़ू अपनी कमर में डाल लिये और अपने बाज़ू उसकी गर्दन पर लपेट लिये—इतने में ही खुले दरवाज़े पर राकेश खड़ा दिखायी दिया।

●

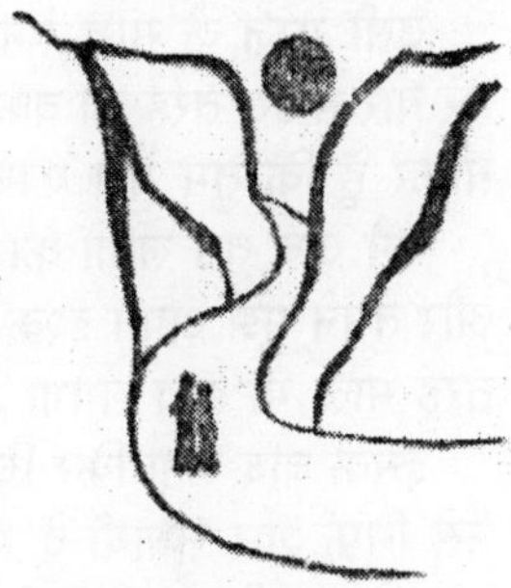

अपने सामनेवाला यह दृश्य राकेश के लिए बड़ा अनोखा था। वह सुन्न-सा खड़ा था। लगता था कि जैसे उसकी समझ में नहीं आया कि भीतर क़दम रखे या बाहर-बाहर से ही लौट जाये।

अमित ने उसकी हालत देखी और अपने दोनों हाथ रूना की कमर से हटा लिये, मगर रूना ने उसके गले में पड़ी हुई अपनी बाँहों को हटाने की कोशिश नहीं की। आख़िर अमित ने ख़ुद ही बड़ी नर्मी से उसकी दोनों कलाइयाँ पकड़कर सहज से उसके बाज़ुओं को अपने कन्धों से नीचे उतार दिया।

अचानक ही कमरे में एक भयानक ख़ामोशी छा गयी जिसे सबसे पहले रूना ने तोड़ा और दरवाज़े की तरफ़ देखते हुए बोली, "राकेश! तुम दरवाज़े में खूँटे की तरह क्यों खड़े हो! चले आओ न!"

पल-दो-पल राकेश ज्यों-का-त्यों खड़ा रहा, फिर वह नपे-तुले क़दमों से आगे बढ़ा। उसने रूना की ओर ध्यान नहीं दिया और अमित के बिलकुल सामने जाकर मानों अपने गुस्से, निराशा और घृणा को दबाते हुए धीमे और सपाट स्वर में कहा, "तुम यहाँ से निकल जाओ! फिर कभी लौटकर न आना!"

अमित का चेहरा कानों तक लाल हो गया। उसे इस बात की उम्मीद नहीं थी कि राकेश उसे सफ़ाई का मौक़ा दिये बग़ैर उससे इस प्रकार का व्यवहार करेगा। चुनाँचे उसने भी कुछ कहना उचित नहीं समझा और वह खुले दरवाज़े की तरफ़ चल दिया।

राकेश ने पीछे से आवाज़ देकर कहा, "तुम अपना इस्तीफ़ा जल्द-से-जल्द भेज सकते हो। जो रुपया तुम्हारे हिसाब में निकलता है वह तुम्हें शीघ्र ही भिजा दिया जायेगा।"

अमित को इतना गुस्सा आ रहा था कि वह और भी तेज़ी से चल निकला। दरवाज़े से निकल कर शायद चार-पाँच क़दम ही बढ़ा होगा कि उसके कानों में राकेश के गरज़ने की आवाज़ सुनायी दी, "तुम! मैंने स्वप्न में भी नहीं सोचा था कि तुम एक चरित्रहीन और बाज़ारी औरत हो..."

उसी गरज़ के साथ रूना की आवाज़ सुनायी दी, "राकेश! मुँह सँभाल कर बोलो मेरे बारे में इस तरह की बकवास करने का तुम्हारा कोई अधिकार नहीं है। न मैं तुम्हारी नौकर हूँ कि तुम मुझे कान पकड़ कर बाहर निकाल दोगे।"

"मैं अब तुम लोगों की साज़िश समझा। तुम्हारे प्रेमी ने मेरे यहाँ नौकरी कर ली, और तुमने मुझे अपने इश्क़ के जाल में फँसा लिया। तुम लोगों ने सोचा होगा कि इस तरह माल भी हाथ लगेगा और तुम लोग रंगरेलियाँ भी मनाओगे।"

इसके बाद रूना फिर चिल्लायी। लेकिन अब अमित इतनी दूर पहुँच चुका था कि उसे सिर्फ़ शोर सुनायी दे रहा था, लेकिन कोई शब्द समझ में नहीं आ रहा था।

उसे उनकी लड़ाई-झगड़े की बातें सुनने में कोई दिलचस्पी भी नहीं थी। वह अपनी धुन में चलता ही गया। आधा पागल-सा वह न जाने कितनी देर तक शिमले की सड़कें नापता रहा।

आख़िर एक जगह वह रुक गया। देखा कि वह कॉफी हाउस के सामने खड़ा था। उसने कलाई से बँधी घड़ी पर नज़र डाली तो ग्यारह बज कर पैंतीस मिनट हो चुके थे। उसने सोचा कि पहले तो उसे एक प्याला गर्म-गर्म कॉफी का पीना चाहिए।

कॉफी हाउस में पहुँच कर वह एक अलग-अलग मेज़ के निकट बैठ गया। कॉफी के साथ एक प्लेट सैण्डविच का आर्डर भी दे दिया।

खा-पीकर वह ताजादम हो गया। राकेश के जाखूवाले मकान में उसका कोई ख़ास सामान तो था नहीं, केवल एक ब्रीफकेस पड़ा था और कुछ छोटे-मोटे कपड़े भी थे। वह इन चीज़ों को वहाँ से ला सकता था, लेकिन उसने वहाँ जाना उचित नहीं समझा। सोचा कि राकेश ख़ुद ही यह सब-कुछ अपने नौकर के हाथ उसकी बहन के घर पहुँचा देगा।

कॉफी हाउस से निकलकर वह बहन के घर पहुँच गया। उस समय घर में न जीजा जी थे, न बच्चे। केवल बहन थी। कुछ देर वह बहन से इधर-उधर की बातें करता रहा, फिर पूछा, "मैंने अपना एक ब्रीफकेस और कुछ कपड़े यहाँ भिजवाये थे। अभी तक पहुँचे कि नहीं?"

"नहीं, पहुँचे तो नहीं।"

"कोई बात नहीं। मैंने नौकर से कह दिया था। फ़ुर्सत पाने पर वह उस सामान को यहाँ छोड़ जायेगा।"

एकाएक ही बहन चौंकी और बोली, "अरे हाँ! आज ही की डाक से तुम्हारे नाम एक लिफ़ाफ़ा आया था।"

"कहाँ है?"

"मैंने मेज़ की दराज में रख दिया था। अभी लाती हूँ।"

बहन से लेकर राकेश ने वह लिफ़ाफ़ा खोला तो सबसे पहले उसने लिखनेवाले का नाम पढ़ा—कल्पना।

पत्र ज़्यादा लम्बा नहीं था। लिखा था :

प्यारे अमित,

इस पत्र द्वारा मैं तुम्हें सूचित करना चाहती हूँ कि मैंने उमेश से शादी करने का निश्चय कर लिया है। काफ़ी सोच-विचार के बाद मैं इस निर्णय पर पहुँची हूँ। विश्वास करो कि अगर कोई और स्थिति होती तो तुम्हें खोकर मैं आत्म-हत्या कर लेती। लेकिन अगर इस स्थिति में मैंने आत्म-हत्या की तो मिस्टर चड्ढा मेरे पिता जी पर ग़बन और चार-सौ बीस का मुक़द्दमा चलाये बिना नहीं रहेंगे। इसीलिए मैंने फ़ैसला किया है कि तुम्हें खोकर मैं अब अपने आपको भी खो दूँगी।

बुरा न मानना।

अभागिन<br>कल्पना

पत्र पढ़कर उसने उसे बहुत ही धीरे से तह करके जेब में रख लिया और ख़ुद खुली खिड़की के सामने जा खड़ा हुआ।

बहुत देर तक वह पहाड़ों की घाटी में उड़ती हुई चीलों को चुपचाप देखता रहा। उसकी नौकरी छूट चुकी थी, और जिससे उसे मुहब्बत थी उसने भी अपने दरवाज़े हमेशा के लिए बन्द कर दिये थे। अब संसार में उसके लिए क्या रह गया था, सिवाय इसके कि वह कहीं दूर छोटे-मोटे नगर में गुमनामी में अपना जीवन व्यतीत कर दे।

सन्ध्या होने तक उसने फ़ैसला कर लिया कि अब वह इस दुनिया से कोई सम्बन्ध नहीं रखेगा और माँ-बाप सहित सारे रिश्तेदारों को छोड़ देगा। दुनियादारी से अपना नाता ही तोड़ लेगा।

इसी दौरान राकेश का नौकर घर से उसका ब्रीफकेस और छोटे-मोटे कपड़े पहुँचाने आ गया। उसने यह सन्देश भी दिया, "साहब ने कहा है कि कल सुबह ड्राइवर जीप लेकर फार्म को जा रहा है, आप उसके साथ जाकर कॉटेज से अपना सामान हटा लो।"

रात वह बिस्तर पर लेटा तो उसने महसूस किया कि उसके मन पर अजीब प्रकार का वैराग-सा छा गया था। वह संसार की हर चीज़, हर रिश्ते से उदासीन हो चुका था। मन की हलचल और व्याकुलता बहुत कुछ कम हो चुकी थी। भाग्य ने अपना फ़ैसला सुना दिया था। आत्म-हत्या को कायरता समझ कर वह इसका सहारा लेने को तैयार नहीं था, लेकिन अगले दिन से उसका जीवन एक ऐसे व्यक्ति का जीवन होगा जो संसार के लिए मर चुका था और जिसे इस दुनिया से कुछ लेना-देना नहीं था।

दूसरे दिन उसने हलका नाश्ता किया और अपना ब्रीफकेस लेकर घर से निकल पड़ा। वह जानता था कि फार्म को जानेवाली जीप किस जगह से चलेगी। वह किसी

से भी मिलना नहीं चाहता था। उसने अपने मन में हर किसी की याद को समाप्त करके रख दिया था। राकेश से मिलना बेकार था। रूना और कल्पना के विषय में सोचना भी व्यर्थ था। अब तो वह सबको छोड़-छाड़ कर कहीं दूर निकल जाना चाहता था।

जब वह जीप के पास पहुँचा तो ड्राइवर ने सलाम किया। वह अगली सीट पर बैठ गया, लेकिन उसने ड्राइवर को जीप चलाने का इशारा किया। उसके दिमाग़ पर इतना बोझ था कि उसे जीप चलाने से डर लग रहा था कि कहीं कोई दुर्घटना न हो जाये।

''फार्म तक का सफ़र ख़ामोशी में कट गया। न उसने ड्राइवर से कोई बात की और न ड्राइवर को कुछ बोलने का साहस हो सका।''

फार्म पर पहुँचा तो सुन्दरलाल ने उसका स्वागत किया। लगता था कि राकेश ने किसी और को अभी तक इस बात का पता नहीं लगने दिया कि वह नौकरी से अलग कर दिया गया था। इसीलिए किसी के व्यवहार में कोई भी परिवर्तन नहीं आया था। सुन्दरलाल ने भोजन के लिए कहा तो वह बोला, ''मैं खाना तो ज़रूर खाऊँगा लेकिन मैं आज ही मास्टर चमनलाल के पास पहुँच जाना चाहता हूँ। मैं अपने कपड़े और बिस्तर आदि भी अपने साथ ही ले जाऊँगा।''

सुन्दरलाल की समझ में नहीं आया कि वह फार्म में रहकर अपना काम सँभालने की बजाय चमनलाल के पास क्यों जाना चाहता था। उसने ज़रा झिझकते हुए पूछा, ''क्या मास्टर जी के पास कुछ दिन टिकने का प्रोग्राम है?''

''जी हाँ।''

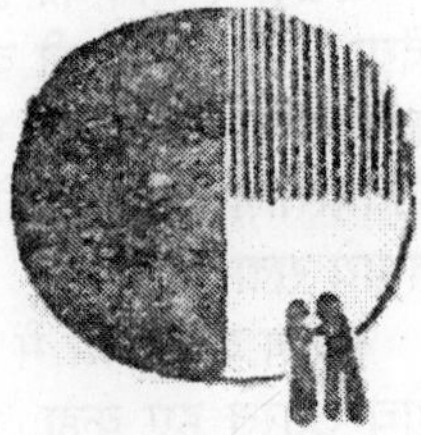

ऊपरवाली घटना के तीन दिन बाद भी राकेश ने अमित को उसके हिसाब का रुपया नहीं भेजा। वह केवल इतना जानता था कि अमित सुन्दरलालवाले फार्म पर जा चुका था।

तीसरे दिन उसने भी उसी फार्म पर जाने का प्रोग्राम बनाया। जब वह जीप पर सवार होकर जाने लगा तो नौकर ने उसे एक बन्द लिफ़ाफ़ा लाकर दिया। उस लिफ़ाफ़े में से काग़ज़ निकाल कर खोला तो एक ही नज़र में उसे पता चल गया कि वह अमित का इस्तीफ़ा था। उसने इस्तीफ़ेवाला काग़ज़ जेब में डाल लिया और जीप का इंजन चालू कर दिया। उस समय वह जीप में अकेला ही था। ड्राइवर अपने किसी काम से कुछ दिनों की छुट्टी लेकर चला गया था। यूँ भी राकेश जीप को ख़ुद चलाया करता था।

कुछ दिन पहले की घटना के कारण राकेश का मन भी बोझिल हो रहा था। उस रोज़ पहले उसने अमित को कमरे में से निकल जाने को कहा, और फिर रूना को भी फटकार कर निकाल दिया। लेकिन अब वह सोच रहा था कि कहीं उसने जल्दबाज़ी से तो काम नहीं लिया। हक़ीक़त यह थी कि न उसने अमित को बात करने दी और न रूना को कुछ कहने का मौक़ा दिया।

वह इन्हीं विचारों में डूबा हुआ था और जीप ऊबड़-खाबड़ सड़क पर चली जा रही थी। वह शिमले से अभी थोड़ी ही दूर आया था। अचानक ही उसने देखा कि आगे सड़क के बीचोबीच चार-पाँच बड़े पत्थर रखे हुए थे जिनके कारण रास्ता रुक गया था। चौंककर उसने जोर से ब्रेक लगायी और जीप रुक गयी। वह नीचे उतरा, इधर-उधर नज़र दौड़ायी, लेकिन समझ में नहीं आया कि वे पत्थर किसने वहाँ रखे।

शायद यह किसी की शरारत थी। यह सोच कर उसने वे पत्थर सड़क से हटा दिये। जब वह फिर जीप की ओर बढ़ा तो देखा कि अचानक ही एक पेड़ की ओट से रूना

बाहर निकल आयी। उसने जीन्स और जैकेट पहन रखी थी और उसके हाथ में एक छोटा-सा पिस्तौल था और जिसे वह उस पर ताने हुए थी।

यह दृश्य देख कर राकेश हक्का-बक्का रह गया। रूना की शक्ल बड़ी गम्भीर थी। वह सपाट स्वर में बोली, "जीप को एक किनारे पर लगा दो। भागने की कोशिश न करना। मैं गोली मार दूँगी।"

राकेश ने जीप का इंजन चालू किया और फिर जीप को बिलकुल किनारे पर लगा दिया। फ़रार होने की कोशिश बेकार थी। कारण यह कि आगे सड़क एकदम पहाड़ के साथ दायें हाथ को मुड़ गयी थी। और दूसरा कारण यह कि रूना ने क्षण-भर को भी पिस्तौल की नली को इधर-उधर नहीं हटाया परन्तु उसका निशाना उसके सीने पर जमाये रखा।

राकेश की समझ में नहीं आ रहा था कि यह सब क्या हो रहा था। उसने जीप से नीचे उतरते हुए कहा, "यह सब क्या है? तुम कहीं पागल तो नहीं हो गयीं?"

रूना ने नागिन की तरह आँखें उसके चेहरे पर गड़ाये रखा और फिर वैसे ही स्वर में कहा, "अभी तक तो पागल नहीं हुई, लेकिन हो सकती हूँ। देखो! झपट्टा मारकर मुझसे पिस्तौल छीनने की कोशिश मत करो। अगर तुमने ऐसा किया तो मैं फ़ौरन गोली चला दूँगी।"

राकेश छह-सात क़दम के फ़ासले पर चुपचाप खड़ा रहा। वह सोचने लगा कि क्या सचमुच रूना और अमित दोनों ने उसके विरुद्ध कोई साज़िश कर रखी थी? आख़िर वे उससे चाहते क्या थे?

रूना ने कहना शुरू किया, "उस रोज़ तुमने बड़ी कठोरता से और बहुत ही असभ्य ढंग से अमित को कमरे से बाहर निकल जाने को कह दिया। बाद में मुझे जली-कटी बातें सुना दीं और मैं भी वहाँ से चली आयी।"

"हाँ, मुझे इस पर ख़ेद है। मुझे ऐसा नहीं करना चाहिए था। दरअसल क्रोध के कारण मैं आपे से बाहर हो गया था। उसके लिए मैं तुमसे माफ़ी माँगता हूँ, और जब अमित से भेंट होगी तो मैं उससे भी क्षमा याचना कर लूँगा। लेकिन रूना, क्या यह सम्भव नहीं है कि हम बीती बातों को भुला दें। अमित मेरे यहाँ नौकरी करने के लिए आया था। जब तक निभ सकी हमने निभा दी। वह जब चाहता मेरी नौकरी छोड़ सकता था, और जब चाहता मैं उसे नौकरी से निकाल सकता था। उसने मेरे ही कहने से इस्तीफ़ा भेज दिया। चलो छुट्टी हुई। अब रही तुम्हारी-मेरी बात, सो हमारी भेंट इत्तफ़ाक़ से हो गयी थी। कुछ अर्से तक हम दोनों की ख़ूब निभी। बाद में मतभेद हो गया। हमारे रास्ते फिर अलग-अलग हो गये। तुम अपनी जगह ख़ुश रहो, मैं अपनी जगह ख़ुश हूँ। मेरा विचार है कि इसमें तुम्हें भी कोई आपत्ति नहीं होनी चाहिए।"

"लेकिन मुझे आपत्ति है।"

"क्यों?"

"इसलिए कि मेरी-तुम्हारी मुलाक़ात इत्तफ़ाक़ से नहीं हुई थी।"

राकेश ने मन-ही-मन कहा तो गोया मेरा सन्देह ठीक निकला। यह भेंट इत्तफ़ाक़ से नहीं हुई थी, बल्कि एक साज़िश के अन्तर्गत की गयी थी। तब वह ऊँचे स्वर में बोला, ''क्या मैं जान सकता हूँ कि हम दोनों की मुलाक़ात का रहस्य क्या था?''

''रहस्य केवल इतना था कि मुझे मुहब्बत थी।''

''तो उस दिन जिस अन्दाज़ में मैंने अमित को और तुमको देखा वह क्या था? यही नहीं, अब जो तुम मुझ पर पिस्तौल ताने खड़ी हो, शायद यह भी तुम्हारे प्रेम का ही नतीजा है?''

''तुम्हारी इन दोनों अपत्तियों तथा दूसरे प्रश्नों के उत्तर मैं दे सकती हूँ। मुश्किल यह है कि तुम्हारे भीतर इतना सब्र नहीं है कि तुम दूसरे की बात ध्यान से सुन सको और उस पर गहराई से सोच सको।''

''ख़ैर, इस समय तो मुझे तुम्हारी बात ग़ौर से सुननी ही पड़ेगी तथा उस पर गहराई से विचार भी करना पड़ेगा, वरना तुम गोली से मेरा भेजा उड़ा दोगी।''

''तुम्हारी ये बातें बिलकुल बेतुकी हैं, मगर इस समय मैं इनका जवाब देना नहीं चाहती। तुम सिर्फ़ मेरा बयान ग़ौर से सुनो।''

''कहो।''

कुछ अर्सा पहले अमित को एक लड़की से प्रेम हो गया। मुहब्बत का जवाब मुहब्बत में देने के बाद वह लड़की ग़ायब हो गयी। अमित इतना परेशान हुआ कि वह अपने शहर गाजियाबाद से गंगटोक में अपने पुराने मित्र राहुल के पास पहुँच गया। अमित इश्क़ के चंगुल में तो फँसा ही था और फिर बेरोज़गार भी था। उसके माँ-बाप घर का ख़र्चा पूरा नहीं कर पा रहे थे। वहीं पर क़रीब चौबीस घण्टों के लिए हम दोनों का साथ रहा। इसी दौरान वह लड़की गंगटोक के बाज़ार में दिखायी दी, ''लेकिन उसने अमित को पहचानने से इन्कार कर दिया। इससे अमित को और अधिक झुँझलाहट और परेशानी हुई...''

इस तरह रूना ने पूरी कथा सुनाने के बाद कहा, ''अब तुम्हारी समझ में यह बात आ जानी चाहिए कि मुझसे मुलाक़ात होने से पहले ही अमित कल्पना का हो चुका था। भला मुझे ऐसे व्यक्ति से प्रेम करने का क्या फ़ायदा जो किसी और को चाहता हो। हाँ, यह ठीक है कि एक लड़की की बेवफाई के कारण जो दशा उसकी हो रही थी वह मुझसे देखी नहीं गयी। इसीलिए मुझे उससे गहरी सहानुभूति का आभास हुआ।''

राकेश उसकी बातें ध्यान से सुन रहा था।

रूना ने फिर कहना शुरू किया, ''अब तुम्हें यह पता चल गया कि अमित क्यों गंगटोक में पहुँचा, कैसे राहुल ने उसे तुम्हारे पास नौकरी के लिए भेजा, और कैसे मेरे द्वारा शशि अर्थात कल्पना का रुक्क़ा पाकर उसने यहाँ यानी शिमले आ जाने का निश्चय कर लिया। उसके अपने विषय में एक बात और बता दूँ कि शादी की दृष्टि से भी मेरा उसका कोई जोड़ नहीं। अगर मैं नये फैशन की ऊँची एड़ी के सैण्डिल पहन लूँ तो उससे भी एक-दो अंगुल लम्बी दिखायी देने लगूँगी। ख़ैर! इस बात को छोड़कर अब मैं अपने और तुम्हारे सम्बन्ध का ज़िक्र करूँगी...''

राकेश बात काटकर बोला, "सो तो मुझे मालूम है। जब मैं जीप पर जा रहा था और तुम मुझे इत्तफ़ाक़ से सड़क किनारे खड़ी दिखायी दीं..."

रूना ने हाथ उठाकर राकेश को रोकते हुए कहा, "ठहरो राकेश! मैं पहले भी कह चुकी हूँ कि मेरी तुम्हारी मुलाक़ात इत्तफ़ाक़ से नहीं हुई। अमित द्वारा राहुल से मेरा परिचय हो गया। जब अमित गंगटोक से चला आया तो उसके बाद भी राहुल से मेरा मेलजोल जारी रहा। हमारे इस मेलजोल को भी ग़लत रंग में समझने की कोशिश मत करना, क्योंकि राहुल अमित की छोटी बहन सीमा से प्यार करता है। वास्तव में वे दोनों ही एक-दूसरे को चाहते हैं और उसने मुझे बताया था कि उन दोनों की शादी में अब किसी प्रकार के अड़चन की सम्भावना नहीं है।"

राकेश ने फिर उसे बीच में ही टोकते हुए कहा, "कल्पना का नाम मैंने भी सुना है। मैं सोच रहा था कि न जाने कहाँ सुना था। अब याद आया कि मेरी माता जी ने कल्पना के विषय में बताया था कि वह बहुत ही सुन्दर लड़की है और अगर मैं उसे पसन्द कर लूँ तो हम दोनों की शादी हो सकती है।"

"तुमने ठीक ही सुना था, लेकिन अगर तुमने कल्पना से शादी की तो अमित और कल्पना दोनों पर ही बहुत बड़ा ज़ुल्म करोगे। अगर राहुल को इस बात का पता चल गया तो वह इस शादी को रोकने की पूरी कोशिश करेगा। तुम्हें किसी हद तक समझ लेने के बाद मैं यह कह सकती हूँ कि ऐसी स्थिति में कल्पना से शादी करना तुम कभी पसन्द नहीं करोगे। अपनी ओर से मैं केवल इतना कह सकती हूँ कि तुम्हारी और कल्पना की जोड़ी ठीक नहीं रहेगी। बेशक कल्पना बहुत ख़ूबसूरत है लेकिन उसका क़दम छोटा है और वह हलकी-फुलकी-सी लड़की है। तुम्हारे जैसे छह फुटे जवान के साथ चलते-फिरते वह अच्छी नहीं लगेगी। दूसरी बात यह है कि जिस सामाजिक स्तर से तुम्हारा सम्बन्ध है, उससे कल्पना बिलकुल ही वंचित है। इसलिए भी मानसिक रूप से तुम दोनों में बहुत बड़ा अन्तर है और हमेशा बना रहेगा, क्योंकि वह निम्न मध्यम वर्ग के परिवार की है। हाँ, तो मैं बता रही थी राहुल के यहाँ मेरा आना-जाना बना रहा, और उसी के घर में मैंने तुम्हारा फोटो लगा देखा। फोटो देखते ही मैं तुम पर मोहित हो गयी। राहुल की ज़बानी तुम्हारे बारे में मुझे काफ़ी जानकारी भी प्राप्त हो गयी। जैसी कि मेरी आदत है मैंने हँसी-हँसी में कहा कि अगर राकेश ने मुझे पसन्द कर लिया तो मैं उसी से शादी करूँगी। चुनाँचे अब तुम्हें पता चल गया होगा कि हमारी-तुम्हारी मुलाक़ात इत्तफ़ाक़ से नहीं हुई। मैं जान-बूझकर तुम्हारे रास्ते में खड़ी हो गयी थी। तुम यही समझे कि मैं यहाँ घूमने-फिरने आयी थी और तुम्हारी जीप में लिफ़्ट लेना चाहती थी।"

राकेश के चेहरे का रंग कुछ बेहतर हो गया और तनाव के चिह्न ग़ायब होने लगे।

रूना ने अपना बयान जारी रखते हुए कहा, "शायद क्षण-भर को तुम्हारे मन में यह ख़्याल आया हो कि मैंने तुम पर डोरे डाले और अमित ने तुम्हारी नौकरी की, और इस तरह हमने कोई साज़िश कर रखी है..."

''नहीं-नहीं, तुम्हारी सारी बातें सुनने के बाद मेरे मन से यह सन्देह दूर हो गया ''

''लेकिन मेरा बयान अभी समाप्त नहीं हुआ। बुरा न मानना, मैं यह बता देना हती हूँ कि तुम्हारी धन-सम्पत्ति का मुझे कोई लालच नहीं है। आर्थिक दृष्टि से हम नों की कोई तुलना हो ही नहीं सकती। मैं तुम्हारे जैसे किसी भी धनी व्यक्ति को स बार खरीदकर बीस बार बेच सकती हूँ। बेशक मेरे ये शब्द कड़े हैं, लेकिन मैं ले ही क्षमा माँग चुकी हूँ। ये शब्द कहने की ज़रूरत इसलिए महसूस हुई ताकि तुम हीं यह न समझ बैठो कि मैं यूँ ही गिरी-पड़ी लड़की हूँ और तुम्हारे रुपये के सहारे श उड़ाने के स्वप्न देखने लगी हूँ। मेरे पापा का चाय और जूट का धन्धा है, और मैं नकी अकेली सन्तान हूँ।''

राकेश मुस्करा दिया, बोला, ''पहले ही दिन जिस अन्दाज़ से तुमने जीप चलायी उसी से मुझे अनुमान हो गया था कि तुम आसाधारण लड़की हो।''

''जीप या कार की बात तो छोड़ो, मैं हवाई जहाज, हेलीकॉप्टर, मोटरबोट आदि बहुत छ चलाना जानती हूँ। छोड़ो इन बातों को, इस समय मैं केवल इतना ही कहना चाहती कि अमित मेरा दोस्त है, मेरा मुँह बोला भाई है। तुमसे मैं मुहब्बत करती हूँ, और ादी करूँगी तो केवल तुमसे। यह पिस्तौल जो तुम मेरे हाथ में देखते हो तुम्हारी जान ने के लिए नहीं वरन् अपनी जान देने के लिए है।''

बात करते-करते रूना रुकी, और फिर उसने जेब से एक रुक़्क़ा निकाल कर राकेश ी ओर बढ़ा दिया और पिस्तौल की नली अपनी कनपटी पर रखकर कहना शुरू किया, 'इस रुक़्क़े पर मेरे हस्ताक्षर हैं। इसमें लिखा है कि मैं अपनी इच्छा से अपने ही पिस्तौल ारा आत्म-हत्या कर रही हूँ, और कोई व्यक्ति इसका ज़िम्मेदार नहीं है—राकेश! अब ाहे तुम मुझे स्वीकार कर लो या दुत्कार दो। मुझे स्वीकार नहीं किया तो यह गोली री खोपड़ी को तोड़ती हुई निकल जायेगी। तुम पर इसकी कोई ज़िम्मेदारी नहीं होगी।''

इतना कह कर रूना ख़ामोश हो गयी। राकेश हड़बड़ा कर आगे बढ़ा और उसने पट्टा मार कर रूना का पिस्तौलवाला हाथ पकड़ लिया...और फिर पिस्तौल उसके ाथ से लेकर भर्रायी हुई आवाज़ में बोला, ''रूना मुझे माफ़ कर दो। मैं सचमुच ही ड़ा मूर्ख निकला। तुम्हारे जैसी हसीन, पढ़ी-लिखी, धनी लड़की ने मुझे अपनाकर चमुच ही मेरा मान बढ़ाया है। सच पूछो तो मैं अपने आपको तुम्हारे योग्य नहीं मझता। लेकिन उसके बावजूद भी अगर तुम मुझसे शादी करना चाहती हो तो मैं इसे अपना सौभाग्य मानता हूँ।''

राकेश के ये शब्द सुनकर रूना एकदम उसके गले से लिपट गयी और ज़ोर-ज़ोर से सिसकियाँ भरने लगी।

अमित एक चट्टान पर बैठा हुआ था। सामने उथले पानीवाली नदी तेज़ी से बह रही थी। नदी के उस पार हरे-भरे पेड़ों के सिलसिले, और उनके भी पीछे पहाड़ों की आड़ी-तिरछी मद्धिम रेखाएँ दिखायी दे रही थीं।

उसने अपनी मुट्ठी में बहुत-सी कंकड़ियाँ भर रखी थीं और थोड़े-थोड़े समय बाद वह दूसरे हाथ से एक कंकड़ी उठा कर पानी में फेंक देता था। पानी बहने की आवाज़ और पेड़ों में से होकर गुज़रनेवाली हवा की सायँ-सायँ के मिल जाने से वातावरण में अनोखा संगीत गूँज रहा था।

पिछले कुछ दिनों से अमित चमनलाल के घर में रह रहा था और स्कूल के सिलसिले में दोनों में ख़ूब मशविरे हो रहे थे। उस जगह पहुँच कर अमित वहाँ के शान्त वातावरण से प्रभावित तो हुआ था परन्तु दिल की उदासी ज्यों-की-त्यों मौज़ूद थी। वह जानता था कि मन में बैठा हुआ यह गम जीवन भर उसका पीछा नहीं छोड़ेगा। अब भी एकाएक उसका मन व्याकुल हुआ तो वह घर से निकल कर घने पेड़ों के इस झुण्ड में नदी के किनारे आ बैठा। उसे इस बात का कोई अन्दाज़ नहीं था कि उसे वहाँ बैठे-बैठे कितना समय गुज़र चुका था।

"हलो, हैण्डसम!"

पीछ से यह आवाज़ सुनायी दी। उसने सोचा कि शायद उसके कान बज रहे हैं।

पल-दो-पल बाद फिर वही जानी-पहचानी सुरीली आवाज़ सुनायी दी, "हलो हैण्डसम!"

अब अमित ने पीछे मुड़कर देखा। मुश्किल से दस-ग्यारह क़दम के फ़ासले पर जीन्स और जैकेट पहने रूना खड़ी दिखायी दी।

अमित! अभी हमारी शादी भी नहीं हुई और राकेश का व्यवहार कट्टर पतिदेव जैसा हो गया है। जब शादी हो जायेगी तो फिर मेरा क्या बनेगा?''

इस पर वे सब ज़ोरदार क़हक़हा लगा कर हँस पड़े।

अब वे चारों वापस लौटे। जीप चमनलाल के मकान के बाहर खड़ी थी। अमित का सारा सामान पहले से ही जीप में रखा हुआ था क्योंकि चमनलाल को सब-कुछ समझा दिया गया था। अमित और कल्पना पिछली तरफ़ बैठ गये। रूना ने राकेश को स्टीयरिंग पर से परे धकेलते हुए कहा, ''हटो! गाड़ी मैं चलाऊँगी।''

राकेश ने पीछे मुड़कर अमित से कहा, ''अरे अब तुम दोनों सँभल कर बैठना क्योंकि इस जीप को अब भूत चलाने जा रहा है।''

इंजन चला तो पहले ही ज़ोरदार धक्के में कल्पना लुढ़क कर अमित की गोद में जा गिरी। इस पर फिर क़हक़हे उड़े और जीप तीव्र गति से फार्म की ओर भाग निकली।

●●●